# 永安調

YONG AN DIAO

墨寶非寶 著

上卷

# 目錄

## 第二卷　那一旨，終是錯嫁

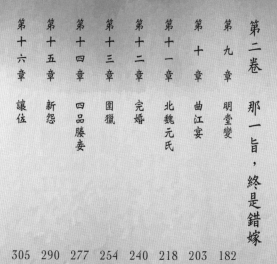

# 楔子

雖近立秋，蟬聲卻依舊聒噪，宮裡依舊暑氣正旺。

我左右睡不踏實，悄然出了宮，沿太液池迴廊一路吹風，不知不覺已走到了韶華閣。說起這大明宮內的亭臺樓閣名字均起得酸，想來是李姓皇族多風流……太液池這幾日是雨霧繚繞，為這本就幽遠的太液池添了不少顏色。

因晚露濃重，又是一路踏草而行，不覺鞋已有些溼氣。我見韶華閣中掌著燈，便起了一探究竟的心思，剛走上前兩步就一股濃郁的香氣入鼻。

「皇上……」

我心猛地一抽，驚得退了一步，莫非這大半夜的皇上還在此消遣？聽婉兒說皇上這幾日醉心政務，莫非是嫌蓬萊殿待得久了些，將公文都搬來太液池邊了？

心頭好奇湧動，我索性湊在窗邊看了一眼。

昏黃的宮燈下，層層幔幔的簾幕半遮掩著內室。臥榻上的皇上眉目微闔，露肌的綺羅輕紗微凌亂，雖是半老徐娘，卻仍面帶桃色，眼眸中盡是暗潮洶湧。

坐在她身側青色錦衣的男人已將手伸到了裙下，唇抵在她耳邊像是低聲呢喃著什麼……隨著燭火的搖曳，帶出陣陣的流慾春波。

耳邊盡是撲通撲通的心跳聲，我握緊手，已微微冒了些冷汗。

此地不宜久留……

眼見著兩人已雙褪羅衫時，我倒抽口氣，下意識退後卻是一腳踏空，頓時一股子鑽心疼襲上心頭，還未等反應就「啊」一聲脫了口，猛然撞進了一個懷抱，被人捂住了嘴。

第一卷

# 那一夜，命犯桃花

第一章　廢太子

入宮兩年，今日還是託了狄仁傑拜相的福氣，頭次出來。

接過婢女宜平遞來的精巧菓子，我將馬車窗簾掀開一角。行人如過江之鯽，自有車馬如梭，馬車行進得並不快，卻連相隔甚遠之人都躲了開，不禁又嘆了口氣。

因為這一聲不大不小的嘆氣，車內議事的兩人之一大笑起來：「我說恆安王，你家這大丫頭還當真是人小心性大，怎麼這麼個小姑娘嘆口氣，讓我聽著心裡都酸酸的呢？」

「陛下也說，這十一歲的小姑娘，為何終日不是嘆就是嘆。」父王武攸止和善地瞧了我一眼。「說小也不小了，雖是自小送入宮中養著，算算沒幾年也要出閣了。」

「陛下恩寵，嫁得自然好。」武三思挑眉看我，若有所思。

我佯裝未見，只將手中的點心掰下一半，悠閒地塞到了自己口中，自顧自地彎了嘴角。

在那個看似太平盛世，卻暗潮洶湧的大明宮，哪個不會長大呢？

此時正是武皇登基次年，武家天下。

而我因母親早逝，早年被養在姨娘家，兩年前才被接入宮中常伴武皇身側。整日除了讀書便是讀書，一無所長。史書讀了不少，卻遠不及婉兒的博學。略定了心神，我抬眼看向但笑不語的父王。

他是個無甚政績亦無甚爭權奪勢心的人，倒比武三思之流顯得眉目和善得多。不過，雖自幼只有幾面之緣，也曉得父王絕不是平庸之輩，這亂世又有幾個平庸之輩能存活至此？

比如，他面前的這個人——翻雲覆雨的武三思。

侍女在我身側，不時地拿著粉色帕子擦著我落下身上的渣滓。而我則是想著自己的心事，有一搭沒一搭地咬著甜酸的點心，竟覺得睏意上湧。

昨兒個看了一場活春宮，還是和人一起，搞得一夜未眠。

「恆安王為何如此小心謹慎，枉你我還是同姓兄弟。」武三思眼帶笑意，道：「皇上登基已有兩年，雖暫將李旦冊封太子，私下裡卻還是猶豫不決的。我武家再不擰成一線，怕是陛下百年後便性命堪憂了。」

女皇登基不過兩年而已，此時言論皇位傳承還為時尚早，但這亦是每個人都急於探究的事實。

這一句話讓我不由停了咀嚼，含著半口點心掃了他一眼。

亦是一道幽深的目光，他竟然注意到了我的反應，卻不過放下茶杯，繼續盯著我父王。

這人……當真不避諱我？

「皇上自是千古難出，其聖意怎是尋常人能猜到的。」父王笑笑，道：「今日狄仁傑拜相宴客，皇子皇孫皆會赴宴，你我還是收斂些好，畢竟那些才是陛下的血脈。」

武三思挑眉不語，清雋的臉上襲上一抹難測的笑意。

狄仁傑拜相本不欲大肆慶祝，無奈他正是皇上心頭寵臣，一切按宮宴形式在皇家園林設宴。狄仁傑再三推拒，終是設在了自家的園子裡。

雖是臣宴，卻有宮宴的班子親來籌備，這個宰相當真是紅得不能再紅了。

我隨父王下了馬車，園門處張燈結綵，一派喜氣。門口輦轎，馬車絡繹不絕，綿延不斷的賀聲入耳，道不盡主人的富貴吉祥。

迎客的本有三、四個，見了我們立時都湧了上來，倒不是因為父王，而是因為那個正是武皇心尖兒人的梁王武三思。

「梁王，恆安王。」其中一個三十幾歲的男人躬身一禮，道：「這園子今日方才開，貴客便是一撥接著一撥，如今有梁王來，更是借了祥瑞氣了。」他邊說邊側了身子，腰依舊彎著，似乎就直不起來了。

武三思笑著頷首，道：「既是狄相設宴，怎不見親迎賓客？」他示意侍從將禮單奉上，自己則有意左右探看了一下，道：「莫非有貴客來，倒忘了我們這些人了？」

好大的口氣，我偷瞥了他一眼。狄仁傑身為丞相，迎你是禮數，不迎也是應該，如此質問……當真是比皇子還要皇子了。

那男人笑意微僵，遲疑片刻才道：「太子方才到，相爺正在相陪。」

「李旦？」武三思對父王和我發問，卻似乎不需我們回答。「瞧我這記性，陛下賜姓李旦都兩年了，我竟還沒習慣，如今已沒有李旦了。」他哈哈一笑，抬步向內而行。「既是太子殿下在，相爺自當相陪，無妨無妨。」

他這幾句諷刺，父王面色如常，那幾個下人卻有些挨不住，只尷尬賠笑將我幾人讓了過去。

李旦，終是在兩年前退位，成全了自己的母親。一朝天子登基為帝不過數載，便被迫又做回了太子，可以說，如今武三思的嘲諷都是皇上一手帶來的羞辱，得母如此實在可嘆。

此處雖比不得麟德殿，倒也顯得脫俗。

一路而行，挑燈枝頭，無數下人躬身退後，手上托著大小各色的盤子。待到了一個園子近前，那引路的人才抬袖道：「兩位王爺和郡主請吧，宴席怕是要開了。」

武三思挑了挑眉，先一步跨進了園子。

此時狄仁傑正被眾人圍住，見我三人入內，立時大步而來，笑道：「二位王爺可是姍姍來遲啊——」他邊說著邊伸手，握住武三思的手，道：「梁王與恆安王可是路途上相遇？」

武三思搖頭，道：「狄相錯了，我兩人並非偶遇，而是方才自宮中來。皇上身子略有不適，讓我代她敬狄相三杯酒——」他尾音略拖長了些，場中愈發安靜。

狄仁傑笑著看他，無意理會他的招搖，只遙對大明宮方向拱手，道：「皇上美意，臣今夜不醉無歸。」言罷，神色略緩，看向我道：「小郡主伴著皇上兩年，算起來，自從入宮後倒是頭次出來吧？」

「說起來還真是承了相爺的福氣。」我極盡禮數，俯身一拜，笑道：「皇上說了，永安這丫頭平日不學無數，偏就喜好射覆行酒令的把戲，恰能為相爺的宴席助興。對酒當歌，人生幾何，永安祝王爺仕途坦蕩，為武皇的『杜康解憂人』，為武皇創下大周盛世！」

這行酒令的玩意，我當真是不善，只是略有私心，看不過堂堂狄仁傑被武三思這等小白臉欺負，總要緩一緩場子才是。

四下裡因這句話，倒也都隨著笑起來，恰將武三思的話淡去了三分。

武三思亦是陪笑，眼睛卻看著我。

狄仁傑又一遙拱手，笑道：「那本相要多謝皇上的賞賜了——」他目光轉暖，轉言道：「素聞小郡主尤喜古句漢樂，方才那〈短歌行〉尚有千古絕句取自詩經，小郡主可曉得是什麼？」他說完並不著急，只打趣的看我。

我尋思了下，道：「可是『青青子衿，悠悠我心』？」

這等名句，又有哪個不知？卻是偏情愛纏綿，與今日並不應景……不曉得他是何用意。

就在我躊躇時，狄仁傑忽而大笑，道：「小郡主果真聰慧。」

他看我父王。「依本相猜測，皇上此番既是為本相助興，亦是有心讓小郡主看看各方風流少年，為恆安王擇一乘龍快婿——」

父王亦是玩笑道：「知皇上者，狄相也。本王就借狄相吉言了。」

我苦悶地看了看狄仁傑，怎地就扯到我身上了？我可還不想大好青春年華，就嫁人抱孩子，與妾室爭風吃醋。

我看他們笑得歡實，忙道：「相爺說笑了……皇上是讓我多與相爺學學肚裡撐船的功夫。我不過前幾日在皇上面前說宮裡的玉露團變了味道，皇上便記下了，今日出宮時特囑咐我多學學相爺為人處世之道，切不可驕縱，不可斤斤計較，哎……」

我眨眼，道：「不過是隨口抱怨，皇上倒用相爺來說教了，驕縱這名頭扣在身上，哪裡還有人敢要——」

狄仁傑哈哈一笑，道：「好利的嘴，方才說起婚嫁大事，便又將本相捧了一捧。定是在宮裡和妳婉兒姊姊學壞了。」

我忙道不敢，父王只拍了拍我的額頭，便隨武三思入了席。

待落座時，我有意無意地掃了一眼上手的幾桌，太子李旦正在細細品茶，而他身側坐著幾個，該是皇孫了。

與太子低頭說話的少年，此時恰也轉了頭。

恍惚間，那清潤的眸子穿過紛紛擾擾的賓客，定定地看著我。竟然……是昨夜捂住我口的少年。

原來，他是嫡皇孫。

這一念間，方才的喧鬧恭賀都淡了下去，靜得我只聽見自己的心跳和呼吸，若非他，昨夜恐是凶險難測。而他……

正是出神時，袖子被人輕扯了幾下，侍女宜平為我添了一杯茶，指了指園外，示意她要告退了。

我忙收整神色，笑著點頭，低聲道：「別怕，該吃就多吃些。」她自幼入宮，此番當真是初次出宮，性子又軟，怕是會被那些伶牙俐齒的下人給嚇到。

宜平溫柔一笑，悄聲離去。

待狄相祝酒後，宴席大開，酒過三巡已是熱鬧非常。大唐國風開放，文人墨客又多，此番狄仁傑相請的不僅是皇孫貴胄，達官顯貴，也有些大文豪。

我吃下一口水晶龍鳳糕，忽見那少年起身向席外而去，心中不由一動，便放了筷和父王說自己有些氣悶，出去走走。

父王點頭，只囑咐了幾句便放我走了。

方才穿過迎翠門，就見他在迴廊處長身而立。

那迴廊恰臨著假山巨石，景致極佳，而面前的少年青衫玉帶，狹長的眸子中夾帶著冷清的月色，雖面色平和卻獨有一股別樣風流，倒不愧是嫡皇孫。

我略頓了頓腳步，見他看向我，不覺有些緊張。

不過本就是為了道謝前來，也沒有什麼私心。

我快步走過去，俯身一拜，道：「永平郡王。」

雖是猜測，但照方才座次他緊鄰著自己父王，十有九成必是李旦的大兒子，已被廢的太子殿下李成器，單字憲。

他泛起一抹薄笑，頷首道：「郡主無需多禮，妳我論輩分論封號都可平坐。」

我起身，道：「這一拜是為了昨夜王爺相救之恩。」

昨夜雖被掩口，卻終究已驚了屋內的兩人，皇上立刻起身怒喝質問是誰。

當時我被他緊摟在懷裡，本想著此番死定了，卻不想下一刻宮女宜都猛然推門入內跪倒，說是不見皇上，四處找尋下才驚了聖駕。

待宜都退出時，我才驚覺背脊盡溼，手腳依舊發軟。

宜都是皇上的寵婢，這些風流韻事也歷來不瞞她，所以皇上只訓斥了兩聲便作罷了。

面首的存在是宮內眾所周知的事，但皇上畢竟才登基兩年，還有所避諱，倘若發現的是我，卻不知道會如何處置才肯作罷。

自太液池回到宮中後，我整夜在床榻上輾轉反側、睡不踏實。

宜都的出現絕非巧合，必是這少年安排在宮中的眼線，可究竟是什麼身分能在皇上身邊插下內線，還能一路受寵至此呢？這個疑念到現在總算是解開了，依永平郡王前太子的身分，做下這種事也不算太難。

李成器笑意漸深：「我沒有救妳，我救的是自己，郡主無需如此掛懷。」

只這一句，就將我滿腹的話盡數打散了。

我再無話說，便回了一笑，道：「不管郡王如何說，我終也是受惠之人，他日必會還上這個順水人情。」言罷，依皇室禮節拜了一拜，正要轉身卻又聽他開了口——

「方才郡主宴席上那句詩，本王倒也讀過……」他頓了一頓，方才柔聲道：「青青子佩，悠悠我思。縱我不往，子寧不來？挑兮達兮，在城闕兮。一日不見，如三月兮。」

月色下，他眸色清澈如水，看得我是一驚，不敢去猜他話中深意，只含糊道：「《詩經》可說是一字千金之作，永安曾聽聞郡王才氣過人，怕是自幼便已爛熟於心了，永安方才不過是藉機賣弄，斷不敢與郡王談詩論詞。」

李成器笑看我，半晌才道：「對於本王，郡主還聽聞過什麼？」

自然聽過很多，入宮前，曾聽聞太子殿下一支玉笛，風流無盡，便早已在心中勾勒過這個自幼才氣過人，精通音律的人。

只可惜我入宮常伴武皇時，也是他被廢遷出大明宮時。他父王為了避嫌，特將子嗣都遷出大明宮居住，離開皇位的中心，又何嘗不是避禍的良方？

我輕搖頭，正要說什麼，就見遠處來了人，似是見了我卻躊躇不前。

我自然曉得這厲害關係，忙道：「大明宮中自有規矩，永安不敢隨意打探皇嗣皇孫的事，告退了。」言罷轉身，聽得身後人上前，便又快走幾步回了宴席。

長安有坊市制度，每日衙門漏刻「晝刻」盡，需擂六百聲閉門鼓，開始宵禁，除上元燈節三日外，無一人敢違抗，雖此次是狄仁傑的宴席，無人敢真去約束，但依狄相的性子，絕不會為此開了先例，所以未到時辰宴席便早早散了。

馬車入宮門時，恰好遙遙傳來了宵禁的擂鼓聲。掀簾看無人的街道和前方燈火通明的大明宮，頭次覺得宮裡也有妙處，永遠笙歌漫舞，永夜不盡的趣聞情話。

大明宮有多好？至少宮中女子不必為了一個至高無上的男人鬥。

狄仁傑拜相後，婉兒顯是忙了不少，皇上自然更忙。

如今夏日將盡，御花園中秋菊正盛，沉香亭中沒了皇上駐足，我這等人倒也樂得占用。

這一日晨起，隨手從書架上翻找婉兒給的手抄卷，卻左右翻不到駱賓王的冊子。莫非……只這一念間，身上就已蒙了一層冷汗。

駱賓王早已是大明宮中禁談的名諱，若非婉兒偷偷塞給我，我也不敢去拿這禁書。李唐王朝早已遠去，駱賓王那首討伐武姓的檄文卻還在耳邊，若是被宮內人發現，婉兒絕不會承認，我卻只有以死謝罪的下場了。

我找累了，心中惴惴地坐下細想，猛然想起那日宜平曾收整過櫃子。她這幾日發寒熱正養著，看來要想問清楚，只能去一趟掖庭。

屏退了當值宮婢，我獨自到掖庭時，才發現宜平並不在。

床鋪還是散開的，桌上的藥湯也還熱著，也不知道她去了哪處。只是不弄清駱賓王那手抄卷的去處，我今日也踏實不下來，索性就在宮中四處轉著找她。一路上碰了幾人，都說不知去處，忽然想起宜都和她素來交好，便問了個人，尋著宜都的住處去了。

到了宜都房門外，聽見裡邊有說話聲，忙要伸手叩門，卻發現是個男人的聲音。

這宮裡的隱情，難道都讓我撞到了？

我正猶豫著，卻見門打了開，宜都神情並不意外，只俯身行禮，說：「永安郡主找奴婢？」

我尷尬一笑，說：「我是要找宜平，發現她房中藥湯還熱著，人卻不見了。想著妳和她素來要好，就來問問她這幾日都在做什麼，好好的藥不吃到處亂跑。」

「奴婢也不知道宜平去了哪兒。」宜都抿嘴一笑，說：「宮內都說跟著永安郡主的，都是好命人，今日奴婢才真覺得此話是對的。」

她是皇上身邊得寵的，自然說話比尋常宮婢隨便些。我只笑笑，既然宜平不在此處，我倒也沒什麼可留的了。我正要轉身走，卻又被她輕叫住。

宜都讓開門，說：「宜平雖不在，但屋內倒有人想見郡主。」

我愣了一下，也不好當面拒絕，只能硬著頭皮進了屋。

那身著一襲月白衫子的人，臨窗而立，翻著一冊書卷。日光透過窗子照進來，攏住那淺淡的身影，臉上似是有笑，又似乎沒有，辨不大分明。

縱是年少風流可入畫，卻也自成風骨難筆拓。

我正是心驚，他已微側頭，笑了笑，直笑得我一陣心底發虛。

我忙躬身行禮。「永平郡王。」

李成器頷首說：「沒想到本王和郡主如此有緣，剛才在窗口正看見郡主，才貿然請入屋內，還請郡主不要嫌本王太過唐突。」

宜都小心將門關上，走到桌邊倒了杯熱茶，退後兩步立在了一側。

我起身，笑說：「沒想到郡王在此處，是永安驚擾了。」方才宜都說此話的時候，心中就有這念頭，卻覺荒唐，豈料真是他。

李成器走到桌邊坐下，靜看著我，我也只能隨著坐下。雖不知他為何要我入內，但起碼他與宜都的主僕關係，無需再對我有所隱瞞。

「自狄仁傑拜相後，我與郡主也有一月未見了。」李成器將茶杯輕推到我手側，溫和一笑。「看妳穿得單薄，秋日晨露還是很濃的，先喝口熱茶吧。」

他這麼說著，我才猛然記起自己竟只套了件薄裙出來，手已凍得冰涼。

我拿起杯子在手中握著，卻摸不準他的心思，只能陪笑說：「聽婉兒姊姊說，皇上已授意讓諸位皇嗣皇孫搬回昭慶宮，常伴身側共用天倫，永安恭喜王爺了。」

李成器淡淡嗯了一聲：「所有未婚配的皇室子嗣都會搬回昭慶宮，宮內也會熱鬧不少。」

我見他神色淡然，才猛地記起他畢竟是前太子，如今這話確有些尷尬。

這一尷尬後，他沒再尋話說，我也只能陪著乾坐。我心裡正琢磨怎麼找個藉口離開，就聽見篤篤叩門聲，不禁手一顫，抖了些熱茶在腿上，燙得皺起臉。

他仍不動聲色地喝了口茶，似乎並不大在意。門外人似乎等了一會兒，又輕叩門。「宜都？」

是婉兒的聲音。

我下意識看李成器，見他眸色終是起了些波瀾。此處是掖庭，論理他一個郡王不該來此處，更何況是皇上的宮婢房內？宮婢房內沒有裡外間，決計藏不住一個少年。

李成器似乎也想到此處，輕搖頭示意宜都不要出聲。

門口婉兒卻似乎更急了些，叩門說：「皇上馬上要個東西，可今日當值的都是些新人，找了半天都找不到，妳若再不去只怕都要一起治罪了。在不在？出個聲音。」

聽婉兒的口氣，不開門絕對打發不掉她，門是由內鎖上的，屋內也必然有人。

躲是躲不掉了，李成器輕放茶杯，示意宜都去開門。宜都猶豫了一下，似乎有些躊躇，畢竟按身分，李成器與她若被婉兒看出蹊蹺，死的定是她，而非皇上的嫡孫。

但此情此景，只能如此。

宜都終是咬著唇，走到門邊。

我卻忽地閃過個念頭，也來不及再阻她，立刻放下茶杯坐到李成器身側，將手輕放在他手背上。

李成器手微一動，竟自嘴角溢出一抹薄笑，沒有看我，卻似已明白了我的打算。

大明宮中多風流，若是婉兒見我與他……必會得饒人處且饒人。

他手指微涼，緩緩反手輕握住我的手。只這一個動作，竟讓我十分鎮定轉瞬瓦解了七分。

喀答一聲，門鎖落下，還未等宜都拉門，便有一雙玉白的手推開門。藕色的短衫，絳紫長裙裹著玲瓏的身子，人未入聲卻先出：「妳搞什麼鬼？莫非是藏了個男人——」聲音戛然而止，婉兒瞪著細長的眸子，一動不動地看著我們。

戲演到此處也有了成效，我下意識想抽回手，卻被他輕握緊，竟覺耳根漸發熱。

婉兒恍惚了一下，立刻收了神色躬身行禮。「郡王。」

李成器這才放了手，輕端起茶杯喝了一口，待將茶杯放到桌上，才緩緩一笑，說：「無需如此多禮，日後本王回到昭慶宮，還需婉兒妳多多照拂。」

婉兒悄然一笑，說：「郡王這話言過了。」她輕掃了一眼宜都，恍如未見到我一般。「皇上急著傳宜都，婉兒就不打擾郡王的清淨了。不過掖庭終是宮女住所，郡王若要賞景，倒不如去沉香亭、觀菊園，或是去九曲橋，聽聞那處近日放了不少東瀛錦鯉，甚為珍貴。」

李成器頷首，說：「久不入宮，倒忘了御花園的景致。」

「御花園是小景，芙蓉園才是好去處。」婉兒輕笑一聲：「婉兒倒是羨慕郡王能隨意出入宮中。都說芙蓉園有幾景，紫雲樓、彩霞亭、蓬萊山當屬翹楚，可婉兒卻聽人私下裡相傳，那些亭臺樓閣都不及庭中、臺上和樓內時常現身的永平郡王。」

李成器但笑不語。

婉兒若有似無地遞了我一個眼色，便帶著宜都告退了。

他一直沒再說話，只靜靜坐在身側。我盯著石桌上的紋路，一時沒了主意，聽著自己越發明顯的心跳聲，竟不知該走該留。剛才那觸手的勇氣也不知如何來的，若換作此時，就是借我千萬個膽子也不敢如此做了。

他忽然站起身，淡淡地說：「想去御花園走走嗎？」

我忙站起身。「我想起還有些要緊事——」

四下裡靜了片刻，李成器才溫和道：「本王送妳回去。」

他雖話輕緩，卻有著不容抗拒的威懾。我無奈頷首，他卻忽然不動也不說話，我也只得如此與他靜對著，心底卻越發慌了。

半晌後，他笑意才深了幾分說：「多謝妳。」

我忙側了頭去看別處。「狄相宴席上我就曾說過，他日必會還上這個順水人情。郡王救我在先，我還情在後，郡王這個謝字確是重了。」

他笑嘆一聲，沒答話。

永平郡王邀約，哪個又能輕易拒絕。他父親雖讓皇位於武皇，由此從皇上退為了太子，但李成器仍是長子，身分在皇室同輩中，依舊是最尊貴的。

隨他出了掖庭後，他挑了條偏僻的宮道而行。

大明宮我也算走了大半，如今這路卻是從未行過的，畢竟是在宮中自幼長大的，總歸比我這才入宮兩年的熟了不少。

「剛才聽妳說，來掖庭是要找個宮婢。」李成器隨意尋了話說。「可有什麼要緊事？」

我想了想，也沒什麼好瞞的。「我房中少了一本手抄詩卷，所以想來問問宜平有沒有看見，她跟著我最久，自然比那些當值的熟一些。」

李成器悠然看我，說：「聽說小郡主素來好讀書，果真不假。」

「也不盡然。」我尷尬笑笑，說：「雜七雜八的讀了不少，正經的卻遠不及婉兒姊姊。」

宮道中柳樹已僅剩了枝蔓，幾個太監正在搬著梯子搭在樹枝上，有個小太監站在梯子頂端修剪枝蔓，底下不時有人左右指揮著，見了李成器忙躬身行禮。

李成器頷首示意他們繼續，又繼續道：「什麼詩卷，值得郡主如此記掛？」

我沉默片刻，才道：「是駱賓王的詩卷，怕掉了被人看到，所以才急著去找宜平追問。」

不知為什麼，兩次不算患難的遭遇後，我對他漸少了戒心。待話說出，我才發覺自己竟有意試探，試探他的反應，或是別的什麼。

李成器似乎反應不大，只沉吟片刻：「一抔之土未乾，六尺之孤安在。」

我側頭看他，依舊是神色平淡，似乎說的是尋常詩句。這是討武檄文的句子，皇上雖曾大有讚譽，但卻是宮中最為忌諱的。當年駱賓王隨徐敬業起兵討伐皇上時，我不過三歲，卻已聽聞家中先生私下曾吟誦此句，尚未明白意思，他已被母親趕走。

後來年長一些，才知道這句子是反武家的，而我就是武家的人。

「徐敬業兵敗時，駱賓王也沒了下落。」李成器嘴邊依舊含著笑意。「那年我被立為皇太子，皇祖母曾說起這句子，還誇讚此人有宰相之才，當時我並不大懂此話的意思。」

他並沒往下說，我卻聽得有些心驚。皇上早有自立之心，此話又有多少是試探？雖知他此時仍安然無恙，卻仍忍不住追問：「王爺如何說的？」

李成器輕搖頭。「我沒有說什麼，對皇祖母需『知無不言』，不知也自然不能言。」

我暗鬆了口氣，才發現這幾句話間，竟已近了御花園的西門。和煦的日光下，門口已滿布菊花，金燦燦的一片，恍若仙境。只是，門邊有個熟悉的身影走來走去，似在等著誰，再近了些，我才認出是宜平。

宜平也恰看到我，忙快步走來，對著李成器拜了拜，對我道：「可算是找到郡主了。」

我奇道：「有事？」

宜平起身，說：「是有事，幾位公主到了郡主處，說是有些要事說。那幾個伺候的尋不到郡主就沒了主意，只能來找我。」

幾位公主？我聽著更糊塗了。「妳怎麼知道我要來御花園？」

李成器此時眼望著別處，並未看我兩人，宜平見此機會，忙對我使了個眼色。「本來不知道的，路上正好碰上了婉兒姑娘，說是郡主可能會來御花園。」

即便是碰到了婉兒，也不該曉得我是自西門而入……我見她神色也不好多問，只得向李成器行禮告退：「宮內恰好有事，我就不多陪王爺了。」

李成器點點頭，示意我可以離開了。我忙拉了一下宜平，走了兩步卻又被李成器叫住，回頭看，他眼中似有秋景，濃得化不開。「在這宮內，有些閒書還是少讀的好。」

這一句隱晦的叮囑，聽得我心頭一暖，又拜了一拜轉了身。雖看不到身後的永平郡王，卻總覺得他目光是隨著我的，不禁越發不自在。

待遠離了御花園，我才猛地停住，認真看宜平。「說吧，告訴我實話，誰讓妳找我的？又是怎麼知道我在御花園的？」

宜平輕啊了一聲，喃喃道：「還是被郡主猜到了。」

我好笑地看她。「妳這騙術也就能瞞得過不相熟的，我認識妳兩年了還不知道嗎？」

宜平輕蹙眉，說：「是婉兒姑娘特地找到我，讓我務必在御花園西門等到郡主。」

我不解地看她，示意她繼續說。

宜平想了想，說：「婉兒姑娘還說，郡主若是有什麼疑問，待晚間時，她自會來解釋。」

我隨手自道邊花圃掐了朵菊花，細想了會兒。婉兒定是要護著我的，這個肯定沒錯，只是我即便和李成器逛了御花園也不是什麼大事，她何必如此緊張？我看她，笑說：「所以我宮裡也沒有什麼公主，都是婉兒姊姊教妳說的？」

晚間上燈時，我提筆拿著婉兒給的字帖練字，手腕都有些發痠了，才發覺身後早已有人。回頭見她笑吟吟地看著我，燈火恍惚下，竟是明豔照人。「姊姊真是越來越好看了。」我放了筆，就勢坐在椅子上長出口氣。「就像皇上一樣，歲月的痕跡半分也留不下。」

宜平搬了椅子在桌側，伺候婉兒坐下又上了杯熱茶，才屏退所有宮女，將我兩人獨留在屋內。

「這話妳該當面和皇上說，她定又會誇讚妳。」婉兒斜坐在椅子，說：「雖然妳叫我聲姊姊，可算上年紀我長了妳十幾歲，終歸是老了。」她說完又細細打量我，眼中似乎另有深意，卻只看不說話。

我撇嘴，說：「我在等姊姊的解釋。」

婉兒站起身，走到燈燭旁，伸手拿起紅銅燭剪，將火中殘留的燭心剪掉，火苗瞬間明亮了不少，隨著窗口吹入的風搖曳而動。

「是我在等妳的解釋才對。」她細長的眸子裡映著跳動的火焰，說：「說吧，妳是如何認識永平郡王的。」

我早料到她有此問，只笑笑說：「是在狄仁傑拜相的宴席上。」那晚婉兒並沒有去，自然也不會知道此話有假。

「不過一個月……」婉兒把玩著手中的燭剪，說：「妳就甘願為他做那『掌燈剪燭』的知心人？永安，大明宮中容不下真心實意。」

「也不盡然。」我隨口道：「文德皇后長孫無垢十二歲與太宗皇帝完婚，之後二十餘載集三千寵愛於一身，甚至死後，仍是太宗皇帝的此生摯愛。」

婉兒嗤笑一聲說：「真集三千寵愛在一身，為何仍有後宮佳人常侍寢？這便是帝王家內的痴情。若太宗皇帝當真痴情不改，又怎會有徐賢妃的受寵，又怎會有皇上的受寵？」

「高宗皇帝待當今皇上也是用情至深。」我看她認真，不由起了幾分玩逗趣的心思。「否則也不會出現當年『二聖』臨朝之事。」

婉兒盯著我道：「這其中有多少手腕，妳想必也聽人私下說過。更何況，也許當初寵極一時是愛，那之後究竟是什麼，只有高宗自己知道了。」

我笑笑，沒再說話。

剛才不過隨口一說，我素來爭不過她的，何苦自討苦吃。況且此事本就有隱情，爭一爭算是故布迷霧，讓她真以為我有這心思，此時偃旗息鼓也讓她討些便宜，好聽聽她還能說出什麼有趣的事情。

婉兒放下燭剪，走到我身坐下。「且不說皇家是否有真心實意，只說你二人的身分、姓氏，此事都要慎重。自去年皇上登基，武家算是位至巔峰了，可皇上之後呢？她的嫡子嫡孫仍是姓李的。所以，日後這天下到底姓什麼，誰也摸不準，妳又何必偏要和李家人糾纏？」

婉兒待我歷來寬厚，也總說些忌諱的話來提點我。雖可能有拉攏的意思，但我總也能分出好壞，比如此時的話就是句大實話，我又怎會不知？

我唔了一聲，托著下巴看她。「所以妳今日特地讓宜平拉走我？」

「我是怕你們被某些人看到，惹來不必要的麻煩。」婉兒淡淡地哼了一聲，說：「剛才那些話是用來勸妳的，現在這話卻是用來告誡妳的。韋團兒和妳，妳覺得皇上更相信誰？」

我心裡一緊，說：「如果是尋常小事，皇上可能會更信我。如果禍及帝位和皇上，也許會更信她。」我說完，端起手邊的茶喝了一口，卻不大明白婉兒的意圖。

韋團兒是皇上眼前的紅人，堪比婉兒，雖不及婉兒的政事見地，在後宮中地位卻不容小覷。可婉兒這話又是什麼意思？我不覺得我會因為永平郡王的事，得罪那個女人。

婉兒沉吟片刻，說：「韋團兒看上了太子。」

我險些被茶嗆到。「真的？」

婉兒也端起茶，小口喝著。「自然是真的。」

韋團兒看上了李成器的父王，此事想想還真是古怪。我不由想笑，武皇之前所有的宮女都想方設法要討好宮裡那唯一一個真正的男人，如今武皇登基後，宮女們又都費盡心思要嫁給諸位皇子皇孫……

我斂住胡思亂想的心思，說：「即便她看上了太子，和我又有什麼關係？」雖然看上的是李成器的父親，最多感覺有些怪，還能有什麼忌諱嗎？

婉兒輕嘆口氣，默了半晌。

我心中百轉千迴，也沒找出什麼不妥之處，只能喝完杯中茶，靜候她的提點。

「問題在於，她看上了太子，太子卻是個聰明人，斷不敢招惹她。我瞭解韋團兒的性情，得不到就會親手毀了。所以，我猜想她現在正在找機會下手懲治太子，如果被她知道妳和皇孫的事情，說不定就是一個陷害的機會。」婉兒放了茶杯，說：「情之一字百千劫，當年我也逃不過這關，所以也幫不到妳，但這宮中的層層算計，妳還能避就避開些吧。」

我心底一涼，因為一個女人的眷戀而惹上的禍，太子殿下還真是冤枉。

婉兒起身，挽好金絲綴繡的披帛，忽然想起什麼，隨口問道：「還有件事我百思不得其解，妳和永平郡王為何會在宜都房裡？」

一句話，如同在心尖兒上繞了根極細的線。稍有不慎，就會勒緊致命。

我食指輕撫著杯沿，尋思著如何作答，她卻忽而一笑，說：「好了，不難為妳了，宜都已經都告訴我了。」她意味深長地嘆了口氣。

我笑了笑，不管宜都說什麼，總歸是圓了這個謊。「我也有件事百思不得其解。」她微側頭看我，等著我問。我停了片刻才笑道：「婉兒姊姊是如何知道，我和郡王一定會自御花園西門而入？」

我本想藉著這一問轉了話題，將她的疑心淡化。豈料她竟神色驟黯，立了片刻才說：「那條路我曾和一個人走過，而他恰好極偏愛幼年時的永平郡王，便猜想郡王十有八九熟知此路。若他想避開宮中大多數耳目，從那裡走最安全。」

她話說得模糊不清，我卻已聽出「那個人」是個身分顯赫的。

婉兒走後，宜平才入內收拾茶具，連帶將我字帖收好，邊說邊不住讚嘆我的筆法越發好看。我被她這一說，才猛地記起今日晨起尋她的緣由，忙道：「婉兒給我的手抄詩卷，妳可動過？」
宜平想了想，將字帖收入箱內，自箱底拿出了那一卷封皮無字的書，說：「郡主說的是這個？」
我接過翻了一下，長出口氣，說：「好在好在，我還以為小命不保了。這卷書要是讓有心人看到，決計是個大禍。」
宜平倒吸口氣，試探地看我。「那奴婢把它偷偷拿去燒了？」
燒了？我倒從未如此想過。婉兒當初偷給我時，曾說過整個大明宮也就這一卷了，還是她憑著幼年記憶寫下的，若是燒了……我握著那書卷正在猶豫時，卻不期然想起那濃得化不開的目光，和他告誡的話。
「算了。」我將書卷遞給宜平。「燒了吧，即便藏得再好，也是個禍端。」躲不出這個大明宮的暗箭，也要小心躲些明禍。
秋夜正涼，卻響了幾聲驚雷。
我聽這雷聲，竟有些心神不寧。要將書遞給宜平時，卻猛地收住了手。「妳在宮外燒東西總會有人看見，端個火盆來，就說我畏寒。」
宜平會意地點頭，出去片刻就命人端了火盆進來，又屏退了其他宮婢，親自將書卷撕開，一頁頁小心燒著。
我盯著盆裡的火苗，一個勁兒的心疼，早知今日就多看些。
宜平燒完，又去拿了燭剪，撥弄著沒燒透的，直到徹底成了灰、融入炭灰中才作罷。

她直起身，舒展腰身感嘆說：「好在每晚都要給床帳熏香，否則有人聞見也會問。」

我托著下巴看她，只覺得這一整天心神折騰得極疲憊。「妳不說我還不覺得，好睏了。對了，今日我本來是去掖庭找妳的，妳不好好喝藥去了哪裡？」

「郡主忘了？」宜平拿起早備好的熏香爐，在床帳處走了一圈。「每月朔望，武姓的各位王爺不是要入宮面聖嗎？今天奴婢被梁王遣來的宮女叫走了，囑咐了些話。」

武三思？論輩分，他是我舅舅，但因父親不大熱衷武家勢力，走得並不近。最多是在宮中遇到寒暄幾句，也是因為我常隨在皇上身側……說起來，那日狄仁傑拜相還是說話最多的一次。可他為什麼單獨叫走我的婢女囑咐？

我嗯了一聲，說：「都說什麼了？」

「其實奴婢不大明白。」宜平把熏香放帷帳內的案几上，學舌道：「這趟朝見要郡主務必提前些到，總有些好戲能看。」

我愣了一下，不安自心底悄然蔓延。「還說什麼了？」

宜平輕搖頭。「沒了，只這一句。然後婉兒姑娘就來尋奴婢了。」

我唔了一聲，沒再問什麼。

因這話，我連著恍惚了幾日，大明宮也蒙了數日陰雨。

這一日，我照例睡得極早，因著次日便是朔望，竟是一夜萬般心思糾纏，朦朧間天已濛濛亮。挑開芙蓉帳，熏香爐中蠟燭已滅，濃香在厚重的帷帳內濃得化不開，頭更加昏沉了。

宜平聽見動靜，忙挑開帷帳進來伺候我梳洗。待她將裙上的絲帶繫好後，我才有些清醒。「這雨似乎永不會停似的，妳這幾日去內教坊了嗎？」

宜平吐了下舌頭，說：「這幾日郡主總不大舒服，奴婢就尋了個藉口沒去。」真是個偷懶的丫頭。我笑看她說：「別看不起內教坊的學問，婉兒當年就是自那裡出來的。況且妳趁著年紀小多學一些歌舞雜技，日後給皇子們表演時說不定能一步登天。」

「郡主才不到十二歲，怎麼就教起奴婢了。」宜平也就和我說話時伶牙俐齒些。「婉兒姑娘那是名臣的後代，奴婢自然不能和她比。再說，自打皇上登基，宮女們也就懶散了不少，畢竟咱們皇上如今是個女人，皇子皇孫們又大多不在宮中。」

我拍了她頭一下，低聲說：「這話也就和我說，知道嗎？」

宜平點點頭，乖巧地將我按到妝檯前。「今日要陪皇上在綾綺殿侍宴，郡主要精神一些。」

我靜看鏡中的自己，說：「簡單點兒好，今兒個不少公主來，我可不想搶了風頭。」

宜平依言照辦，只喃喃說：「搶了風頭也好，皇上一高興說不定就賜婚了。」

我無言，待她將月牙花在眉心貼好，終於長出口氣，說：「早膳要吃得好一些，妳去吩咐弄得豐盛點，免得我午膳不敢吃東西，要一直餓到晚上。」

宜平點點頭，依言吩咐去了。

我提裙走到宮門前，濃重的雨幕湮滅了天地。雨水順著簷頂滑下，墜落一道道水流，我深吸了一口氣，仍在琢磨明日之事，什麼樣的熱鬧，能讓梁王親自來提點，卻又含糊不清？

我想了片刻，終無奈作罷。不去便是了，何必想這麼多。

待回了神，我才發現遠處迴廊下有個面生的宮女，似有意想要靠近。

我隨口支開門口的宮女，向她招了招手，她果真就跑了過來。待到近前她忙行了禮，自懷中摸出一個錦布包裹。「這是永平郡王給郡主的。」

我不解地看她，她沒有再多說，只將布包又遞了遞。我也不好為難她，接過布包，還未等再說什麼她就一躬身跑走了。

待回到屋內，我特地放了帷帳，坐到床上打開那布包。是一張紙箋和一本書。

紙箋的字風骨凌然，瀟脫不俗，果真字如其人。「皇上素來信奉嵇康的養生之道，《釋私論》宮內無全本，特附手抄卷以供參看。」

寥寥數句，沒有落款。

嵇康的《釋私論》我曾聽過，因魏晉的書作多流失，從未見過完整一卷。

我拿起那卷書翻開，竟有一瞬恍惚，又連翻了數頁，字跡皆與紙箋上一般無二……難道這是他親手抄的書卷？

我捧著這書卷，竟像觸及他微涼的手指。窗外的落雨聲漸遠了，唯留了潮溼的味道。

靜靜盯著一頁，片刻後才發現竟一個字沒記住。

「郡主？」

宜平在帷帳外輕喚了一聲，我忙將那信收好，獨留了書在床上。「我有些乏了，想先睡會兒。」我說完伸手又放下了芙蓉帳。

「奴婢過一個時辰再來。」宜平低聲說：「綾綺殿侍宴不能耽擱了。」

我應了一聲，躺在床上發呆，因著一夜未沉眠，竟是睏意上湧又睡著了。

待到醒來已近巳時，宜平早早備好一切，伺候我又收整了一番。

隨軟轎到了綾綺殿外，我走下時，內裡正傳來一陣陣清透的笑聲。

這聲音極好認，是廬陵王的永泰公主。

同樣是皇上的兒子，廬陵王運道似乎比太子還要差些，繼皇位才兩個月就被貶出京，獨有韋氏陪伴，子女都留在了大明宮中。還有兩個在流放路途中降生的公主，安樂公主被留在了韋氏身邊，小一些的永泰則被送回了宮中。

對一個七歲的公主來說，之前的動盪都與她相去甚遠。大明宮中的明媚春色才是她成長的土壤，她並不知道相比她未曾蒙面的親姊姊，她是多麼幸運。

我平白感嘆了半天，理了理衣裙，著太監通稟後，靜立片刻，入了殿。

殿內正是香煙繚繞，龍榻後，二十八個宮女持著雉羽宮扇，挑著赤金提爐，焚著龍涎和蘭葉調製的熏香，身後十八個青衣拂塵的太監靜候著。屏風後細樂喧音，絲絲繚繞。

因為這侍宴，早有人用暖爐將宮內的潮溼蒸散，一室暖意融融。

永泰正笑著坐了回去。

皇上身著紅金廣袖，極盡雍容地側靠在塌上，垂著鳳眸聽太平公主說著什麼，忽而會心一笑輕搖頭，抬頭看我。

「皇姑祖母。」我俯身一拜。

皇上微笑頷首，說：「快坐吧。」

我應了一聲，又向幾位公主分別躬身行禮，坐在了靠近殿門的案几後。待坐定，我才留意到今日竟多了數個案几，尚空置無人。

宮女迅速將菜品擺上，皇上似乎並不急著起筷，反而掃了一眼眾人，笑說：「太平說得不錯，這一轉眼都是大姑娘了。」

太平則笑吟吟地接過話說：「除了永泰，都是能賜婚的年紀了。」

披帛旋繞於她手臂腰間，隨霓裳飄搖，牽扯著眾人的心思。

皇上開了口，必是已有意賜婚，只是不知此番又是哪個要嫁入朝臣之府。座上的公主都有些忐忑，婉兒立在皇上的坐榻後，卻神色瞭然。

我垂頭盯著玉杯，看翠綠的葉子沉在杯底，極坦然。

論年紀，論身分，這等時候都不該輪到我。

就在各人心思蔓延時，宮門處的太監忽然入內通稟：「皇上，幾位郡王都在宮外候著了。」

皇上頷首說：「家宴無需如此繁冗禮節，傳吧。」

因坐在臨殿門處，我恰能看見幾個太監收了傘，數個少年在門口收整著衣衫。因我入宮時恰好在皇上登基後，幾位郡王為了避禍，或是稱病出宮休養，或是直接被遣出宮，如今看來，都是極面生的。

眾人身前的正是李成器，一個小太監正彎腰替他抹淨長靴上的水漬，他本側頭聽身後少年說著話，像是感覺到什麼，忽然回頭看了殿內一眼，恰與我目光相撞，微微笑著揮手屏退了太監。

「姊姊。」永泰摸了下我的手，輕聲說：「我哥哥好看吧？」

我回了神，尷尬一笑，說：「妳怎麼跑到我這裡了？」

她眨眨眼說：「熏香味道太重了，妳這裡淡一些。」

我將她摟在懷裡，說：「就妳敢在皇上面前亂跑，也不怕受罰。」

她吐了下舌頭，便去側頭看入內的幾個哥哥。

李成器與幾位郡王走入殿內，恭恭敬敬地行了叩拜大禮，皇上似乎心情極好，連連笑著讓他們起身落座。除了太平細細看著他們，餘下的公主都起身行禮。

我剛一把拉起永泰，卻被她掙開了手，一道粉色的影子就撲到了李成器身上。「成器哥哥。」

李成器溫和地摸了摸永泰的頭，身後的少年卻立了眉。「永泰啊永泰，我才是妳親哥哥啊。」

永泰哼了一聲，沒看他。

眾人皆搖頭笑著，本有幾分緊繃的氣氛，也因此盡數散了。

皇上搖頭笑說：「太平，這一幕讓朕想起妳幼時，也是如此黏著弘兒。」

太平神色微一黯，旋即又揚起一抹明媚的笑意，說：「我那時也想黏著賢哥哥，可惜冷得像三九寒冰似的，話都不敢說上三句。」

皇上笑著搖頭，吩咐宮女開了席。

這幾句話聽著像是閒話家常，卻說著已離世的兩位皇子，亦是曾冊封為太子，又先後被廢掉的尊貴人。

皇上登基前，先後廢了六任太子、兩任皇帝，這才換來了大周朝的開國。

如今細想，都是皇上的親子嫡孫，不過是我從三歲到九歲這六年間的事。

慈悲的孝敬皇帝李弘，博學的章懷太子李賢，都帶著無上尊貴的封號辭世。餘下的廬陵王和如今的太子殿下，卻是世人口中的平庸之輩。

大明宮中傳說太多，成為死後的傳說，或是活著的傀儡，或許，誰也說不出對錯。

我閒閒地夾起塊七返糕，聽幾個少年與皇上對話，才明白剛才那個氣不過的便是廬陵王的長子，難怪和永泰生得有五、六分像。

永泰黏在李成器身邊坐下，像是塊小膏藥似的，讓人哭笑不得。

宴席過半時，太平忽然說起朝堂之事。

「來俊臣審了數日，嚴刑酷法，五毒備至。」她邊說，邊舉杯晃了晃。「卻仍拿不到歐陽通謀逆的罪證，如今朝中眾臣連上奏摺為歐陽通洗冤，母皇對此事如何看？」

皇上沉吟片刻，說：「若至十二日再難有罪證，就放了吧。」

「來俊臣手裡，歷來沒有冤枉的人。酷刑繁多，還偏就起些好聽的名字。用椽子釘住人的手腳，穿成一線朝一個方向旋轉，叫那是『鳳凰晒翅』。」太平諷刺一笑，拿筷箸指了指面前的一盤百鳥朝鳳。「恰就像這個，不過要鮮血淋漓得多。」

她說話時，永泰正在吃那菜，立刻吐了出來。

太平低聲吩咐婢女，給永泰端了杯熱茶去，又挑起狹長的鳳眸，說：「前幾日我命人拿來他編纂的《羅織經》細讀，以醋灌鼻，燒甕煮人，這些尋常的刑罰都讓女兒頭皮發麻，更別說那頭釘木楔，腦裂髓出——」

皇上鳳眸深斂，打斷她道：「太平，用膳時不要說這些話。」

太平笑笑，繼續吃那百鳥朝鳳。

我正身上陣陣發寒，卻聽見玉器輕碰聲響，給我上菜的宮婢已面色慘白，端不穩手中的玉盤。我心頭一緊，忙伸手接過她手中的玉盤，免得她引起皇上的注意。「這菜有些油膩，幫我添杯『神泉小團』來。」

皇上侍宴，歷來沖泡的都是「恩施玉露」，我特要了宴席上沒有的，只想讓她多在外走上片刻，鎮定下心神。不過，太平公主說的話最多有些駭人，她怎會怕成這樣？

那小宮婢愣了一下，忙感激地看了我一眼，躬身退了下去。

我見她走了，也就沒再細想，盯著那百鳥朝鳳，心中萬分欽佩太平的胃口和勇氣。在皇上面前，也就太平與婉兒能直言，可婉兒歷來是順著說，太平卻總要逆著皇上的意思來。

來俊臣手中誅殺的大臣官僚不計其數，多這一個歐陽通，也不過再添個記罪的名字而已。

婉兒曾說過，這不過是皇上登基前打擊李唐宗室的手段罷了，只不過來俊臣對於逼供真是天賦異稟，從無失手，雖惡名在外，卻被人捉不到半分把柄。

皇上似乎不大在意太平的話，倒是看向另一側的李成器，說：「成器對歐陽通的案子如何看？」她邊說著，邊指了手邊一道菜，示意婉兒賜給李成器。

李成器起身謝恩，說：「孫兒以為歐陽通之事，不僅是朝堂上的政事，也是民間學子之事。」他見皇上微頷首，才繼續說道：「歐陽通之父歐陽詢以其墨跡而譽滿天下，連高祖都曾盛讚，於文人學子中更是聲譽極高。歐陽通得其父真傳，聲名不在其下，是以，這一案已在文人墨客間廣為議論，紛紛抱以不平。」

皇上又頷首，說：「都說了些什麼？」

「有句俗語，觀其字而識其人。」李成器，道：「眾人均以為歐陽通應無謀逆之心。孫兒以為此案當速審，以絕此話端。」

「文人說便讓他們說去吧。若沒有歐陽通一案，他們也會尋些別的說。」皇上細看他，微微一笑道：「朕聽說在宮外芙蓉園，你曾與歐陽通臨樓而書，頗有知音之感？」

我暗自一驚，手不由扣緊了案几一角。與謀逆沾邊的，皇上歷來嚴苛，他剛才的話雖然避重就輕，但如今這話卻是⋯⋯

李成器面色未變，頷首說：「孫兒幼時喜好歐陽詢的字帖，那日在紫雲樓偶遇他，便起了些興致，一面之緣而已，還談不上是知音。」

皇上笑問：「那你觀他的字，可也覺得此人無謀逆之心？」

此一句話，眾人皆禁了聲，唯有屏風後的細樂喧音，繚繞不斷。

李成器沉吟片刻，似在斟酌。

忽然，太平幾聲咳嗽，嗆了酒一般。

她拿帕掩口，笑著打斷了祖孫的對話：「女兒也和他論過習字之道，可單憑字，誰又能說得清他是不是妄臣賊子呢？您剛才也說了，文人喜好妄議朝政，那便讓他們說去好了。」

皇上搖頭笑說：「朕怎麼未曾聽過妳好臨帖？」

「我是懶散了。」太平放了帕子，說：「當初，這宮內可有不少人以《卜商帖》、《張翰帖》習字的。」

始終在一旁沉默的婉兒適時側身，自宮婢手中接過茶，放到了皇上面前。

「公主說得是。」她笑說：「這大明宮中不少人都喜好歐陽詢的墨跡，連入宮才兩年的永安郡主也是如此，整日將歐陽詢的習字八法掛在嘴上。」

皇上淡淡一笑，抬眼看我。

「整日掛在嘴上？」皇上似乎極感興趣，說：「來，給朕背來聽聽。」

我忙起身，在腦中過了一遍，才開口道：「如高峰之墜石，如長空之新月，如千里之陣雲，如萬歲之枯藤，如勁松倒折、落掛之石崖，如萬鈞之弩發——」

我尚未背完，便被皇上出聲打斷：「如利劍斷犀角，如一波之過筆。」她眼中笑意漸深，說：「這是誰教妳的？」

我回道：「入宮前，永安曾隨著家中先生讀了兩年書，是先生教的。」

「朕幼時也常被先生逼著背這習字八法，沒想到了姪孫女一輩，還是如此。」皇上似乎想到了幼時的情景，神情略緩和下來，笑中也帶了幾分暖意。

在皇上十四歲入宮前，是沒有血雨腥風、後宮爭寵的少女時代。我看她略帶悵然的神情，竟也想起入宮前的日子。雖母親早逝又不常見父王，卻不必權衡旁人每句話的用語，每日最多憂心的也不過是背不下書，被先生責罵抄書罷了。

「來，到皇姑祖母這兒來。」皇上向我招手示意。

我忙走過去，眾人卻看著我神色各異。幾個武氏郡主豔羨，李氏公主有嫉妒，亦有淡然者。太平公主只端杯喝茶，若有似無地看了一眼婉兒，又掃了我一眼。我卻佯裝未見眾人神態，只在經過躬身而立的李成器身側時，稍有了些分神。

我走到皇上身側，被她輕握住手。「賜座。」

身側宮婢忙端上紅木矮座，我坐下時，皇上才笑著說：「朕聽妳父王說過教妳的謝先生。謝立亭在武家多年，連朕幼時也曾被他教訓過。」

我點頭，無奈地說：「老學究，脾氣硬，永安和幾個姊妹都被他罰過。四書、五經也是被他罰抄，才算是背熟了。」沒想到那個老先生也曾是皇上的師傅。

皇上淡雅一笑，和我又聊了幾句閒話，才對李成器說：「去坐吧。」

李成器躬身行禮，坐了回去。

「太平，朕知道妳有怨氣。」皇上輕嘆口氣，對不發一言的太平說：「半月前張嘉福請立周國公為皇太子，歐陽通曾極力反對，所以妳始終認為歐陽通謀反一案是周國公的誣陷。朕也是武家人，妳如今嫁的也是武家人，本就不分彼此，何必被朝堂上的事傷了感情。」

我聽到此處，終是明白了。

自狄仁傑拜相後，朝臣三番五次奏請改立太子，武氏嫡族的武承嗣，也就是皇上口中的周國公，正是數次被奏議的人選。所以太平公主才會說起歐陽通一案，原來，不過是個引子，她真正想說的是太子改立一事。

「當年駙馬因謀反被杖斃，女兒也如此質疑過。」太平又輕緩地補了一句：「太平只不願見任何人都被扣上謀反的罪名，冤死獄中。」

眾人方才鬆下的身子，又繃緊了。

三年前，駙馬薛紹因謀反被杖斃在獄中，其次子才剛滿月。大明宮中禁忌頗多，此事便是一樁，誰能想到，平白的太平公主竟自己說了出來。

皇上沒說話，抑或不願接話。

「女兒若對武家有芥蒂，就不會下嫁武攸暨。」太平接著道：「對於太子之位，太平也不認為有多少爭辯的餘地。此次是百人上表奏請立武承嗣為太子，下次一定會有千人、萬人上表。但太子之位豈是這區區表奏就能左右的？所謂太子，首先要是皇嗣，而皇嗣，顧名思義就是皇帝之子嗣。」

太平說的話有禮有節，毫無破綻。

周國公武承嗣再如何尊貴，也是皇上的姪子，而非子嗣。

我聽這母女兩人對陣，只能一動不動地端坐。

下意識地看向永泰，卻見她正咬著半個玉露團，笑嘻嘻衝我眨眼睛。李成器則在她身側閒適地端著酒杯，被宮燈映著的臉色晶瑩似玉，幽靜如蘭。

皇上輕嘆口氣，沒說話。

因著這一場話，皇上也沒再提賜婚之事，在座的公主、郡主私下都鬆了口氣。

婉兒說得不錯，李氏、武氏都在風口浪尖上，即便是她日日伴在身側，也難說能摸準皇上的心思。偏就因為如此，皇上總會將賜婚做籌碼，兩家聯姻者不計其數，連最得寵的太平公主都嫁了名不見經傳的武攸暨，何況是這些徒有公主之名，卻因父輩遭幽禁而無根基的人。

宴罷，皇上獨留了太平說話。

眾人告退時，她才忽然記起什麼，對李成器，道：「今日隆基怎麼沒來？」

李成器回說：「前幾日去了曲江，沒乘車也沒帶什麼下人，半路遇了暴雨淋得溼透，這幾日正在床上養著。因怕過了病給皇祖母和姑母，今日才沒敢露面。」

皇上頷首，關心道：「沒什麼大礙吧？」

李成器笑著回道：「沒什麼大礙了，明日說是要來宮裡向皇祖母謝罪。」

「好，說皇祖母明日等著他。」她笑了笑，又補了一句：「明日是武氏諸王覲見的日子，讓他未時左右入宮，剛好可以見見諸位王爺。」

聽到武氏覲見，我凝神細聽。

李隆基是李成器的三弟，莫非舅舅那話，與他有關？可他又怎麼知道李隆基明日入宮，而為何又會告知我？我越想越深陷迷霧中，摸不到半分頭緒。

皇上又道：「剛才婉兒說昭慶宮已收整的差不多了，你們半月後回宮吧，這樣皇祖母也不必逢年過節才能見你們了。」

幾個郡王躬身領旨。

我出殿門時，才發現漓首石刻上還殘留著水漬，連日暴雨卻已停了。殿門前，宮婢們正在擦洗著玉石臺階，見我們走出忙退後到兩側躬身行禮。候著的宜平在遠處瞧見我，正要上前時，我已被一隻小手抓住。

永泰在我身側撒嬌說：「這幾日落雨，我在宮裡憋得發慌，既然停了，姊姊就陪我去太液池走走吧。」

我愣了一下，不解她怎麼如此好興致。「路上盡是積水，明日如何？」

永泰輕噘嘴，說：「不好，若要再見成器哥哥，要等半月後了。」

原來，她是想約永平郡王同去。

我心裡不禁嘀咕了幾句，這小丫頭，平日待她太好了，到這種時候就知道欺負我。

每次侍宴眾人皆不敢多吃，我這次又是一整日未食，方才吃了兩口又被太子一事攪得心神不寧，正想著回去讓宜平備些吃食果腹，她卻要我陪遊太液池？

永泰見我猶豫，當機立斷，吩咐自己的宮婢：「讓永安郡主宮裡的先回去。」那宮婢忙躬身退下，跑到宜平身側低聲說了幾句話。

宜平遠看著我，我無奈頷首，示意她先回宮。

此時，永泰已放了我手，撲身到踏出殿門的李成器身上，撒嬌說：「成器哥哥。」

李成器低頭看她，淡聲說：「怎麼還不回去？」

永泰抽了抽鼻子，看了我一眼，說：「永安姊姊想要去太液池，成器哥哥可願一道同遊？」

李成器聽了她的話，抬頭看我。

我心裡暗罵了一聲，卻不知如何去接永泰的話。說是，那便成了我的主意，說不是……看永泰那志在必得的神情，就曉得她今日去定了。

永泰不住向我使眼色，倒是李成器先點了頭，對身後的李成義說：「既然郡

人走了。

兩人和同來的幾個郡王告辭，永泰的大哥擰眉看她，嘆了口氣，隨著其他

我忙回禮說：「多謝永平郡王、衡陽郡王相陪了。」

李成義笑著點頭，說：「但聽大哥安排。」他說完，又對我微頷首示意。

主有意，你我便走一走太液池吧。」

天上陰雲尚未散去，依稀能見暈染的月色。

宮婢、太監皆在遠處隨著，我們四人沿太液池邊的迴廊而行。兄弟兩人不時低語著，看神情就知道感情極好，婉兒常說太子的幾個皇子手足情深，如今看來果真不假。

倒是廬陵王李顯的幾個子女，即便住得極近也從不走動，若不然，永泰也不會常往我宮中跑了。

過了片刻，遠處宮婢見我們走了不少路，上前低聲請示，說前方是浮碧亭，已先一步備好了茶水點心。

李成器聽後看我，道：「走了不少路了，去亭中坐坐也好。」

我點頭，說：「我也有些累了。」

腹中無食，又走了快半個時辰，當真是餓得發慌，舉步維艱。

永泰卻是精神滿滿，不滿地看著我說：「這才走了一會兒你們就累了？」

李成義見狀伸手捏了下她的臉，爽朗一笑說：「我也覺得不盡興，不如妳我渡舟去池中蓬萊山？」

永泰忙點頭，看李成器說：「成器哥哥也去嗎？」

李成器淡淡地道：「我和郡主在浮碧亭等你們。」

永泰雖平日看起來天真，卻因著大明宮七年的歷練，總能從話裡嗅出人的心境。李成器明明說得清淡，她卻聽得縮了腦袋，拽著李成義的手走了。

領頭宮婢是太子身邊的人，今日陪著幾位郡王入宮，想是得了吩咐，照應得極妥貼。永泰那處剛說要去太液池，已有人早一步備了木船，兩個太監挑燈立在船頭，伺候他兩個上了船。宮女太監們又識趣地讓了開，獨留我和李成器在迴廊而行。

他神色溫潤謙和，卻並不說話。我只能有一搭沒一搭地慢走著，看暴雨初歇後的太液池。

蓮已謝，僅剩發黃的浮葉托著雨水，不時匯聚成一汪的水流，悄然滑到池中。每逢雨後，太液池水都會由青轉碧，濃郁得望不見底。

宮內太液池，宮外曲江畔，這是婉兒口中總提及的景致。我自兩年前入京，從未有機會出宮遊一遊曲江，此時見這碧波接天色的太液池，卻對那曲江畔更有了幾分好奇。那日婉兒見他，提及宮外的芙蓉園，今日皇姑祖母亦提及他與歐陽通在芙蓉園中的相交，想來他是曲江畔芙蓉園的常客。

心念至此，我隨口打破了沉寂：「郡王眼中的曲江，與這太液池有何不同之處？」

李成器淡聲道：「太液池美則美矣，卻不如曲江的靈動。此處遊玩者是天下最富貴之人，於宮外人眼中只稱仙境，而曲江池畔自前朝起修建成型，從皇族到百姓皆可盡興遊玩，更似人間。」

我頷首，道：「幼時聽先生說，凡新科進士都會在曲江會宴，郡王可曾眼見過？」

謝先生仕途不甚得志，一生在武家授書，卻總好說這些事來消遣。幼時聽過的都不甚記得清楚，唯有「曲江流飲」、「杏林探花」頗顯風流，倒記得極深。

李成器似看透我的興致所在，微微含笑說：「見過一、兩次。新科進士的賜宴歷來設在江畔，所以自早年便傳下了一些有趣的習俗。每到宴席過半，總有人將酒杯放於盤上，輾轉江水，轉到誰面前就要一飲而盡，本是一、二人的小伎倆，到最後卻成了名揚天下的『曲江流飲』。」

他眼中帶了隱隱的遺憾，說：「我與歐陽通便是在曲江賜宴相識，此時彼時，早已物是人非。」

他似嘆非嘆，我卻再不敢去追問。

浮碧亭恰在太液池東側，坐在亭中能隱約見未明燈的韶華閣。

我餓得不行，也顧不得客氣，先吃了兩塊點心，喝了杯茶水下肚。他侍宴時來得晚，也吃得極少，此時卻不見有胃口，隨意撥了一下便放了筷。

見他如此，我竟也不好意思再吃了，只下意識放了筷，順著他的目光去看漆黑的韶華閣。如今細想著，那夜我是隨興所至，而他卻不知為何也在那處，以他的身分，該不會有意窺探皇上與面首的情事……

正是出神時，池中遙遙傳來陣陣笛聲，飄蕩在太液池上。寒水暖音，別有意境。

我細聽了片刻，才笑道：「衡陽郡王怕是被那磨人精逼得，竟也吹起笛應景了。」

李成器眼帶笑意，道：「成義執笛以來自認學藝不精，從不在人前吹笛奏曲。如今看來，他該是被逼得怕了，才會如此。」

我聽這話，腦中盡是永泰那看似撒嬌，實則威逼的小伎倆，不禁搖頭一笑。「那吹笛人此時肯定在怨著郡王了，郡王當年以一曲〈安公子〉名揚天下，若是方才一同去了，此時吹笛的就要換人了。」

李成器笑意漸濃。「我已久不吹笛了。」

待回到宮裡，陰雲去了大半，已現依稀星光。

宜平伺候我梳洗完，抱怨說：「永泰公主真是好興致，在大明宮中七年了，卻還未賞夠太液池。」

我側頭看她，說：「暴雨初歇後，太液池碧水濃郁，確比平日多了幾分韻味。」

我坐在妝檯前，見右面上隱有紅點，用手按下還微有些刺痛，不禁呆看宜平。「這是什麼？」

宜平湊過來看了一眼，半驚半疑，道：「瞧這樣子不大像疹子……我叫人去請太醫來看看。」她說完忙放下玉梳。

我心裡一陣發慌，忙伸手拽住她，說：「去請個年輕些的，妳親自去，只說我晚膳後逛了太液池，被風吹得有些頭痛。」

宜平似懂非懂地點頭，出門叮囑外頭候著的宮婢不要入內，急急跑了出去。

我但凡吃酒，總會發疹子，這是自幼就有的。可是今夜並未沾任何酒水，怎會如此？我又細看了一眼，心頭一陣陣發寒，切莫是天花。姨娘的女兒就是沾了天花，不出幾天就死了，姨娘雖僥倖未染病，卻被趕出了宅子，住在父王的舊宅裡孤獨一生。

想到此處，我心裡一個激靈，手心已盡是汗，被指甲扣出了深紅的印子。

我站起身，又恍惚坐下，茫然地拿起梳子握在手裡，一下下梳著散開的頭髮，腦中百轉千迴，卻不知在想什麼。

「郡主。」忽然身後一個男人聲音，驚得我掉了梳子，猛地起身回頭看。

一個年輕的男人背著木箱，躬身行禮，身後站著的宜平正在微喘著氣。

我深吸口氣坐下，走到屏風後，說：「太醫辛苦了，快請坐下吧。」隔著屏風見那年輕太醫直起身，宜平替他搬了個矮凳在屏風前，緊張地立在了一側。

「小人姓沈。」那年輕太醫道：「郡主是受涼了？除了頭痛還有何處不適？」

我默了片刻，說：「我臉上起了些淡紅斑點，你可能看？」他既是宮中太醫，必然曉得我的暗示。

他也默了片刻，我正是心裡打鼓時，他卻忽然一笑，說：「能看是能看，只是郡主坐在屏風後，小人實難一眼斷病。」

我被他笑得一愣，才覺自己傻氣，忙起身走出去看他，道：「這裡可看得仔細了？」

燈下，他挑著眼，仔細看我的臉。我從未如此被人堂而皇之直瞧過，卻只能一動不動尷尬地站著，手心的汗是乾了，轉瞬又添了一層。

「郡主冷汗直冒，該不是有什麼不好猜想吧？」他搖頭一笑，道：「酒刺而已，小人回去開個方子，不出十日便能盡褪，只是這十日不能再上妝了。」

我愣了一下，見他笑得雲淡風輕的，雖不知酒刺是什麼，卻也曉得沒有大礙了，不禁長出一口氣，道：「沈太醫不用把脈嗎？」

他道：「不必，此乃常見病症，秋日多發，郡主無需如此緊張。」他說完，又低聲囑咐了幾句，大意均是不能上妝、不能食辛辣之物，宜平一一記在心裡，極恭敬地將他送了出去。

待宜平再入內，我仍舊傻站著，暗罵自己心思多。

「郡主……」宜平低低笑著說：「快歇息吧，沈太醫還說了，要早睡才能好得快。」

我嗯了一聲，由著她燃了熏香，放了帷帳。她正要吹滅燈燭時，我才道：「我先看會兒書，妳下去吧。」

她不解地看了我一眼，退出了帷帳。

不過短短半個時辰，我這心就翻天覆地。我又長出口氣，躺倒在床上，盯著床帳上的淡色流蘇發呆。不過一個小小的酒刺，我就嚇成了這樣，虧得父王還總讚我心思沉穩，虧得我還覺得在宮中已學會了寵辱不驚。

我悶了片刻，自枕下摸出了那本《釋私論》，隨手翻開一頁細讀。初見他墨跡，只覺風骨凜然，如今瞧來似有幾分歐陽詢的影子，卻多了些魏晉的不羈灑脫，在陣陣熏香裡，摻雜著墨香。

待醒來，我才發現一夜竟和衣而睡。

宜平在外聽見動靜，忙開口：「郡主醒了？」

我應了一聲，道：「什麼時辰了？」

她道：「郡主這兩日真嗜睡，都午時了。」

我又應了一聲，從床上起身將書塞到枕下。

她入內幫我收整時，我才看到桌上已放了碗藥，還冒著熱氣。「妳怎麼曉得我此時會醒？」

宜平無奈地看我，說：「奴婢不曉得，所以這碗藥已經熱了三、四次了。」

我吐了下舌頭，伸手端起藥碗，一口喝下，唔，味道不是很難過。

「郡主今日可有什麼打算？」宜平見我將碗放到桌上，就勢將我拉到妝檯前坐下。「只能梳頭卻不能上妝，郡主這十日最好提前告病，免得被皇上傳召時驚了聖駕。」

我無奈地看著銅鏡，道：「應該沒什麼事，天氣冷，也懶得走動。」

她自銅鏡中看我，似乎有幾分猶豫，道：「奴婢倒還記得一事。」

我看她，剛要問卻猛地記起舅舅的話，今兒個是朔望日，武氏諸王的覲見日！

昨日本打算忘記此事，可宴席後皇上和永平郡王的寥寥數句，卻讓我動搖了。

素聞李隆基自幼傲氣，不得武家人喜歡，他不過是個七、八歲的孩子，若是遇上舅舅那等人，必然討不得好果子。而他們兄弟情深，若李隆基當真被為難，他曉得此事，卻又不知會如何……

我猛地起身，決定去看一看，總好過在此處胡亂猜測。

「郡主真要去？」宜平顯是明白我的心思，咬脣道：「郡主這臉……」

我心神不寧地看了一眼銅鏡，不過略有些星點的紅，應該沒什麼見不得人的。「去尋件兒簡單的衣裳，我不用見皇上，只是去紫宸殿外看看。」

她剛應了一聲，我卻改了主意，說：「拿件兒宮婢的衣裳來。」

宜平啊了一聲，道：「郡主要是被人瞧見了……」

我示意她低聲些，道：「醜女宮婢，才不會有人留意。」宮中下人數千，不會有那麼多人能認識我。「把妳的腰牌也給我。」

宜平匆匆幫我妝扮好，我卻越發心神不寧，不住安慰自己，武氏諸王覲見，舅舅絕不會有什麼心思單獨顧及我，我只要避開武家人就好。

深秋白日，清透得見不到一絲雲。

侯。

我頂著太陽，一路心慌慌地走到紫宸殿遠處，正見諸王談笑而行。遠見周國公武承嗣和武三思正在低聲交談，偶展顏而笑，父王則含笑隨著沒有半句話。因入宮前並未在父王身邊，自然有不少面生的不知是誰，但總歸是武家王侯。

此時看來沒有什麼異樣，我靜立了片刻，垂頭向著鳳陽門方向而去。那道門是入宮必經之路，若是李隆基入宮與武氏諸王一同覲見，必然是要走此門的。如今看舅舅們已入了紫宸殿，心漸放下了大半，卻仍忐忑他那句話。

若不是關於李隆基的，那會是什麼事？

正是琢磨著，已近了鳳陽門。

諸王的馬車皆在宮門之外候著，此時竟有一輛馬車緩緩行來，馬車旁有騎馬的侍衛相護，待到鳳陽門前，侍衛皆下馬，而那馬車卻沒有停下來的意思。

守門的侍衛忙上前相攔：「大膽，何人馬車敢闖鳳陽門！」

馬車上跳下一個太監，摸出腰牌說：「臨淄郡王奉旨入宮。」

李隆基？我停了腳步，躲在一側石柱下細看。

那幾個侍衛聽是臨淄郡王，似乎都有些猶豫，剛想要放行，就聽見遠處一個守城將領高聲道：「無論是何人，都不得乘車入鳳陽門。」那將領大步走到門前，竟錚然一聲，半抽出劍，道：「郡王還請下馬步行。」

劍鋒驟然反出的冷光，讓那幾個隨車的侍衛愣了一下，立刻都抽出腰間寶劍，道：「大膽！」

眾人瞬息將馬車圍住，目帶殺氣地看著那將領，似乎只等一令就會抽劍而上。

我看得倒吸口冷氣，馬車內卻悄無聲息。

將領見此狀，料定裡頭的人是怕了，冷冷一笑，道：「今日是武氏諸王覲見的日子，連周國公都在鳳陽門外下馬步行，臨淄郡王怎麼就不能屈尊下車？」他話中帶諷，又抬出了周國公武承嗣，其意明顯，如今連極可能成為太子的武承嗣都下了馬車，李隆基這個無權無勢的小郡王，又怎能例外？

隨車侍衛皆已臉色鐵青，手中劍直指守城將領。

就在此刻，馬車門終於被打開，一個七、八歲的小少年從車內而出，紫衫玉帶，頭戴皂羅折上巾，倒真與他傲然不羈的傳聞相符。他不笑不語，立在馬車上，冷冷看守城將領。

守城將領愣了一下，車旁太監已爆喝：「大膽，見臨淄郡王敢不行禮！」

將領雖不願，卻仍先單膝下跪，抬袖道：「末將武懿宗叩見臨淄郡王。」他身後守城侍衛見此，也忙下跪行禮。

李隆基盯了他片刻，才道：「竟還記得下跪，還沒糊塗到家。」

那將領起身，冷面道：「還請臨淄郡王下車步行，此乃大明宮的規矩——」

「閉嘴！」李隆基沉了面色，大聲喝斥：「我李家朝堂，干你何事！」

此一言擲地有聲，眾人皆驚，連那將領也驟然呆住，待回過神色才覺自己失態，退後兩步抱劍道：「鳳陽門歷來不過車馬——」

李隆基又一次打斷，道：「本王今日就是要破這規矩，你待如何？」

我聽他這一句句緊逼，聽得是心驚膽顫，如此對峙，不出片刻就要傳到紫宸殿中，屆時我諸位舅舅添油加醋，皇上必然會有責罰。他今日是被人言語欺辱在先，但膽敢當眾挑釁大明宮的規矩……

鳳陽門下已是劍拔弩張，那將領似乎與我想到一處，側頭喚來侍衛耳語囑咐。李隆基仍面色不懼地立在馬車上，盯著他。

此時再不緩解，就沒有機會了。

我一咬牙，從石柱後跑出，裝作神色匆匆地快跑十幾步，還未待眾人反應過來，就砰然跪在了鳳陽門下，垂頭道：「奴婢奉旨為臨淄郡王引路。」

所有人都沒料到這異變，皆目光灼灼地盯著我，我卻只緊盯地面，接著道：「皇上口諭，臨淄郡王下馬後隨奴婢到蓬萊殿面聖。」

只要先要他下了馬車，便能避過這一禍，待到無人之地和他說明白即可。等皇上自紫宸殿回到蓬萊殿，他只要謊稱來得時辰晚了，皇上也定然不會怪罪一個半大的孩子……我剛才一念間也只能做這些算計，眼下靜跪在地上，卻覺得漏洞百出，萬一被識破，便是大罪。

正在懊惱時，李隆基卻先信了我，開口對身側人道：「你們都在鳳陽門外候著。」眾人躬身應是後，李隆基才對我道：「起來吧。」

我深吸口氣，抬頭正見他下了馬車，不過七、八歲，就已生得同我一般高了。他對我善意一笑，道：「有勞了。」

我忙躬身，道：「奴婢不敢，郡王請。」

李隆基點頭，正要隨我走，卻聽見那將領冷冷道：「妳可有腰牌？」

我暗自一驚，啞看著他。

我的確有宜平的，卻並非皇上身邊宮婢特有的腰牌。

既然已假傳聖諭，就不能此時落敗。

我直視那將領，鎮定道：「將軍這是何意？莫非皇上身邊的人也要將軍來監管嗎？」

他似在猶豫，我又躬身行禮道：「奴婢於宮中聽命於上官姑娘，將軍若認為奴婢今日有何不妥之處，大可在日後提請上官姑娘定奪。今日聖諭在身，恕難多陪了。」再如何，他一個守城將軍也不能輕易動我，暫且先推到婉兒身上，量他也不敢真去求證。

他聽後，微眯起眼打量我，忽然側頭和身側人低聲說著什麼。

莫非，他當真要攔著我與李隆基，先遣人去求證？我暗吸口氣，強行讓自己鎮定，只要紫宸殿中的覲見未結束，此處就無人認識我。身側李隆基卻已緊擰起眉，早已不耐，正要再次喝斥他，我已先一步扯了下他的袖口。

他詫異地看我，我快速搖了下頭。

紫宸殿外亦有侍衛，若是此處再起衝突必然會起疑心，屆時事情越發不可收拾。此時只能賭這將領的膽子。他即便有懷疑，也絕沒有十成的把握，只要他有一分猶豫，就有機會轉為五成忌憚——

我雖想得仔細，心裡卻越發沒底，正要開口再催，遠處有一個淺藕色的人影快步跑來，亦是一個年輕的宮婢，她垂頭走到近前匆匆跪下，道：「奴婢見過臨淄郡王。」

李隆基疑惑地看我一眼，對她道：「起來吧，有何要事？」

我也正疑惑，那奴婢已起身抬頭，我看她容貌心中一喜，是那日在侍宴上被我叫出去沖茶的宮婢。她亦是深看我，道：「奴婢是來尋姊姊的。」她話說得模稜兩可，想來她是遠觀此處對峙卻不知何事……

我猜測她是有意來幫，忙道：「是上官姑娘命妳來的嗎？」

她急著點頭說：「正是。」

我暗出口氣，道：「我正要迎臨淄郡王去蓬萊殿，這位將軍似乎怕有人假傳聖旨，危及臨淄郡王安危——」

她立刻明白我的意思，忙自身上摸出腰牌，遞給那將軍道：「我等皆是皇上身側宮婢，有牌為證。」

那將領忙細看，見果真是特製腰牌，再無藉口阻攔，只能躬身讓路。

我與那小宮婢對視一眼，領路在前，由鳳陽門而入，避開紫宸殿直向北走，直入了大明宮的內庭才算是鬆了口氣。太液池西北便是蓬萊殿，我下意識回望來路，無人注意，便示意那小宮婢在一側守著，低聲對李隆基道：「不知可否與郡王單獨說兩句？」

李隆基示意跟隨的年輕太監避讓，笑看我道：「我等妳這話，等了半天了。」他黑瞳中盡是得意的笑意。

我無奈看他，道：「郡王是何時知道我說謊的？」

他想了想說：「在妳拉本王袖子的時候，本王不認為皇祖母身邊伺候的宮婢有這個膽量。」

我笑看他，追問：「郡王既然看穿了，為何不揭穿我？」

他亦無奈地看我。「妳出手幫忙，本王揭穿妳做什麼？」

他英挺的眉目尚未脫了孩子氣，卻偏要端著個郡王的架子，讓我看得忍俊不禁。李隆基見我盯著他笑，不解地看我，我忙收了笑意，道：「郡王這點沒說錯，不管奴婢是不是皇上身側侍奉的，此番確是要幫郡王。今日是武氏諸王覲見的日子，郡王如此大鬧鳳陽門，定會招來麻煩，所以奴婢才斗膽假傳聖諭，將郡王攔了下來。」

李隆基蹙眉看我，搖頭道：「妳這豈止是斗膽，簡直是不要命了。」

我點頭說：「郡王既是清楚這厲害，就聽奴婢一句勸——」我抬著下巴指了指那小宮婢，道：「那宮婢確是皇上宮中的，稍後我會讓她帶郡王去蓬萊殿。皇上若問起，郡王只說來得遲了些，又在鳳陽門與守門將領起了些小誤會，所以就沒來得及入紫檀殿見武氏諸王。」

鳳陽門之事，瞞是瞞不過的，倒不如經他自己口中說出。蓬萊殿中沒有我幾個舅舅在，自然無人尋他的麻煩，估計著皇上聽後也不會說什麼。半大個孩子，又是皇孫，與下人們起些衝突也是可諒解的。

他沉吟片刻，點點頭，道：「這道理我明白。我親自說出此事，皇祖母也不會命人去細察，姑娘這事，也不會傳到她耳中。」

果真是個明白人。

我想起方才那一幕，盯著他笑嘆：「郡王若真是明白人，方才也不該如此，奴婢也就不會頂著掉腦袋的罪名去解圍了。」

李隆基輕哼了一聲，道：「明白歸明白，堂堂李家皇族怎能被個門將欺辱，更何況，他還拿武承嗣來與我比。」

我見說得差不多了，便道：「太液池西北處便是蓬萊殿，此時皇上正在與武氏諸王議事，郡王可先賞一賞太液池，待時辰差不多了再去蓬萊殿面聖，奴婢就不多陪了。」

他側頭看了一眼浩淼的水面，喃喃道：「昨夜大哥還提及夜遊太液池，今日我就要按著原路走一遭了。」

我聽他說起「大哥」，便曉得說得是李成器。昨夜他與衡陽郡王出宮得晚，沒想到回府後竟特意與李隆基說起此事……

我一時有些心猿意馬，陪他默立了片刻才道：「宮內人多眼雜，奴婢就不多陪了。」

他出聲叫住我，卻想了一想才道：「罷了，我若問妳名諱，妳想必會怕我隨口說漏了，多謝今日相助。」

我搖頭笑笑，又低聲囑咐那小宮婢幾句，便躬身告退了。

此事過了兩、三日，宮中無人私下議論，算是有驚無險。

沈太醫又來複診了一趟，見我還算遵醫囑，笑著囑咐了兩句，當場寫了個方子遞給我。不知為何，自打初次見面，我就覺得此人感覺很怪。他從不忌諱我是郡主，言語總有取笑，連宜平都私下感嘆是不是這太醫特別。

我左右不踏實，便讓宜平去偷偷打聽了下他的來路。此太醫姓沈名秋，還有個親哥哥在尚藥局，叫沈南蓼，兄弟兩人在尚藥局地位超然，大哥頗得聖上賞識，而他卻是因幼年師從「醫神」孫思邈而聞名。

宜平仔仔細細地說完，我才算徹底明白了。

那夜囑咐宜平請個年輕的，不過是找個能鎮得住的，免得在宮中私下說些不好的話。此時我才知道那夜的誤打誤撞，竟讓我尋了個醫術高超、地位尊崇的太醫。難怪，他與我偶有交談，都不甚在意我身分……

在晚膳時，我實在憋不住，就說了此事給婉兒聽，卻換得她掩口嘲笑：「我說妳怎麼好幾日不見出宮，原來是染了酒刺。」她欽佩地嘆了一聲，道：「連太平公主要請小沈太醫診病，也要看他當日心情，妳當真是好命，連個酒刺也要醫神的關門弟子親自開方診病。」

我替她添了些菜，鬱鬱道：「姊姊妳就別嘲笑我了，他哥哥，也就是那個沈南蓼，當真頗得皇上賞識？我怎麼從未見過？」

皇上頗疼惜宮內住著的公主、郡主，每有染病皆要尚藥局中年資長些的親看。倘若他真受賞識，去年我正月那場高燒，諸多中老太醫會診，怎麼就不見此人？

婉兒頗為隱晦地打量我，看得我莫名所以。半晌她才嘆口氣，道：「此話我本不願說給妳聽的，可讓妳知道也好，免得妳日後得罪他。」她輕掃了一眼門外，道：「沈南蓼是皇上的新寵，如今連薛懷義那和尚，都比不得他的地位。」

新寵？我抬眼看她，見她又點點頭。

在宮中這兩年，我因婉兒的提點，漸懂得那常穿僧服、人高馬大的人叫薛懷義，是皇上在宮外私養的面首，卻從未聽她說起過太醫沈南蓼……腦中忽然閃現出一月前太液池邊那幕，那個男人，莫非就是沈南蓼？

她接著，道：「此人比薛懷義老道不少，薛懷義是人前跋扈，心思卻淺，而他——」她默了片刻，道：「與我同年入宮，能步步為營走到今日這地位，我光是想著就覺此事蹊蹺。」

我聽在耳中，沒有接話，又自暖金盤中夾了一塊酥山，放到她面前。

婉兒忽地想起什麼，笑看我道：「說些與他有關的事，妳可願聽？」

我手微一頓，看她三分戲謔的笑意，立刻明白她說的是什麼了，只笑笑道：「姊姊不是勸我放下？為什麼還要有意提起。」

婉兒道：「你們在我眼裡都還是孩子，青澀懵懂之情也純粹，也易忘。說給妳聽些太子身邊的事兒，或許於妳日後避開禍事有益。」

我心頭一暖，看向婉兒認真道：「多謝姊姊一直以來的照應。」

婉兒輕挑眉，搖頭笑道：「或是因為我與妳投緣，或是因為妳姓武，總之我有意提點妳的話，也是為了自己。我自宰相府入掖庭，再自掖庭入蓬萊殿，均是憑著皇上的一句話而已，但皇上之後呢？你們與皇上有血脈之親，若能記得我曾做的，或許日後便是一根救命稻草。」

相識近三年，我從個九歲的孩子到如今，她點滴所做，又豈都如她所說，盡是為了自己？她今日直白的感嘆，讓我有些接不上話，靜吃了半塊酥山，才笑道：「姊姊何必把九分真心說成了十分算計？」

婉兒托下巴看我，道：「把醜話說在前頭，妳反而會記得我的好。」她笑著搖頭，道：「好了，繼續說事情。那日臨淄郡王入宮出了些事，妳可聽說了？」

我佯裝不明，道：「什麼事？」

婉兒倒沒太留意我，繼續道：「臨淄郡王在鳳陽門遇人阻攔，言語衝突時，竟立於馬車上斥責說『我李家王朝，干你何事』。」

我忙接話，道：「郡王入宮時，不正是舅舅們入宮覲見的日子？」

她點頭，道：「好在，皇上是在蓬萊殿聽臨淄郡王請罪，才曉得此事，若是在覲見當時，必然是個不小的責罰。如今正是風口浪尖，當著諸位王爺，皇上是斷不會護短的。」

我點頭附和，她繼續道：「那日我和太平公主都在蓬萊殿，見臨淄郡王下跪請罪都嚇了一跳，可妳猜皇上聽後如何說？」

這也正是我最想知道的。我忙道：「皇上可是震怒？」

婉兒悠悠一笑，道：「沒有半分怒氣，卻是十分歡喜。」

我這回是真不明白了，緊盯著她等著後話。她喝了口茶，道：「雖有意訓斥了幾句，卻旋即大笑讚許，誇臨淄郡王年小志高，有皇族風範。」婉兒的神情亦是感嘆，想必她也未料到皇上有如此反應。

我何嘗想到是這種大喜的結果，記起那稚嫩英氣的少年，也不禁替他高興。「如此說來，皇姑祖母真是很疼這個孫兒了。」

婉兒點頭，說：「此事必然已傳入妳幾個舅舅耳中了，皇上的歡喜，幾分真幾分假，誰都看不透，但起碼這些兒孫在她心中的地位，並沒有那麼低。」

她說完，不再繼續這話題，又說了些去洛陽奉先寺進香之事。

我邊隨口搭話，邊細琢磨她若有似無的話。如今正是李氏、武氏爭奪太子位時，皇姑祖母此番對李隆基此事的態度，或許就是對太子位的暗示？

「永安。」婉兒出聲喚我，道：「此次去洛陽，太子的幾個郡王都會隨同，妳要避諱些。」

# 第四章　玉搔頭

天授元年起，洛陽便被定為了「神都」。

自我入大明宮來，皇上一年有大半時間於太初宮處理政務。據婉兒說，此次奉先寺進香後，皇上便會常年居太初宮，我等一干兒孫輩的自然也要隨著遷往洛陽。

「宜平。」我坐在馬車上，接過她遞來的茶，道：「明年起妳我便要住在太初宮了。」

宜平笑看我，道：「奴婢總聽宜都說太初宮如何，終於有機會看看了。」

我喝下熱茶，將身上的袍帔裹緊，又和她隨口說了幾句洛陽。

洛陽，我幼時曾隨父王走過一趟，因年紀小印象不大深，倒是入宮這兩年頻頻聽婉兒說起，漸起了些心思。皇上登基時建武氏七廟，去年又自各地遷了十萬戶入住洛陽城，一切似乎都在為實質上的遷都做準備。

李氏王朝定都長安，皇上如此做，便是將洛陽當作武氏王朝的都城。

太初宮，太初宮，亦是武氏大周開天闢地，萬物初始之意。

行至午後，宜都來傳話，說是皇上坐車有些疲乏了，召各位郡王、公主等下車相陪，在濟水河畔稍作休整。

我應了聲，略收整下便下了馬車。

濟水河畔，遠遠可見身著明黃團龍袍帔的皇上在和婉兒說笑，身側隨侍著幾位郡王和公主，宮女太監提著熏爐，持著雉羽宮扇不遠不近地隨著。

我走上前行禮時，皇上正在說著歐陽通之事，只頷首示意我起身，便接著對婉兒，道：「既然來俊臣已做了證供，便賜歐陽通一死吧。念及其父歐陽詢曾得太宗盛讚，只降罪一人，就不要禍及九族了。」

婉兒應了是，又說了些盛讚的話來。

我特地隨在眾人身後，正裹緊袍帔，就被人輕拉了下袖子，忙側頭看，卻正是方才走在前頭的李隆基。

他緊盯著我，漂亮的丹鳳眼中滿是疑惑、思慮，隨即又轉為瞭然。

我衝他眨眨眼，道：「永安見過臨淄郡王。」

他低聲，道：「那日是個臉帶紅斑點，未上妝的醜宮婢，今日倒像是郡主了。」

我斜看他，哼了一聲。

這小郡王今日穿著紫色錦袍，外罩著玄色袍帔，漂亮的似個美嬌娘。我腦中靈光一現，忽地記起父王說起的話。皇上登基時，他曾男扮女裝在慶典上唱了一曲〈長命女〉，其傳神之態，震懾了在場文武百官。

念及至此，不禁低聲一笑，反擊道：「永安也常聽舅舅們說起臨淄郡王，男扮女裝獻唱一曲〈長命女〉，雖是小小孩童，卻已豔蓋大明宮。」

李隆基臉色泛紅，想是沒料到我會提起此事。「我堂堂一個郡王，怎地被妳說得像個女子？」

我示意他壓低聲：「郡王多想了，永安是說郡王天資聰穎，學得傳神，那一場盛宴郡王可是最出彩的。」

他斜睨我，忽而一笑道：「妳若是親眼見了那夜的盛宴，怕就不會這麼說了。」他輕抬下巴，指了指前處，道：「我大哥那夜長身而立，玉笛橫吹，至今仍被民間學子傳誦，不知迷醉了多少深閨佳人。」

我順著他的話，下意識看前處。李成器正與皇上說話，碧青錦袍外，外披著月白袍帔，在那明黃龍袍側，盡顯出七分風流三分淡雅。

皇上正搖頭笑著說了句什麼，他微揚一抹笑意，頷首回話。

我怔忡地看著，腦中勾勒著李隆基的話，竟一時挪不開視線。恰此時皇上忽然站定，看向我這處，婉兒和李成器亦是抬目看我，視線相碰，我才覺失態，忙別過了頭。

「永安郡主，臨淄郡王。」婉兒出聲，道：「皇上命你二人上前。」

我忙和李隆基一道走上前施禮，待起身時，皇上才道：「隆基生於洛陽，可去過國子監？」
李隆基恭敬，道：「屢從門外過，尚未有機會入內。」
皇上頷首，又看我：「永安可聽過國子監？」
我頷首，道：「永安幼時常聽謝先生說，每年進士及第者多自長安和洛陽兩監而出，乃是天下學子嚮往的聖地。」
皇上笑著搖頭，道：「別學那老學究說話，妳還聽過些什麼？」
我低頭細想了想，道：「聽說國子監中還有各國朝聖的人。」我看了一眼婉兒，道：「婉兒姊姊曾說，內裡能見到些新羅、大食等國的人，皆習我大周的字，讀我大周的書。」
皇上點頭，道：「婉兒說得不錯。」她笑看向李成器，接著道：「若有機會，帶幾個沒去過的弟弟、妹妹都去看看洛陽的國子監，去年殿試之生有不少出自洛陽，這些年也算辦得頗有成效。」
李成器應了是，皇上又開始大談去年的殿試。
我和李隆基被叫上前，自然只能緊隨著，不敢再說閒話。
從剛才的話起，皇上就一直在說著去年的洛陽科舉，似乎興致極高。兩人從六學說到詩詞歌賦，從去年首次的殿試說到武舉科目，李成器均回應得滴水不露，甚得皇上歡心。
婉兒在一側聽著，不時添上兩句，亦是偶和我目光交匯，眼中笑意深不可測。

約莫走了片刻，雖裹著袍帔，我卻雙手凍得發紅，隱隱作痛。

我不住輕搓著兩手，終是心不在焉地等到了皇上的一句話，忙隨眾人告退，回了馬車。

宜平見我回來，遞上紫銅手爐，道：「皇上身子真是好，這大冷天的在水邊走，我看那些公主們都凍得臉色發白了。」

我悶悶看她，道：「她們隨得遠，還能將手收入袖中避寒，我跟在皇上身側，只能規規矩矩地任冷風吹。」我又抱怨了兩句，只覺得抱著暖爐的手刺辣的疼。

忽然，有人在外輕叩門，宜平忙開門出去，說了兩句話便關上車門。她手中多了個白帕裹著的物事，遞給我，道：「是個小太監送來的，說是特製的手膏，可護手防凍。」

我將手爐遞給她，接過那帕子打開，是個細巧的銀鎏金盒。我怔忡地看著這銀盒片刻，才打開，一股玉竹清香便撲鼻而來。

瞬間，心中溢滿了說不出的歡愉，我竟不覺笑了起來。

宜平看我如此，不禁傻住，道：「郡主知道是誰送來的？」

我蓋上銀盒，笑看她：「送的人沒說嗎？」

她不解地搖頭，道：「我連問了兩句，那小太監就是不肯說，匆匆跑掉了。」

我聽她這話，更覺自己猜對了。這手膏送得恰是時候，來人又不肯洩漏身分，除了他還有誰？

皇上的那句吩咐，李隆基倒記得清楚。

次日我起身，才剛接過宜平遞來澡豆淨臉時，殿外的宮婢就匆匆入內，行禮，道：「郡主，臨淄郡王已在外殿了。」

我愣了一下，匆匆洗淨臉，接過宜平遞來的手巾，道：「讓他進來吧。」

左右都被他見過醜模樣，也不怕嘲笑了。

他進來時，見我尚未上妝，竟也難得呆了一下，才無奈道：「本王的兩個皇姊若如妳一樣，早被母妃責罵了。」

我亦無奈地看他，道：「郡王若不是個孩子，我早去皇上那裡告狀了。」

他聽明白了我的意思，斂了些笑意道：「妳不過長本王三歲罷了。」

我懶得和他拌嘴，道：「這麼早來，可有什麼要緊事？」

他點頭，道：「我已約好了大哥，今日就去國子監。」

我細看他，道：「皇上不過隨口一句話，郡王何必如此當真？」

他微微一笑，道：「妳可知君無戲言？天子說出的話便是口諭，寫出的字便是聖旨。」

不過八歲孩子，說此話竟分外有氣勢，比他父王還更像太子。

我只能應了他，先將他打發走，待坐到銅鏡前，卻有了幾分緊張。與永平郡王每每相遇均在意料之外，唯有今日竟是早知消息。我靜了片刻，才吩咐宜平挑了幾樣簡單的首飾，唯一出挑的也不過個金雀玉搔頭，簡單上了面妝後起身。

出門時，宜平替我拿了件紅羅銷金的袍帔罩上，邊繫帶子邊道：「郡主幾時回宮？若有人來尋，我好有個交代。」

我細想了下，道：「此事是皇上准了的，妳只管直說就好。」

她點點頭，應了是。

我走出一步，忽地想起那手膏，鬼使神差地又走回妝檯。待打開盒蓋，卻猶豫片刻才拿玉簪挑出一抹，塗在手上，指尖柔滑，清香撲鼻。

臨近宮門時，天已漸陰下來。

昨夜此處的新宮婢就在低聲議論，照往年慣例，洛陽這幾日準會落雪。眼下看這天色，怕是今晚或明日一早，便會瑞雪臨城了。

宮門外已停了馬車，十數個帶刀侍衛在馬側等候。眾侍衛前立著的兩個，正是李成器和李隆基。我深吸口氣，快走了兩步，到他兩人面前行禮道：「永平郡王，臨淄郡王。」

李成器頷首道：「起來吧。」

我起身隨他們上了馬車，車內極寬敞，紅泥小炭爐燃得正旺，爐上茶鍋正汩汩冒著熱氣。李成器示意李隆基坐在他身側，特地將我讓到了炭爐旁。

我隨口道：「郡王好興致，如此短途也備了茶具。」

李隆基搖頭道：「大哥是怕妳畏寒，特命人準備的。」

此時，水恰燒開，我忙側身泡茶掩飾尷尬。

待遞他茶杯時，指尖輕觸，不覺手一顫，竟濺了些水在他身上。

李成器穩穩接過茶杯，放在手側案几上，道：「多謝。」

待到遞茶給李隆基時，他卻忽道：「郡主今日換了香膏？」

我頓了一下，才明白李隆基說的是什麼，尷尬地笑看他。「郡王倒是好記性。」

他道：「這香味特別，自然能察覺出來。」

我敷衍地謝了一句，端杯喝了口茶，卻忘了方才是開水所泡，舌尖竟被燙得發麻。

臨下車時，李隆基才從手側拿出件玄色袍帔和風帽。

他笑道：「妳若想大張旗鼓進去，受眾人行禮敬拜，就披著妳那件大紅袍帔。若不然就換上這個，以帽遮臉，隨我們盡興走一走。」

我自然明白他的意思，國子監畢竟都是男子出入，若是憑著皇上的旨意，是可一遊，卻不過是被人圍供著，難以盡興。既然明白，就沒再猶豫，忙解下身上的袍帔，換了他手中的，將風帽拉下遮住了大半張臉。

好在是冬日來，否則真是想遮也難了。

因這袍帔極大，也看不大出鞋面，只要留神些，自然不會有人太過留意。

方才換好，車便已行至國子監門處，隨行侍從遞了牌，便守著馬車留在了門外。

李成器領我兩人入內，一路邊行邊講解，李隆基聽得極是認真。

行至一亭側，正聽見裡處幾個學子高談闊論，均是議著洛陽早已重於長安，理應居中而攝天下。

李成器駐足靜聽，偶有頷首贊同之意，李隆基卻已臉色漸沉，終是氣盛，略聽數句後竟已上前參與辯言。

我見他如此，不禁有些擔心，道：「郡王年紀尚幼，若說了什麼不妥的傳入皇上耳中，豈不是麻煩？」

李成器搖頭，笑道：「且聽聽他能說些什麼，若有不妥再攔下。」

我點點頭，細聽亭中辯言。因我三人皆身著便服，那幾個學子並未看出李隆基的身分，見個半大的孩子忽然出聲，都有驚詫，卻帶著趣意地看他。待聽他說了數句，均認真起來，竟與他從軍政到商農，無一不論。

李成器始終立在樹側看他，眸中帶著淡淡的笑意。

「論地勢，洛陽北通幽燕，西接秦隴，東達海岱，南至江淮，確可居中而攝天下；論軍政，洛陽確可控以三河，固以四塞。」李隆基遙一拱手，道：「是以皇上才如此看重洛陽，但長安自西周起便為都城，歷經十二朝，早已為天下民心之所向，絕非遠超一疆一土，唯有長安為中，才能真正安天下民心，昭四海同心朝覲！」

少年英氣勃發，竟如陰日一道明媚陽光，晃了人眼。

眾學子啞然看他，竟一時都沒了聲音。

此時，亭外正聽的眾人忽然都悄然讓出條路，恭敬行禮。一位老者走到亭邊，撫鬚淺笑，道：「這位小公子的話，竟極像數年前的一個人，也是同樣年少不羈，同樣見解獨到。」

我見眾人對他行禮，約莫猜到必是位德高望重的先生。

李隆基抬袖道：「讓老先生見笑了，不知先生口中所說的是何人？」他一板一眼的行禮，倒像個學堂上極受先生寵愛的少年。

那老先生，道：「是永平郡王，當年他也不過小公子這般年紀，話倒說得不多，卻一針見血。」他頓了一頓，遙想當年話，不禁笑嘆道：「長安，天下之『長治久安』。」

眾人聽到永平郡王的名字，均低聲議論著，無不敬嘆。

我心底亦回味著那簡短的話，拆開兩字，即可辯勝不敗。正如李隆基所說，所謂國都早已越過了一疆一土的意義，於億兆黎民心中，單憑「長治久安」

四字便已足夠。

李隆基忽而一笑，向著我們這處使了個眼色，才裝模作樣道：「素聞永平郡王之名，果然一針見血，比我這長篇大論的省了不少口舌。」

老者道：「不知小公子可否與我走走，閒話幾句？」

眾人又是譁然，我雖不知這老者身分，但見眾人反應已替李隆基歡喜。不過八歲孩子，先辯勝眾儒，又在隱瞞身分時得國子監先生欣賞……

李隆基亦是面帶喜色，忙道：「學生卻之不恭。」他側頭對李成器，道：「大哥，你們先逛著，稍後我再來尋。」

見李成器頷首後，他立刻走下亭子，恭恭敬敬地行了個學生禮，隨著那老者走了。

待眾人散盡，李成器才看我，道：「崇文閣這個時辰正是閉樓時，可想去看看？」

我點頭，道：「常聽人說崇文閣囊盡天下書典，恰好得了機會，自然要去。」

崇文閣隱在古松林內，獨立成樓，較之其餘學堂更為幽靜。守門的老先生見我二人正要阻攔，卻在見到李成器玉牌時，忙悄然行禮，將我們讓了進去。

樓內瀰漫著松竹香氣，未燃燈燭，又恰逢天陰，光線顯是暗了不少。

他似乎對此處極熟悉，帶我上了二樓，穿過三、四排古舊書架，才自一側架上拿下個卷軸，遞給我道：「這是歐陽詢《蘭亭記》的拓本，郡主若有興趣可帶回太初宮細看。」

我接過那卷軸，解開紅繩展開，果真是《蘭亭記》，不禁心中一喜，道：「多謝郡王。」

他微微笑著看我，道：「在此處妳可暫摘下風帽了。」

我忙放下卷軸，伸手摘下了風帽，因著帽帶的勾扯，髮髻上的玉搔頭竟滑落到地上，一聲脆響斷成了兩段。我心中一跳，暗罵自己不當心，他卻已先撿起了那兩段玉搔頭，靜了片刻，才溫聲道：「妳可聽過這玉搔頭的典故？」

我低低嗯了一聲。西漢武帝恩寵宮中李夫人，便拔下她髮間玉簪輕搔癢，而李夫人因拔下髮簪，烏髮滑落，更顯慵懶之態，不禁引得武帝寵愛更勝。自此宮中女子紛紛效仿，玉搔頭一名也流傳至今。

此典故戲說有幾分，並無人計較，但宮中女子期盼聖寵的心思卻是不假。

他並沒有急著接話，我腦中想著那旖旎的傳說，越發覺得不好意思起來，只能把玩著方才自卷軸上摘下的紅繩。

過了會兒，他才道：「多謝妳。」

我不解道：「郡王在謝什麼？」

他眼盛笑意，道：「多謝妳那日助隆基避過一禍。」

我這才反應過來他說的是什麼，低聲道：「那日我是路過，見小郡王與人對峙宮門處，便起了些勸慰的心思，只是無心隨興之舉罷了。」

他低頭看我，道：「穿著宮婢的衣裳，又出現在鳳陽門處，若說是無心之舉，卻有些牽強了。」

我見被他拆穿，臉竟有些微微發燙，默了半晌才道：「此事確有人故意暗示過，否則我也不會如此精明，能猜到事發的時辰和地方。」

他又靜了一會兒，輕嘆口氣，道：「我知道，是梁王布下的局。」

聽這話，我才曉得他竟早知此事，不禁追問：「既然知道，為何還要任此事發生？」

他淡淡回看著我，道：「此事我早知情，即便是個局，卻已有了應對之策。既然他想這麼做，那就隨他吧，想要讓我們陷入險境的是他，真正能決定我們生死的，卻只有皇上。」

他話說得甚為隱晦，話中意思卻很清楚。他們的命運，在於皇上是否當真在意他們、肯護著這些兒孫。若是皇上仍不捨他們，即便是天大的罪過也不至獲罪；若是皇上也將他們視為眼中釘肉中刺，即便是再小的過錯也能人頭落地。

我雖知李氏皇嗣的處境，今日自他這幾句話中，才真正體會了這種為俎上魚肉的感受。

而那刀卻是自己親祖母，俎便是那龍椅。

「我雖有應對之策，卻沒料到那日妳會出現。」他靜看著我，道：「既然梁王能告知妳此事，就已經知道了妳與我的關係。」

我低低「嗯」了一聲，方才壓下去的心慌，又因他這話而一湧而上，我和他其實不過見了數次，所謂關係，也只是那日做給婉兒看的……

他將那連著翠翹金雀的半截遞給我：「另半截玉我收下了，妳既能捨身救隆基一命，日後若有我能相助的地方，必當盡力而為。」

我接過那半截，捏在手中卻不知如何作答。

正在怔忡時，忽然聽見閣樓深處有書落地的聲響，不禁僵了身子看他，他示意我不要出聲，正要轉身去看，那發出聲響的地方已傳來腳步聲，書架一側轉瞬露出個少年的臉，仔細端詳我兩人片刻，才忽而一笑，道：「李兄！」

李成器點頭，道：「你又躲在此處看書了。」

那少年自書架後閃出，搔著頭，打了個哈欠道：「此閣中書那麼多，當然要廢寢忘食才能讀得痛快。」約莫離了三、四步遠，他才停下來細細打量我，目光灼灼有如實質。

我被他盯得極不自在，正不知如何是好時，他忽地開口：「這位就是嫂夫人吧？敢在國子監崇明閣談情，果真不俗，不俗，在下張九齡，見過嫂夫人。」

他說完，立刻抬袖，恭恭敬敬地行了個大禮。

我未料到他如此說，傻看著他，莫名受了這一禮。

李成器只搖頭，對我道：「這位是西漢張留侯的後人，國子監本只收年過十四的學生，可他憑著一句詩，就破了這例。」

他似笑非笑看我，我忙避了開，道：「運籌於帷幄之中，決勝於千里之外，沒想到在此處，卻還能看到張留侯的後人。」西漢張子房助劉邦一統天下，流芳百世，而這少年的神韻氣度，確也與常人不同。

張九齡尷尬一笑。「李兄每次都提我那千年前的老祖宗，害我都不敢見人了。嫂夫人先別急著誇讚我，當初說服老先生的詩句實在拿不出手，不過是無心之作罷了。」

他一句句嫂夫人，叫得我又窘迫起來，忙道：「張公子可直呼我姓名，我——」我剛要開口卻覺不妥，他稱李成器為李兄，卻並不行禮，難道李成器並未向他表露真身？

李成器似乎看出我的猶豫，接口道：「這位是永安郡主。」

張九齡輕啊了一聲，道：「那我方才豈不是叫錯了？」李成器但笑不語，他才恍然再細看我，又恭敬地行了禮，道：「郡主，在下唐突了。」

我這才暗出了口氣，道：「張公子再拜下去，那守門的老先生就要上來了。」

看來他早已曉得李成器的身分，卻直呼李兄而非郡王，必是交心的知己。我看他笑意滿滿地起了身，不覺又對這少年多了幾分好感，不卑不亢，看似隨意卻心中自有尺度，若是日後，想必也是一可用朝臣。

張九齡點頭，道：「那我就不拘俗禮了。」他邊說著，邊舉起手上半開的書卷，走上前兩步道：「睡前正讀到此處，心中激蕩卻無人分享，誰想到老天竟送來了李兄，正好正好。」

他倒也不拘謹，真就和李成器論起書來。

李成器只示意我可隨處走走，便與他走到窗邊明亮處，低聲交談起來。張九齡顯是個書痴，說到激昂處若見珍寶，喜不自禁，他卻始終微微笑著，不時添上兩句，卻是字字珠璣，針針見血。

我隨意在成排的書架間走著，掃過一冊冊書卷，腦中卻是方才的對話。透過書卷的縫隙，看著窗邊臨窗而立的兩人，連陰霾的天色都有了稍許暖意。

手中尚還握著半截玉搔頭，他如此坦然地留下那半截斷玉，究竟何意？

正想著，卻見他兩人忽地停了話，李成器靜看著窗外的松柏，張九齡卻回頭悄看我，輕笑著說了句什麼。因離得太遠，我聽不到那話，卻見李成器回頭看我，便微笑著點了下頭。

回去的路上，我探問究竟是何詩句，能讓國子監的老先生肯破例。

李成器溫聲道：「草木有本心，何求美人折。」

我細品這話，字句簡單卻直敲人心，果真好句。我捧著茶杯喝了一口，道：「可惜僅有一句，若是日後能補足，便可流傳於世了。」

他頷首，道：「好句信手可得，好詩卻要字字斟酌，或許日後他有心，便可補足遺憾。」

的後人。」

李隆基聽我二人說著，側頭道：「你們也遇到奇人了？」

我笑著點頭。「是個奇人。」

他看了我一眼，道：「是誰？」

我看著李成器，道：「是永平郡王的朋友。」想了想，又補了一句：「張留候的後人。」

他眼中興趣漸濃，道：「聽妳說是大哥的朋友，我就知此人不凡，果真如此。」他說完，側頭去看李成器，道：「大哥是何時認識這麼個朋友的，竟也不說給我聽。」

李成器笑看他，道：「在長安醉仙樓認識的。」

李隆基頓時臉上五顏六色。「大哥，醉仙樓……」他莫名地看了我一眼，沒繼續說。

我也莫名地看著他，又看李成器。醉仙樓，單聽這名字就知是個享樂之地，李隆基又是這神情，莫非……

李成器喝了口茶，帶趣地看了我一眼，才對李隆基，道：「煙花之地也是聚賢之所，古來多少文人雅士皆喜紅袖添香的雅致。那日他去是為了偷書，而我卻是為了尋才，恰巧撞上也算有緣。」

他說得坦蕩，李隆基聽得不好意思起來，輕咳了一聲，道：「弟弟錯了，大哥素來潔身自好——」

李成器溫聲打斷，道：「此人確是不凡，日後朝堂上必有他一席之地。」
李隆基點頭，漆黑眼眸沉寂下來，毫不像個孩子。
李成器拿起手卷翻看，沒再說話。
我捧著茶暖手，被紅泥爐子烘烤著，微帶了些睏意，沒敢再去看他。

因昨日到時皇上乏力，所有人便偷了個閒，將晚宴挪到了今日。我們到長生殿外時，華燈已初上，紛走的宮婢都在忙著準備，裡處諸位尊貴人皆已坐下，陪著皇上在品茶。
我隨他兩人行了禮，便走到矮几後坐下。
身側永泰衝我眨了眨眼，輕聲道：「姊姊今日遊玩得可盡興？」
我笑看她，道：「妳不說我都忘了，妳怎麼沒一起去？」
永泰努嘴看我，道：「隆基哥哥是來尋過我，可我昨日在水邊著了涼，現在還頭痛呢。」
我嗯了一聲，細看她臉色，確有些發熱的潮紅，便道：「那怎麼還來侍宴？讓宮婢來說一聲就好，又不是什麼要緊的宴席。」
永泰哀看我，低聲道：「我是這麼想的，可皇祖母晚宴前特地命人去各宮吩咐，今日晚宴哪個都不能缺席。」
我愣了一下，不解此話意思。但看她一個半大的孩子也肯定不清楚什麼，就沒再追問，可總覺此事絕不是如此簡單。

今日人來得齊全，皇上身後是婉兒和韋團兒，右手側是我幾個舅舅，左手側是太子及皇孫輩的人，太平公主並未隨行。

我視線滑過時，正對上婉兒的目光，略停了一下，見她蹙眉向我輕搖頭，心裡不禁咯登一聲。

周國公武承嗣正停了話，皇上看了看他，忽然對李隆基道：「隆基今日去國子監，可有什麼新奇事？說給皇祖母聽聽。」

婉兒此時已垂了頭，倒是韋團兒冷冷看著李隆基，似有看好戲的架勢。我見此狀，猛地記起婉兒說的話，韋團兒欲嫁太子卻被婉拒，必會伺機報復。而這把柄，莫非就是今日國子監一遊？

李隆基正是恭敬起身，回道：「孫兒今日去國子監，巧遇崇文館學士杜審言，後又隨他見了崔融，與兩人暢談一個多時辰，深得其益。」

皇上頷首，道：「這民間的『崔李蘇杜』，你倒有幸遇了兩個，崔融曾是你三皇叔盧陵王的侍讀，為文華美，朕記得他。」

我聽皇上這一說才想起來，當年盧陵王李顯做太子時，對此人極依賴，東宮表疏多出自此人之手，不過那已經是過去了。看皇上面色如常，該不會為這等人遷怒。

李隆基回道：「孫兒幼時也曾聽過這四人的名號，今日也算是有緣。」

皇上頷首，道：「讀書人多有些清高氣，你可是露了身分引他兩人留意？」

李隆基搖頭，笑道：「孫兒自始至終都未表露過身分，是與一些學子論書，說了些話，才引得杜審言駐足留意。」

皇上笑道：「不愧是朕的孫兒，八歲便能與國子監學子論書了。都說了些什麼？」

我心頭一跳，李隆基亦是一僵，才猛然發現今日那話極不妥。

皇上自定洛陽為神都後，所做的每件事都在抬高洛陽地位。自登基起，便在洛陽建武氏七廟，遷徙十萬戶，又將科舉由長安移至洛陽，抬高洛陽國子監地位。如今，還廣招天下學子論述洛陽之重，恰在此時李隆基在國子監出此言論，皇上又怎會不知？

舅舅們似乎早已知曉，都在一側聽著，李隆基已漸變了臉色。我偷看向李成器，卻見他仍舊嘴角含笑，只是眼中已沒有半分溫度。

皇上又問了一次，李隆基卻面色發白，緩緩跪了下來，沒有答話。

這一跪，在場人才覺事有蹊蹺，太子李旦更是斂了笑容，眸中憂心漸深。

皇上再不去問他，緩緩環視眾人後，竟將視線停在了我身上。「永安，今日隆基都說什麼了？妳可還記得？」

我驚得起身，險些撞翻了案几，卻僵了片刻才走上前跪下去。我若不說，就是有意偏袒，更顯得他是有心之舉；我若說，卻也不會好到哪裡。我緊握起手，左右猶豫下，竟半個字也沒有說出來。

殿中瞬間安靜下來。

皇上靜了片刻，才道：「永安，妳只管據實說。」

我垂著頭，緊咬著脣，腦中反覆都是李隆基字字有力的話，如今想來竟每句都可犯聖怒，每句都可招大禍。

「皇祖母。」

李成器忽然起身行禮，打斷道：「永安郡主年紀尚幼，恐是記不大清楚了，可否由孫兒來奏稟？」

我心中猛跳，卻不敢抬頭看，只聽得皇上默了片刻，說道：「也好，成器來說吧。」

一雙黑靴停在眼前，李成器就立在我身側，平聲道：「隆基所言甚多，唯有點睛之句頗有些見解。『論地勢，洛陽北通幽燕，西接秦隴，東達海岱，南至江淮，確可居中而攝天下；論軍政，洛陽確可控以三河，固以四塞，是以皇上才如此看重洛陽，但長安自西周起便為都城，歷經十二朝，早已為天下民心之所向，絕非遠超一疆一土，唯有長安為中，才能真正安天下民心，昭四海同心朝覲』。」

我聽到最後一句，已是手心冰涼，除卻語氣聲音，一字不差！既然已有人稟告在先，他若有分毫偏差便是欺君，所以，他如實稟告，語氣雖溫和，卻掩蓋不住這字裡行間身為李氏皇族的傲氣。

皇上又靜了片刻，才道：「說得極好。」她頓了一下，道：「永安，可正是如此。」

我緊咬脣，抬頭回話：「回皇上，一字不差。」

皇上神色越發淡漠，眾人卻已禁聲，連要放茶杯的父王，都不敢動，只能緊握著茶杯盯著我。所有人都知道此話嚴重，卻猜不透皇上究竟會如何，包括跪著的我、李隆基，和背脊挺直站立的李成器。

「成器。」皇上，道：「你覺得你弟弟這話如何？」

李成器未立刻答話，只撩起衣衫，直身下跪，道：「孫兒叩請皇祖母降罪。」

皇上，道：「話並非出自你口，何來降罪？」

李成器，道：「隆基尚年幼，不過是聽孫兒當年之話，才記在心裡。今日入國子監見眾學子高談闊論，便起了爭強的心思，說出這番話。說此話的雖是他，但最初教他的卻是孫兒。」

皇上深看他，道：「何為當年之話？」

李成器，道：「數年前孫兒閒走國子監，曾說過『長安，天下之長治久安』，彼時不過是隨興所至，卻招來一眾學子的附和，不禁有些忘乎所以。今日故地重遊，便當作閒話講給弟妹們聽，豈料卻讓隆基起了好勝之心，所以，此話的根源在孫兒，而非隆基。」

皇上細看他，道：「長安，天下之長治久安，也是句好話。」我聽到此處，已是衣背盡溼，殿中雖暖意融融，卻比殿外寒風襲身還要冷上十分。

「話雖是好話，卻是漠視皇祖母的聖意，身為皇室理應謹言慎行，為朝臣之表率。皇室安，才是天下安，神都之位絕不可輕易動搖。」李成器緩緩叩頭，道：「請皇祖母降罪，以儆效尤。」

李隆基已是臉色煞白，欲要起身，卻被身側二哥李成義穩穩按住。

皇上默默看了會兒他，才道：「數年前的隨心之言，朕本不該追究，但朕在數日前已下詔書，集天下學子論述洛陽之重，今日你們便以皇孫身分，在國子監說此言論，不能不懲。」她將手中茶杯遞給婉兒，嘆了口氣，道：「去長生殿外跪上十二個時辰，聊以自省。」

第五章 太初宮雪

長生殿內宴席漸入高潮，長生殿外卻已雪白一片。

我望不到玉石臺階下，只眼見那雪越發緊，隨疾風鋪天蓋地地襲來，雖坐在殿中，卻手腳冰涼。他出殿時沒有罩任何袍帔，如此疾風暴雪，跪在長生殿前，如何受得了？

席間的談笑聲，比往日都熱鬧不少，想必眾人皆有意掩飾此間尷尬。幾位舅舅倒是暢快許多，與太子屢屢攀談，竟像是親兄弟一樣熱絡。永泰被皇上叫到身側陪著，亦是神色懨懨，好在仍懂得要討好皇祖母。

此時，我身側已無人，唯有宮女不時上前換著熱茶。

「洛陽的雪下得真是急。」婉兒端著酒杯走到我身側，坐下，道：「明日皇上要去奉先寺進香，今夜怕有人要整夜不睡，掃淨石壁佛龕的積雪了。」

我應了一聲，沒接話。

她伸手替我整了整頭髮，道：「這責罰已是最輕的了。」

我抬頭看她，輕聲道：「若是重罰，會如何？」

婉兒細想了想，低聲道：「杖斃。」
我手微顫了一下，直勾勾看著她，竟接不上話，皇室嫡孫何至如此？
婉兒輕揚了嘴角，道：「我不是嚇唬妳，我是真做好了這個準備的。」
我靜看她，等著她繼續說。
她也默了片刻，聲音極輕：「記得那日和妳說李隆基在鳳陽門前大鬧，皇上十分歡喜，當時我就沒明白皇上的用意，今日再細想卻懂了。」
我聽她這麼說，也想了想，卻越發糊塗。
以皇上對幾個親兒子的態度，臨淄郡王膽敢公然挑釁宮規，還說「我李家王朝」這種話，皇上必然不會輕饒，但她卻饒了，的確蹊蹺。我本以為她終有意決定由李家子嗣繼承帝位，難道我想得太過簡單了？
婉兒抿了口酒，看我神色，嘆道：「一個八歲孩子能說出那種話說明什麼？自然是他父親的言傳身教，是他父親仍在執著李家王朝。」
我微握了拳，聽她幾句話便已豁然明瞭。
所以那日事，實則是恩寵，其實早已是死罪。
如今在大周，誰還敢提李家王朝？尤其是有名無實的太子，那等於是心存篡奪天下，改朝換姓的禍心。
那日不是不罰，而是要罰他的父親，而非臨淄郡王。
「所以皇上想藉今日——」我不覺脫口而出，卻被她眼神止住。

她輕點頭，道：「不無可能，況且太平又不在，沒人能真正說句好話。」所以李成器才挺身而出，所以他才說幼弟是聽自己教誨，將所有罪責都攬在身上。不過一瞬間，他幾乎已將這些全想明白，或是早在那日事發後就想明白，若有這麼一天要將教唆弟弟的罪名攬在身上，替父受罰？

我光想到此處，手就有些發抖，婉兒倒了杯酒，遞給我，示意我喝。「妳說這雪會下到幾時？」婉兒抬了些聲音，哀嘆道：「瞧妳冷的，喝口酒吧。」

我應了聲，也實在覺得冷，恍惚間竟是灌下了一杯，滾燙辛辣的暖流自喉間而下，刺得我立刻視線模糊，抹了一把臉，才看到婉兒笑著搖頭。

她屈指輕敲我額頭，道：「喜歡李家人，怎麼能這麼多愁善感。」

我悶悶道：「是被酒辣的。」

她不再說此話，和我又聊了些奉先寺的事。我被那杯酒辣到，亦是緩了心思。如果真如婉兒所說，這就是最輕的責罰，只是……皇上真會就此作罷，或是再行試探太子李旦？

太子仍面色如常，與我幾個舅舅論起詩詞。李隆基沉著面，不吃不喝的，永泰去尋他說話，他也置之不理。

我憂心地看他，低聲道：「還是個孩子，藏不住心事。」

婉兒搖頭，道：「這樣也好，要是也神色如常，看在有心人眼裡才真是有問題。」

我盯著手中茶杯，頭陣陣作痛，蹙眉掃了一眼越發疾的雪，對婉兒道：「我先回去了。」

婉兒點頭，道：「去吧。」

我又看了一眼李隆基，起身走到皇上面前，說是白日吹了風又喝了酒，有些頭痛。皇上略關心了幾句，便讓我退下了。

走到殿門口，宮婢替我罩上袍帔，繫好帶子後，躬身將我送出了長生殿。

碩大的太初宮早已模糊，隱藏在白皚之後，遠近都是雪，無盡的雪。我曾讀過無數詠雪詩詞，卻沒有一句能在此時記起。天地間，唯有那背脊仍然筆挺的人，跪在長生殿前，清透的眸子越過雪幕，靜靜地看著我。

長生殿內喧鬧正盛，當值的宮婢也因大雪躲到了門內。我一步步走下石階，不過十幾步鞋就已經溼透。從石階下到他跪的地方只有十幾步，我下意識邁出兩步，他已輕搖頭示意我停步，此時，我心中才猛地一跳，停了下來。

如果此時我走過去，絕不會有人發現，況且白日我們同去了國子監，如今他被責罰，我即便是走過去，也情有可原。我腦中飛快想著，又走上前兩步，卻見他伸手拂去臉上的落雪，溫柔地看著我又搖了搖頭。

他漆黑的眸子中，有三分堅定，亦有三分告誡。

我靜靜看著他，他也一動不動地看著我。片刻後，心頭僥倖的心思盡數散了，只留下了心底微微的酸澀，和方才因酒辣了喉嚨的刺痛，我深吸口氣拉緊袍帔，轉身快步遠離了長生殿，走出幾十步後竟險些滑倒在地，卻沒敢再回頭看。

待到了宮中，宜平早已等了良久，她將我身上的袍帔脫下，抖落了一地雪。不停問詢著今日可玩得盡興，可有什麼趣聞講給她聽，我卻始終不發一言，任由她擺布換了衣裳，示意她放了幃帳，直接倒在床上靜靜發呆。

外頭宜平吩咐添火盆，吩咐明日起的時辰和早膳品類，句句都極輕，我卻聽得極清楚。本以為此時心神會大亂，未料到竟還能分神去聽宮婢的話。

燈滅後，我輾轉了一夜，也未睡踏實。幾次想喚宜平去打探，終是作罷。因是雪天，到晨起時仍是漆黑一片，宜平自幃帳外走入，點了燈回頭正要說話，卻先驚呼了一聲：「郡主怎麼又起酒刺了？」

我愣了一下，摸了摸臉，才忽地記起昨夜那杯酒，苦笑道：「這趟不是酒刺，是酒疹。」

她走過來細看了會兒，道：「要不要請太醫看看？」

我想了下，道：「去吧，要快些。」今日要去奉先寺上香，還是先看看踏實，若是路上忽然發得厲害了，反倒不好。

她應了聲，急急去了，待回來時，身後跟著的竟又是沈秋。

他眉梢還帶著雪，臉上卻盛著暖笑，行了個禮道：「郡主還真是多病多災。」

我無奈地看他，道：「這趟是飲酒所致，怎敢勞煩沈太醫親自來。」

他起身搖頭，眸子晶亮。「郡主錯了，酒疹比酒刺要凶險萬分，若是厲害了還會致命，小人怎敢不來。」

宜平端了兩杯熱茶上來，他卻不喝，只笑看我道：「這病小人需要清淨地診，不能有外人在。」

我心覺此人毛病多，示意宜平出去，道：「我這是自小的病，沈太醫不必如此緊張。」

他自顧坐下，待宜平放了簾子，才輕聲道：「既是替人來看，自然要仔細些。」

我不明所以地看他，卻見他笑意濃得化不開，似是還藏著別的什麼。但與他交談數次，深知此人行事不羈，索性也不追問，端起茶潤了潤喉。

過了一會兒，他才清了清嗓子，道：「看來郡主對那人似乎不大上心，小人也就不自討沒趣了，早早診完早早告退。」他邊說著，邊示意我將右手遞給他。

我剛伸出手，卻猛地猜到什麼，盯著他，道：「沈太醫說的是何人？」

沈秋微闔眸，細細診脈，並不理會我。我見此更覺他說的人可能是李成器，心裡不禁急得冒火，剛想抽腕子，他卻已放了手。「無妨無妨，常年舊疾罷了。不過這雖是自幼帶的病，郡主卻不能忽視，日後還是少沾酒水的好。」
我不理會他說的話，緊盯他。
他又清了清嗓子，才道：「郡主此時記起誰了？」
他這一說，我更確實了猜想，認真看他，道：「永平郡王可還跪著？」他既然能說得如此坦然，必是與李成器相交甚厚，我也顧不得其他，直接問出了最在意的。
「自然沒有。」他搖頭，道：「若是在長生殿前罰跪，哪個敢去見他？皇上見他跪了一整夜，也軟了心思，命人將他扶到尚藥局了，我方才替他診過脈。」
我聽他說那「扶」字，心中隱隱刺痛，忙道：「可有大礙？」
他笑咪咪道：「年紀輕，不過是在雪夜跪了一晚，養上些日子就會好。不過我剛要開方子，妳這宮婢就急著來了，沒來得及再細看。」
我急道：「那你還不快回去？」
他嘆道：「不敢回去，永平郡王吩咐我來為郡主診病，我不開好方子如何敢回去？」
我被他一噎，沒說出話來。
待他提筆時，我卻仍有些心悸，翻來覆去想了半天，才道：「此時尚醫局可有閒人？」
他斷然下筆，行雲流水地寫了方子，道：「細想想，似乎不大方便。」他說完，放了筆拿起紙吹了吹，用硯臺壓在了桌上。

我默了片刻，也覺自己唐突，便伸手抽了張白紙，想提筆寫什麼，腦中卻空空一片。

他見我如此，也不告退，轉身就走。我脫口叫住他，道：「沈太醫可否為我帶話？」

他回頭看我，笑道：「方才忘了說，皇上有旨意，今日永平郡王要伴駕同遊奉先寺。郡主若有什麼話，還是親自說的痛快。」

我驚看他，道：「今日？」

雪地徹夜長跪，今日竟還伴駕到奉先寺？我雖是初次來洛陽禮佛上香，卻知道奉先寺建於龍門山半山腰，山道崎嶇不平，雖為了皇上上香而做過修整，但遇陡峭之處仍要步行，難以通軟轎。

他點頭，道：「郡主若有話，多等一個時辰，見面再說吧，小人先要去為郡王施針，以保今日周全，否則這一折騰，難保不落下病根。」

我忙點點頭，沒再攔他，他也沒再客氣，掀了珠簾疾步而去。

山道上正有人潑著滾燙的水化雪，一行人都侯在山下，待雪化登山。

武承嗣在皇上身邊，低聲笑說龍威懾天，今皇上禮佛，晨起雪便已小了，如今到了山下竟是停了。太子及子嗣就隨在一側，我遠看太子身後的李成器，依舊神色平淡，偶在皇祖母回頭問話時，頷首回話，似乎祖孫依舊其樂融融，昨夜之事早已煙消雲散。

約莫過了片刻，眾人皆向山上而去。前處有清道的宮婢，因山道過窄，除卻皇上，其餘人都未帶貼身的宮婢太監，盡數留在了山下。

我拉著永泰走在最後頭賞景，將她讓到裡處。「當心些。」

她眨了眨眼，看我道：「姊姊今日做我的宮婢了？」

我掛了下她的鼻子，笑道：「妳是嫡皇孫，我怎麼敢不護著妳？」

她聽這話，難得不笑了，嘆了口氣道：「什麼嫡皇孫，做了錯事還不如一個下人。」

我默了片刻，認真道：「這話日後不許再說了。」這孩子定是看了昨日的事才如此想，可禍從口出的道理，她卻還沒明白。

永泰應了一聲，道：「我昨夜就在想，若是我和姊姊一樣姓武，也能過得自在些。又能享無上尊榮，爹娘也能康健安樂。」

我聽她這話，心中滋味難辨，也不曉得如何去說，只能玩笑道：「那還不簡單，日後我為妳尋個武家的小郡王嫁了。」

永泰隨手抓了一把崖壁上的殘雪，瞇眼笑道：「不用姊姊尋，我哥哥早說了，李家的女兒十有八九要嫁武家，武家的女兒也如此。」她將雪捏了個團，輕扔到我身上，笑道：「皇祖母這麼喜歡姊姊，姊姊說不定還能好好挑一挑。」

我被砸了半身雪，哭笑不得地看她，道：「妳哪個哥哥說的？」

永泰道：「我親大哥。」

我拍掉身上雪，隨口道：「難得聽妳說他，我還以為妳把永平郡王當作親哥哥，眼裡再沒他人了。」難得聽她說自己親哥哥，細想想才記起是那日殿內，叫嚷著他才是永泰親哥哥的少年。後來才知道那是李重潤，廬陵王的長子，亦是一個被立過，也被廢過的太子。

「他昨夜喝醉時說的。」永泰神祕，道：「他還說，指不定皇上再生幾個別姓的，日後皇室就有三姓四姓了，絕對是亙古未有的奇談。」

我愣了一下，待琢磨過來，卻心頭猛跳，猛地拉她站住，低聲道：「他說時，身側除了妳還有誰？」他這話明顯說的是皇上的那些面首，此等宮中大忌，竟然隨便和一個七歲的孩子說！若是被外人聽見……我想到這兒，身上陣陣發寒，不敢再往下深想。

永泰嚇了一跳，忙道：「沒有了。」

我靜了一下，抓緊她的手，道：「記住，這句話徹底忘掉，任何人也不許說，他再說妳也當作沒聽見！以後妳私下裡不能說任何關於李家、武家，還有皇族的話，任何相關的都不許再說！」

永泰本就心思單純，又碰上個口無遮攔的皇兄，今日不讓她記牢，日後必是大禍。

永泰傻傻地看我，我緊盯著她又重複了一遍，她才點點頭，雖不大明白卻不敢再說話了。

我被她這幾句話攪的，也沒了什麼賞景的心情，她也被我訓得怕了，默默隨著我走著，沒有再說一個字。

約莫過了片刻，天竟又開始飄雪，風也漸緊了。前邊走的人都緩了步子，我正琢磨是不是停片刻待雪停再走時，前面已有人錯過眾人走來，正是李成器和李成義。我還不解時，李成義已開口道：「皇上讓人護著妳們走，大哥怕下人們手腳笨，我們親自來做護花人了。」

他邊說著，邊走到我身前拉起永泰，道：「一個接一個走吧。」

我點點頭，為李成器讓了路，卻在錯身而過時，不經意看了他一眼。他沒有看我，只快步走到了我身後。

約莫走了一會兒，永泰似乎還記得我剛才訓斥的話，下意識想要躲著我，對李成義道：「成義哥哥，前面不是有亭子嗎？我累了，快點走吧。」她說邊說邊急走了幾步，李成義見她如此，只無奈一笑，緊跟了上去。

兩個人漸離得遠了，身後的腳步聲卻越發清晰，我盯著臺階上的雪，有意放慢了腳步。即便沈秋醫術再高明，也不可能單憑幾根銀針就去了昨日長跪的陰寒，走得慢些，或許他也不會那麼痛。

山道邊的鐵索還留著殘雪，轉眼就覆了厚厚一層，這雪還真是去得快，來得也急。

忽然，半山腰上隱隱傳來人喊聲，約莫是雪太大了，讓走著的郡王公主們停一停，宮婢們會先拿熱水除雪，待雪化道清了再走。

我眼見永泰和李成義已進了亭子，估計著再走上一會兒也能入亭，正猶豫時，卻覺手腕一緊，還未待反應，就被身後人拉到了石壁側。半山上的喊聲還在繼續，我卻再聽不分明，只背脊緊貼著崖壁，驀然撞入了那漆黑的眼眸中。

此處石壁正有處凹陷，看不到山下，亦看不到半山腰任何人。

他靜看了我片刻，才道：「冷嗎？」

我反應了片刻，才點點頭。他溫和一笑，道：「聽說妳生辰是正月初八？」

我被他沒頭沒腦地問得又是一呆，過了片刻才「嗯」了一聲。他笑意深了三分，又問道：「到明年就十二歲了？」我又點點頭，越發糊塗看他。

他輕嘆了一聲，道：「是小了些，不過文德皇后出嫁時也才十二歲。」我聽他這話，才漸猜到些意思，瞬間心頭猛跳，耳邊震如擂鼓。「待到明年，我尋個好時機請皇祖母賜婚。」他鬆開手，沒再說話。

我眼前發懵地看著他，分不清甜還是慌地亂成了一團，張口想說什麼卻哽在喉間，發不出半點聲音。

李成器略退後了一步，道：「走吧。」

他說了這句，我才察覺遠處已來了人，忙整了整袍帔，隨著他繼續向山上而行。才走出十幾步，就有兩個太監提著銅壺走來，其中個年長的見到我們忙行禮道：「小的還以為後頭沒人了，好在長了個心眼尋了來，郡王快請吧，前邊兒的路都清了。」

李成器頷首，道：「去後頭再看看，免得遺漏了。」

兩個太監應了是，忙錯身順著山路跑了下去。我心知後邊沒人了，卻曉得他是有意如此，也沒說什麼，只低頭隨他一路走到了亭中。

大多人都到了半山腰，唯有我們幾個落在了後頭，此時因他兩人在，早有四個火盆放在亭中取暖。

「姊姊。」永泰見我來了，立刻撲了過來。「我還以為你們滾下山了。」她緊抓我的手，似乎還真是很擔心。還真是孩子氣，先前被罵了就不理我，如今才不過一會兒就好了。

「姊姊。」永泰拉著我手，輕聲道：「我還是沒忍住，說了些話。」

我驚看她，卻見她笑咪咪看著我道：「我和成義哥哥說，既然武家的郡主註定嫁給我哥哥，那就讓他娶了妳，總好過嫁給別人。」

我愕然看她，又去看李成義，李成義立刻急道：「郡主別當真，永泰就是說著玩兒的。」

我看他急得跳腳，自然曉得是被永泰捉弄了，笑道：「我當然不會當真。」

李成義長出口氣，道：「我算是怕了她了，上趟逼我吹笛，這趟逼我娶親，下一趟總不能逼得我去上吊吧？」他說完，亦是無奈看了看李成器，道：「早知道剛才就將她交給大哥了。」

永泰輕哼了一聲，道：「你要娶，我還不樂意呢，能配上我姊姊的，自然要是成器哥哥這樣風流倜儻的皇子，吟詩作詞，吹笛射箭無一不能才行。」

這一句話，將我方才壓下的心慌又挑了起來，我下意識去看李成器，卻見他搖頭輕笑，亦是看了我一眼。

第六章 如意年

天授三年，太子諸子嗣已重入大明宮，常伴皇上左右。

這看似恩寵的旨意，何嘗不是危機四伏。

其實李重茂的戲言說得不假，即便古有權臣當道，有三國鼎立，大唐開國前亦是四分五裂，卻從未出現過一種事：皇室雙姓。翻遍古今，有哪家王朝能有這種境況，當然，也僅有皇上這一個女子能坐上那龍椅。

生辰後，父王染了重病，我便暫回了王府相陪，獨有宜平相陪。

「永安。」父王披著袍子，坐在書案後出聲喚我。我正捧著一卷書發呆，被這一叫嚇了一跳，剛要應聲卻見父王起了身，低頭看我的書卷，笑道：「妳從回來就翻看這本《釋私論》，可看出什麼特別的？」

我吐了下舌頭，不好意思道：「倒背都可以了，可這書中深意卻還沒想透。」

父王摸了摸我的頭，道：「嵇康之道，在於修身養性，年紀大些自然就讀得懂了。」他坐在我身側椅子上，摸了摸茶杯，道：「有些涼了，讓下人換新的吧。」

他話音未落，就有人端著盤邁入門檻。「一個小姑娘，別整天茶茶的，喝些芸香薏米湯。」楊氏入了門，直接將湯放到我手側，溫和道：「雖不比宮裡的，卻是姨娘親手熬的。」

我點點，端起喝了一口，頓時暖意蔓延四肢。父王這新入門的側室，要比那幾房妾室好不少，我回來這幾日沒見過幾次，卻次次都溫言軟語，照顧周到。

楊氏細看我喝完，才隨口道：「待過幾個月，妳就要隨皇上去洛陽了，可惜我們都在長安，沒辦法看顧著妳。」

我笑笑，道：「若是姨娘願意，就讓父王也遷去，洛陽城也熱鬧得很，姨娘去了肯定喜歡。」

楊氏笑看父王，道：「本沒有這心思，前幾日聽說皇上下旨在洛陽廣植牡丹，倒真讓我有些心癢癢了，我與皇上是同鄉，自小看慣了牡丹，到長安卻見得少了。」

我應了一聲，卻有些好奇，這半月不在宮內，皇上怎麼忽地起了這麼好的興致。

她又說了兩句，端著盤走了，父王見我出神，便解釋：「前幾日周國公在御花園布了不少名品花卉，均是從南方千里運來，大多是本該夏初秋末才有的花，也算費了不少心思。獨有西河牡丹在運到時已枯敗，皇上當場震怒，也算是宮中一劫。」

西河是皇上幼年家鄉，各地之花唯有此地的牡丹枯敗，看在人眼中，必是不祥之兆，也難怪皇上會震怒。可姨娘方才又說在洛陽廣植牡丹？我盯著父王，道：「那皇姑祖母豈不是要遷怒舅舅？」

父王搖頭，道：「遷怒的是太子，而非周國公。」

我心頭一跳，道：「為何會遷怒太子？」

父王嘆道：「妳舅舅將花送到宮中，有人查驗完好，便交由太子看管，可就在皇上賞花時枯敗了，自然遷怒看管之人。」

「然後呢？」我不覺緊張起來，追著問：「太子如何說？」

父王頓了片刻，略帶深意看了我一眼，笑道：「太子沒說什麼，倒是永平郡王說了幾句話，讓皇上轉怒為喜，當即下旨自西河運送牡丹到神都洛陽，設牡丹園供日後皇室賞玩。」

我聽到他的名字，更是緊張，道：「永平郡王說了什麼？」

「『牡丹自帝鄉而出，自然通曉聖意，於長安大明宮中枯敗，是不甘在陪都生長，皇祖母不妨下一道聖旨，請牡丹花仙移居神都，必會花滿洛陽，成就佳話』。」父王學完著他的話，笑嘆道：「此話說完，恰合了皇上對洛陽的心思，自然轉怒為喜。」

我這才放下了心，細想他那句話，竟平白添了三分驕傲。

父王沉吟片刻，道：「永平郡王自幼文才過人，卻曉得如何隱去鋒芒，可如今被逼得太緊，想藏也藏不住了。」他忽地認真看我，道：「梁王說他曾試探過，妳似乎對永平郡王有意？」

我默了片刻，心底微甜，輕點頭道：「舅舅說的是實情。」

沒想到父王問得如此直白。梁王的試探，想必就是鳳陽門一事，我貿然前去怕是正印證了他的猜想。但……既然那日他已提出賜婚一事，對父王又有何好瞞的呢？

父王又問道：「他如何打算？」

我低頭，手指輕劃著桌面，低聲道：「郡王說，待我滿十二歲時，會尋個時間請皇上賜婚。」如今生辰已過，每一日記起這話我都有些緊張，不知他口中所謂的好時機究竟是何時，而皇上又會如何說，會應允嗎？

父王，道：「妳的婚事為父也無權拿主意，且看皇上如何說吧。只是要記住，他一日沒叩請賜婚，妳便一日不能透露和他的關係，宮中形勢多變，誰也摸不透皇上的心思。」他頓了一頓，又道：「梁王終歸是妳的舅舅，他也是為妳多想了幾分。」

我應了一聲。舅舅的試探是不是為我不得而知，但太子那幾個兒子，哪個不是他們日日留意的？不過父王的話我明白，瞞住此事是為我，亦是為了護住他，尤其是在太子位朝不保夕時，不該再有任何事讓他露風頭了。

我隨便翻著手中書卷。字字剛勁凜然，卻含而不露，正如同長生殿前的他。

又過了幾日，已是上元燈節。

宜平端著茶點向外走，邊走邊回頭，柔聲道：「今日上元燈節，郡主別再悶在屋裡看書了——」她話沒說完，已是哐噹一聲，茶和糕點盡數潑在了來人身上。

我聽了這聲響，忙回頭看，卻正見李成義一臉抑鬱地看著自己的袍子，眼下已被水潑了個半溼，又沾了不少粉渣，狼狽得很。而他身側的人恰背著日光而立，正眼中帶笑地看著我。

我一時間千頭萬緒，愣了片刻才上前兩步行禮道：「永平郡王、衡陽郡王。」

李成器頷首，道：「起來吧。」

我起身時，李成義正開了口，道：「妳也起來吧。」

宜平性子本就軟，如今早已紅透了臉，起身傻站在一側沒了主意，竟連賠罪的話都忘記說了。

我忙道：「快去尋塊乾淨的溼巾，給衡陽郡王擦乾淨，再端些熱茶來。」

宜平聽這話立刻轉身跑走，卻又在走了七、八步時跑了回來，對著李成義一拜，撿起托盤跑了。

我忙將他兩個讓到書房裡，待落了座才道：「兩位郡王怎麼來了？」

李成義低頭彈了彈衣裳，道：「皇上見恆安王病了半月，著我兩人來探看。」我點點頭，他又道：「難得上元燈節能出宮，順路也可賞玩一番。」

我又點點頭，笑道：「或是後一個，才是郡王想要出來的原因吧？」

李成義蹙眉，道：「郡主猜錯了，第三個原因是我想避開永泰。」

這話三分真七分假，我卻不禁笑出了聲，這一個多月，也不知永泰怎麼折騰他了，竟然讓他藉機躲到了宮外。

李成器始終沒有說話，只在我這一笑後，才搖頭，道：「隆基染了風寒躲不過，此時正在宮裡陪著永泰。」

我看了他一眼，又忙避了開，道：「一物降一物，以臨淄郡王的性子，說不定能降住她。」

此時，宜平已端了茶上來，用溼巾替李成義擦著袍子。

我起身，將茶端給李成器，道：「郡王已見過我父王了？」

李成器接了茶杯，道：「已看過了，恆安王聽我二人說要去賞燈，便囑咐讓妳一道去看看。」

我「嗯」了一聲，道：「我沒有什麼親近的兄弟姊妹，正愁無人同去。」

李成義抬頭，道：「此話錯了，我和大哥不正是妳哥哥？日後在宮中還是要時常見的。」

我聽他這話，忙又端了杯茶遞給他，道：「倒也是，你們回了宮，日後也熱鬧。」

我們對坐著，有一搭沒一搭說著話，待日頭漸落了，才起身出了門。

因平日宵禁，上元燈節更是熱鬧非常。街上熱頭攢動，衣香鬢影，遠望去上千宮燈高挑枝頭，正是火樹銀花不夜天，落梅如雪佳人笑。

我和宜平都從未賞過宮外的燈，早看得樂不思蜀，李成器和李成義卻極為小心，一個不停護著我們走，一個則有意緩下腳步，免得我們被人流衝散。可即便如此，才不過一會兒，就獨剩了我和李成器，那兩個不知被擠到了哪裡。

我正有些著急，李成器卻將我帶到了一個攤位前。這攤位在街頭，因擺賣的東西都是書，在燈節上自然沒什麼人留意，他卻蹲下身，一邊翻看著一邊和攤主說著話，攤主挑了一本遞給他，他神色平淡地接過，認真細看。

我不解地看他，細看他手中的書卷，是《金剛經》，並非什麼奇缺的，正要收回視線去看人群找人時，卻見他翻過了一頁，正夾著一張紙箋，並非是書卷上字，而是極細密的蠅頭小楷。

他靜看著那字條，漸蹙了眉，旋即又舒展開。

我立在一側看著，心中忐忑漸盛，只下意識將身子挪了一挪，佯裝挑書，將他半遮住。他似乎察覺到我的變化，微抬頭看了我一眼，又低頭看了幾眼才將那紙條收在了手裡。

他站起身，雖揚著嘴角，眼中卻沒有半分笑意。「送妳盞燈，可好？」我點點頭，跟著他走過幾家攤位，凡是路過書攤，他必要蹲下身子看一會兒。

待走了半條街，才隨便挑了一盞荷花燈給我，他付錢提著燈帶我走出人潮，隨手將字條燃成了灰燼。

鮮紅的火舌在他手中轉瞬熄滅，我不禁嚇了一跳，脫口道：「你這樣不怕人看到？」

他將燈遞到我手中，道：「沒了物證，即便看到也無妨了。」

我提著那燈，隨他沉默走著，心中七上八下。既然他不避諱我，我就是問了又如何？念及此，我略停了腳步，輕聲道：「此事，可與你的安危有關係？」那字條上寫的是什麼我並不關心，但能讓他冒風險來取的，怕是極要緊的事。

他靜看著我沒答話，過了一會兒，才漸自眼中泛出暖意，輕搖頭道：「此事與我無關，是來俊臣要陷狄仁傑謀逆之罪。」

我驚了一下，險些掉了燈，好在被他握住了提燈的手。「小心些。」

我張了口正要再問，他卻已鬆開了手。

「大哥。」

李成義終於尋了來，身側跟著侷促不安的宜平。他撥開人群走到我們身邊，低頭看了一眼那燈，笑咪咪道：「大哥何時有這討人歡心的心思了？」

我被他這一說，窘得不知如何是好，只瞪了他一眼。

李成器搖頭，笑看他道：「出宮時隆基特意說過，要送永安郡主一盞燈。」

李成義啊了一聲，璀璨一笑，道：「你不說我都忘了，是隆基的囑咐。」
朝堂宮中，似乎一切都極平順。
上元燈節那句話，始終盤旋在我腦中，狄仁傑位高權重，來俊臣就是再有些手段也難扳倒，何況是以謀反的罪名？不過，我深知這些於我無關，即便我再敬佩狄仁傑的清正廉潔，卻無力做任何事，而他，自保尚難，又能做什麼？
數日前一場天狗食月，幾位舅舅都試圖將災難引向太子，卻被狄仁傑幾句話化解，皇上大赦天下，改天授為如意。如意如意，若真能如意才好。
我見窗外日頭正盛，懶得走動，就在書桌邊撥弄著那未亮的荷花燈。撥弄得累了，便提筆練字，一待竟就是半日，直到婉兒悄然走到身後時，才放了筆回頭看她。
她笑看我，伸手端起桌上半涼的茶，道：「先恭喜妳，又長了一歲。」
我道：「日子過得快，轉眼妳都從洛陽回來了。」自龍門山上香後，婉兒就留在了洛陽，待奉先寺的大盧舍那像完成才返回長安。我昨日便聽人說她進了宮，想她必然要和皇上談幾日政事，沒想到今日就來混茶喝了。
她拿起桌上寫滿的紙，細看了看，道：「這字與他有七分形似了，還是換個拓本練吧。」
她話說得隱晦，我卻聽出告誡的味道，默了片刻點頭，道：「好。」其實不過隨手練字，不知不覺就以那本書為帖了。

她放下茶杯，道：「起先還覺得妳謹慎，今日看來，先前兩年在宮裡學的竟丟了七、八分。」

我將那張揉成團，扔在一邊，尷尬地道：「知道了，我明日就去找個拓本重新練。」

她曲指扣了扣桌子，忽然道：「這四月來他雖在宮內，卻並不隨意走動，妳尚未見過他吧？」

我頷首，道：「在宮外住的兩個月見過一次，回宮後就再沒見過。」自天寒地凍，到春暖花開，雖同在大明宮內，卻從未見過一次。除卻偶爾能聽下人說起，倒像是不相干的兩個人。我練字本是為靜心，被婉兒一問又心裡微酸，端起她喝剩下的半杯茶，怔忡地不知腦中在想什麼。

婉兒伸手在我眼前晃了晃，輕聲道：「妳還是不瞭解妳的皇姑祖母，她將那些皇孫們留在宮中，不過是為了禁足禁言，只有如此才能讓人漸忘了李氏皇族，只記得天子姓武。」她輕嘆了一聲，眼中竟有些看不透的蒼涼。「如果李家人太過優秀，只會讓那些舊臣看到希望，徒惹殺身之禍罷了。」她說完，竟也失了神。

我細想她此話，卻是周身發冷，漸明白了些，也越發覺得可怕。

過了會兒，婉兒才回了神，道：「不過，從這宮中四月來看，他是個聰明人。入了大明宮卻懂得深居宮中，避開人前，也自然不會被人尋到錯處。」

我點點頭，出聲喚宜平添茶，又陪她說了些奉先寺的事。

待婉兒走後，我一遍遍想她說的話，再也靜不下心，索性吩咐宜平陪我閒走御花園。

今日天色奇好，湛藍清澈，一路盡是大片瓊花，葉茂花繁。這瓊花亦是舅舅武承嗣自廣陵移栽，曾傳聞前朝隋煬帝也移栽過，卻根爛花枯，如今這瓊花在大明宮中生得極好，皇上也因此甚為歡喜，不只一次讚頌過，且還邀名臣同賞。

我蹲下身，頓時濃香撲鼻，正要回頭吩咐宜平採些花瓣回去，就聽見身後忽然一個聲音道：「妳怎麼賞個花也像做賊似的？」

我回頭看，竟是數月未見的幾位郡王，對我說話的正是李隆基。

李隆基盯著我，繼續道：「妳若喜歡就摘下來，周國公栽了半個園子，不會計較這一朵、兩朵的。」

不過半年多沒見，他身形已高出不少，我直起身才發現，他竟能平視我了。

我行了個禮，起身道：「幾位王爺好興致，竟也來此賞花。」說完，才抬頭去看李隆基身後的人。

李成器只微微笑著，點了下頭，李成義卻笑咪咪地看著我，接著道：「多虧了周國公移栽的瓊花，皇祖母恩賞我們幾個來透透氣。」

他話說得暢快，這其中的味道，我又怎會聽不出？

我刻意笑道：「瓊花、芍藥，都是世間絕品，幾位王爺既然得了空就好好走走。」

李隆基看了我一眼，走上前掐下我身前那朵花，道：「我們有的是空閒。」

他的話比他二哥又露骨了三分，我見他們身後隨著不少太監，怕落入有心人耳中反倒是麻煩，忙陪笑道：「王爺若有的是空閒，就陪我挑挑花，我正想著拿回宮泡茶喝呢。」

李隆基不解地看我，道：「此話也能泡水？」

我點頭，微笑道：「自然能，瓊花的花果、枝葉，均可入藥，清肺解毒，正合春日喝。」因皇上這兩月都在誇讚此花，我便多翻了翻書，免得陪話時不曉得說什麼，豈料竟是此時用上了。

李隆基聽這話，漂亮的眸子微瞇起，看我道：「今日這臉倒看著乾淨，酒刺也沒了，怎麼還要清熱解毒？」

我愕然地看他，道：「小王爺怎麼知道酒刺？」都事隔大半年了，他竟還記得初見時的事。

李隆基隨口，道：「我見妳臉上時而乾淨，時而有些紅疹，就隨口問了問沈秋。」

我聽他這一說，一時哭笑不得，酒刺是女孩子家長的，他問得如此清楚做什麼。但見他一臉認真，我也只能順著胡說，道：「酒刺倒是好了。但是春乾氣燥結了些內火，自然要喝瓊花茶。」

他嗯了一聲，沒再問，當真幫我挑起瓊花來。李成義左右無事，見宜平束手在一側站著，便對她笑了笑，宜平瞬間臉漲得通紅，忙跑到李隆基身側挑花，我看在眼中暗笑，偷瞄了李成器一眼，卻正對上他的目光。

約莫走了片刻，李隆基竟採出了興致，與李成義一起即興作起詩來。我正看著有趣，就聽身側李成器道：「既然看得歡快，怎麼不一起去？」

我被他戳中了心事，默了片刻，才輕聲道：「王爺怎麼不去？」

他低頭看我，淡淡地笑了會兒，才道：「難得見一次，多陪妳說說話。」

我心頭一暖，對他笑了笑。

兩個人只這麼靜靜站了片刻，他又淡聲，道：「朝中有人再次奏立武承嗣為皇太子，皇祖母雖已駁回，卻早有動搖。」

我心頭一抽，輕「嗯」了一聲。他接著道：「我始終在找機會，但局勢似乎越來越差了。」

我心知他說的是賜婚一事，默了片刻才出了聲：「我明白。」

尋常女子倒也好說，偏我姓武，他若娶我，便是拉攏父王，或是有意向皇上表親近之意。此時此刻太子位岌岌可危，這一舉動無論在武家，抑或是在皇上眼中，都會有多重意味，早已非一個簡單的婚約。

他又低頭看了我一眼，眼中溫柔漸濃，過了片刻才嘆了口氣，道：「妳若是不明白，我也擔心得少些。」

我笑看他，道：「擔心什麼？明年也才十三，皇姑祖母也是十三入宮的，還早呢。」我說完這話又有些不好意思，低頭看花，不敢再看他。

豈料，竟聽到他笑了一聲：「妳不恨嫁就好。」

我從未聽過他笑的聲音，不覺愣了一下，瞬間心頭大力跳著，再也不敢在此處站著，忙跑入花叢中去和李隆基一起採花，待到離得遠了才回頭看了一眼，他依舊站在大片的瓊花旁，笑看著我，暖如春日。

晚上宜平帶著幾個小宮婢挑花瓣，談笑有聲，似乎心情也格外好。我就坐在一旁看她們，腦中不停迴盪著下午的那些話，待有人跑進來通稟沈太醫來時，才回了神。

宜平早摸清了沈太醫的習慣，為沈秋端了茶後，就帶著幾個宮婢出了房。

沈秋盯著我看了幾眼，才道：「郡主氣色這麼好，小人還真不知如何診病了。」

我納悶地看他，道：「我何時病了？」

他敲了敲桌子，無奈地道：「王爺一句話，小人只能來了。聽說郡主是因春乾氣燥，內結了些火氣。」

我這才明白過來，不禁思緒萬千，似甜似澀，道：「只是隨口說的，沈太醫若是有心就開個方子，免得白跑了一趟。」

他哭笑不得地看我，道：「那就開個養顏的方子，免得日後嫁人時，早早熬成了黃臉婆。」

我早習慣他說話刻薄，只瞪了他一眼，抬下巴示意他自己拿筆研墨，隨手拿起手邊的書細讀。

他倒也不在意，真就提袖研墨，寫了個方子，待放了筆才掃了眼我的書，道：「『矜尚不存乎心，故能越名教而任自然；情不繫於所欲，故能審貴賤而通物情』，王爺給的書不錯，只可惜不大適合郡主的年紀。」

我不解地看他，道：「你如何曉得此書的來處？」

沈秋摸著下巴，笑嘆道：「王爺的字，小人又怎會不認識？」

我被他這一說，又有些窘意，他卻已看透，將方子壓在硯臺下，告退而去了。

她走後，宜平入了屋，將瓊花茶放在桌上，柔聲道：「瓊花挑好了，郡主要不要送些給幾位郡王？」

我抬眼看她，笑道：「妳不是想親自送給衡陽郡王吧？」

她被我說得呆了一呆，才喃喃道：「郡主……」

我見她這模樣，抱著書笑了半天，才道：「妳送去吧，就說下午採摘的，做個順水人情。」

宜平紅著臉點頭，正要出門，我又補了一句：「再送些給婉兒，還有韋團兒。」

她應下了，道：「用什麼由頭送呢？」

我低頭想了下，隨口道：「皇上改天授為如意，又大赦了天下，就祝她二人吉祥如意吧。」

希望這年號能讓大明宮中吉祥如意才好。

「永安。」皇上舉杯，細聞瓊花香。「妳舅舅千里運瓊花，妳想出這雅致的瓊花茶，倒是相得益彰。」她邊說邊頷首示意我落座，道：「怎麼宮裡都讓妳送遍了，就獨忘了蓬萊殿？」

我起身，笑道：「本是想採來插瓶觀賞，正遇上了諸位郡王。」我掃了一眼正經端坐的李隆基道：「是臨淄郡王的提議，將採摘的瓊花送到各宮處泡茶，也算是如意年的一些小禮。獨有這處茶飲嚴苛，永安怕拿來被皇姑祖母嫌棄。」

皇上笑笑，喝了口茶，道：「尚醫局也說這瓊花可清肺解毒，正合春日。」她說完，讚許地看了一眼李隆基，李隆基忙起身道：「皇祖母喜歡就好。」

皇上點點頭，又去與一側坐著的狄仁傑和武承嗣閒話。

我落了座，才接了李隆基的目光，對他眨了眨眼，算是便宜他了。李隆基抿脣笑了笑，低頭嗅著茶香，喝了一大口，立刻燙得齜牙咧嘴的。李成器正在一側靜坐，見此狀也不禁搖頭一笑，卻正被皇上喚了一聲。

皇上慈祥地看他，隨意道：「成器，你自幼就喜食魚，今日宴席上無魚蝦，可會不習慣？」

李成器搖頭，神色如常道：「皇祖母既已禁止屠殺牲畜及捕撈魚蝦，皇室子嗣自然要先做表率，成器早在月前就不食魚肉了。」

皇上點點頭，道：「朕已食素多年，常覺心神越發像二、三十歲的清明靈透，你們年紀尚輕，日後總會明白皇祖母的苦心。」

李成器忙起身應了。

「皇上。」狄仁傑忽然開口，道：「為這禁令，臣有一事不得不稟。」

皇上側頭看他，笑道：「說吧。」

「江淮天旱飢荒，百姓臨河又不能捕撈魚蝦果腹，餓死者甚多。」狄仁傑斂容，道：「臣斗膽奏請皇上對此地放寬禁令，讓百姓得以捕撈過冬食材。」他說得從容，皇上卻神色漸沉，沒有立刻答話。

今日本是皇上為瓊花隨興設宴，並不宜論朝政。我端著茶杯，只覺燙手，卻不敢去看座上人的臉色。皇上信佛禮佛，才會下此禁令，方才推行不過月餘就有了諸多弊端，卻無人敢說、無人敢奏，想必狄仁傑已忍了不少日子，才看準了這個時機。

若是平日倒也無妨，可一想起上元燈節那句話，我就心頭發寒。

「朕知道此事。」皇上放下茶杯，道：「朕已令各地運糧，不日就會緩解江淮災情。」婉兒欲要上前添茶，卻被皇上揮手止住。

狄仁傑沉吟片刻，又道：「江淮本就是產糧大區，如今逢旱災，各地也因此屢屢上表告冬日存糧已不足。此時舉措雖能一時緩解災荒，到冬日卻再無餘糧可供給，百姓必難過冬。」

皇上淡淡地看了他一眼，道：「禁令方才頒布月餘，怎可輕易言廢？」

狄仁傑沉著臉欲要再說，武承嗣卻輕咳了一聲，笑道：「狄相，今日是瓊花茶宴，切莫因江淮之事敗了興，此事留待明日上朝再議吧。」

一側武三思亦是挑了挑眼睛，附和道：「正是正是，皇上日理萬機，難得與我們這些姪兒和孫兒飲茶，不要壞了興致。」

狄仁傑見此，沒再說，只嘆了口氣，緩緩喝了口茶。

皇上信佛，所以頒禁殺生旨意，卻害得江淮兩岸的平民餓死眾多，亦是殺生。狄仁傑說得不假，為民之心也是赤誠可見，只可惜……我盯著杯中玉白的瓊花，聽著眾人陪皇上大談佛教，方才那數句爭議早已被淡化，卻仍盤旋在殿中揮之不去。

皇上本興致滿滿，卻因此事早早散了茶宴。

我和婉兒說了兩句話就離了蓬萊殿，走下石階才見李成器獨自立著，正要垂頭避開，卻聽見他出聲道：「永安郡主。」

我愣了下，看四周走動的宮人，不解他為何喚我。他目光平淡卻帶著三分確認，我猶豫了下走過去，行禮，道：「王爺。」

他淡淡一笑，道：「多謝郡主的瓊花。」

我忙回道：「王爺客氣了，臨淄王爺採摘的，永安不過挑揀了一番便借花獻佛了。」他語氣疏離，我亦回應客氣，更是心裡翻騰，不解他此舉的目的。

他又道：「郡主對瓊花瞭解頗深，不知可否為本王講解一二？」

我理了理心神，開始從藥理講起，方才說了兩句就見狄仁傑自殿內而出，見我兩人，抬袖道：「王爺，郡主。」

李成器頷首，道：「狄相。」

狄仁傑走上前兩步，立在我兩人身側，笑道：「兩位怎麼還不回宮？」

李成器回笑道：「本王見郡主對瓊花知之甚深，一時心奇，便留郡主多問了兩句。」

狄仁傑點頭看我，道：「說起來本相也是託了郡主的福，才能喝到瓊花茶。」

我忙笑著說不敢，李成器卻溫和一笑，忽而輕聲道：「狄相可已察覺來俊臣的異動？」狄仁傑笑容僵了一下，看了我一眼，此時李成器又輕聲道：「郡主只與本王講解瓊花，狄相大可放心。」

狄仁傑頗意外地又看了我一眼，輕聲簡短道：「即便有一日酷吏刑逼，本相亦無懼。」

李成器點頭，道：「若遭刑逼，即刻認罪可免去一死，留得人命才可證清白。」

狄仁傑笑道：「多謝王爺。」

兩人依舊笑容不減，若非此對話，誰也料不到竟說的是生死大事。

我聽這幾句，立刻明白了李成器叫住我的用意。他被禁足宮中，自然隨時被人暗中盯著，即便是見了狄仁傑也無機會說話。若非此事緊急，他也不會拿我做幌子，佯裝與狄仁傑偶遇閒聊……我偷瞄了下不遠處的太監、宮婢，心中七上八下，背上不覺已起了層潮汗。

李成器笑著看我，道：「郡主請繼續說。」

我輕點頭，又講了一大套，有意眉飛色舞的，不時與狄仁傑和李成器言語交流，盡量讓自己自然，卻仍禁不住心慌意亂，最後終於講完，又補充：「其實這些藥理都是自尚醫局而來，郡王若感興趣，可請太醫細細講解才是。」

李成器頷首，道：「多謝郡主。」他側頭對狄仁傑道：「狄相，本王告辭了。」

狄仁傑頷首，道：「王爺保重。」

李成器頷首向我兩人示意，轉身離去，真像是隨興所至一般。

我又陪著狄仁傑走了數十步，狄仁傑笑意滿滿地看我，道：「郡主好眼光。」

我呆了一呆才明白他話的意思，不禁想起在他拜相宴席上的玩笑話，臉立刻燙起來。「永安就送到此處了，告辭。」我說完不等他答話，就忙轉路而行。

一個人閒走在太液池邊，才覺有些後怕。李成器雖是隨意叫住我，但難保不被有心人看到想些別的，何況又與狄仁傑暢談了片刻。不過，左右權衡下，也僅有此時機最好，藉瓊花茶宴與我請教，即便有人說給皇上聽，也不會有太大偏差。

待到楓葉漸紅時，狄仁傑依舊在朝中雷厲風行，舅舅武承嗣卻被罷了宰相官職。

我始終惴惴不安了數月，因這消息竟萌生一絲希望。舅舅在如日中天時被罷了宰相，或許皇上真的要將心思放在李家了，只是這一個或許，便讓大明宮的秋多了幾分顏色。

九月九日這一天，明宮中到處歡聲笑語，均在準備著曲江飲宴。

因我入宮後那三年的九月九日，皇上都在洛陽太初宮，唯獨今年留在了長安，按照舊俗，要帶皇室子嗣及朝中眾臣在曲江江畔，臨登紫雲樓飲宴。

去的途中，婉兒與我湊了個伴兒，坐在馬車裡亦是面上帶笑。「過去每逢三節都有曲江飲宴，尤其九月的重陽節最為熱鬧。長安城內萬人空巷，曲江這邊禁苑內是皇上及眾皇嗣、大臣，那邊兒是平民百姓，隔江相望，無數文人百姓共渡佳節，才是盛世繁華。」

我聽她如此說，心中也激動。「終於有機會看看曲江了。」

婉兒啊了一聲，才搖頭，道：「我都忘了，妳還是初次去芙蓉園，這趟可要好好玩一玩。重陽節不拘皇嗣朝臣之禮，雖不及上元節可徹夜狂歡，但都是不醉無歸。」

我眨了眨眼，悶悶道：「菊花酒我是沒得喝了，只能吃兩口重陽糕聊以慰藉。」

正說著歡快時，馬車已停了下來。

我下了馬車，就見各位公主、郡王在一側說話，面上難得都帶著輕鬆愜意。遠處車馬上亦不停走下不少朝中大臣，有青年才俊，亦有老成持重者，不停拱手互道如意吉祥。

恍惚間，那雙清潤的眸子越過紛擾眾人，靜靜地看著我。

我亦回望著他，忽然記起一年前，我與他也是在菊花開時，於狄仁傑的宴席上真正相識。正怔忡時，御駕已至，我收了視線與眾人跪地迎駕，皇上一身明黃龍袍，下了龍輦，面上喜氣異常，笑道：「平身吧，與朕一同登樓。」

眾人起身謝恩，婉兒忙先一步隨了上去。

待到宴開時，皇上忽然朗聲道：「朕今日晨起竟覺生了新齒，恰逢九九重陽節，便在今日改年號為長壽吧。」眾人忙起身恭賀，齊跪高呼萬歲。

因此事，今日更添了幾分喜氣，酒過三巡，已是君臣吟詩而對，和樂融融。

我見婉兒醉笑著陪幾個舅舅說話，便順著樓閣而出，沿著樓梯而下，挑了個僻靜處扶欄遠望曲江對岸。當真如婉兒所說，人頭攢動好不熱鬧，遠見簇黃滿目，不少人臨江而坐，皆是舉杯對酌。

「長壽元年了。」身後人淡聲道：「如意年已過去了。」

我沒有回頭，仍舊望著江對岸，此時此刻歌舞正盛，處處歡笑，戒備心也淡了不少。

說話人走上前兩步，手搭在欄杆上，輕握住了我的手。

# 第七章 初生劫

身後人先輕闔上木門，又闔上了閣門，靜守在閣外，兩門之隔，僅剩了我兩個。

我的手早就凍得冰涼，他也好不到哪處，卻輕握著我，道：「既然怕冷，為何還要到此處吹風？」

我抬眼見他笑意微微，竟有些不好意思，想抽回手卻被抓得更緊，不禁急道：「王爺，若有人看見，終是不妥。」

他道：「無妨，有何福在外守著。」

樓上的恭賀早已一浪高過一浪。

我嗅到他身上清淡的菊花酒味，不禁笑道：「沒想到王爺也即興喝了酒。」

他低頭看我，平和道：「皇祖母都喝了兩杯，我又如何逃得過？好在酒量不算太差。」

我難得聽他話中有玩笑口氣，不禁笑出了聲：「聽王爺說話聲音是沒變。」

他嘴角浮著一絲笑，道：「我很清醒。」他說完後，沒再繼續。

我別過頭去看曲江，方才滿目簇黃，如今再添了淡淡的馨香酒氣，重陽的味道也漸濃了起來。手漸被他握得熱了些，竟覺有些潮汗，下意識低頭去看，他的手乾淨修長，連關節處都極漂亮，只如此看著，便能想出他執筆吹笛的模樣。

曲江畔傳來幾聲歡呼，隨之蔓延開來，似是有人去傳了皇上旨意。一時間江上都飄蕩著萬歲的聲音，朝拜如斯，帝王天子。因這朝賀的聲浪，紫雲樓也漸沸騰起來，我和他靜立著，享受著喧鬧中的寂靜。

忽然，聽見閣外有聲音問：「可見到永平郡王了？」守著的小太監何福回道：「回周國公，小的也在尋王爺。」那聲音又道：「既要尋就快些，在此處耽擱什麼呢？」

竟是叔父，我抬頭看李成器，見他雖面色淡然，眼中卻已有些暗潮湧動。外頭的何福似乎也不知如何答話好，我緊揪著一顆心，在想著是不是要自己先出去解圍時，就聽見另一個熟悉聲音道：「何福是我叫來的，周國公若要遣他尋人，儘管使喚便是。」

李成器微蹙了眉，我也聽出那說話的正是李成義。

武承嗣的聲音又道：「人不風流枉少年，看來本王是擾了小王爺雅興了。」

李成義暢快一笑，回道：「無妨無妨，本王早有意向永安郡主討人，只是郡主不嫁，總不好先嫁了貼身的宮婢。」

武承嗣又隨意說了兩句，聽聲音是離開了。

我此時才明白過來，李成義竟和宜平在此樓的另一處，卻不知他為何會突然出現，解了我們的困境。待門外再沒了聲響，李成器才示意我在此處留上片刻，他則開了門，穿過閣廳，帶何福先一步離開。

待回了宴席，李成器正被眾人圍住，我諸位叔父亦在其中。皇上笑吟吟地看著，和太平低聲說著什麼，太平盯著李成器亦是含笑點頭。我如此看著，只覺得長壽年似乎是個吉祥的年頭，自打入宮後還是頭次見李姓皇族如此一派和樂。

視線掃過太子身側，李成義正斜靠在案几後，亦頗有深意地對我遙一舉杯。

沒想到自重陽節後，大明宮中始終雨雪夾雜，四下裡皆是溼漉漉的。因無常天氣，婉兒染了傷寒，我便接了替皇上研墨的活。婉兒在時，大多詔書都親出她手，如今只能由皇上親自起筆，只有疲累時才由我來念奏章。

韋團兒始終待我和顏悅色，畢竟我與她從無交惡，我對於她，就是個不得寵的王爺之女，平日受皇上寵愛多了幾分。

太子偶爾來蓬萊殿，皆是陪皇上聊上幾句便告退，倒是幾個郡王待得久些，皇上或有意、或無意的總和他們說些政事，即便是李隆基小小年紀，也答得極妥貼。

「成器過年也十七了。」皇上頷首看一側的李成器，道：「太宗皇帝十六歲與文德皇后完婚，你一轉眼也到了娶妻的年紀，可想過此事了？」

我正接過韋團兒遞來的茶杯，心頭一跳，手臂僵著將茶杯放在書案上。

李成器竟意外沉默了片刻，沒有即刻回話。

韋團兒見此狀忙笑道：「年紀小面皮薄，皇上如此直問，讓郡王如何說？」

皇上溫和一笑，點頭道：「團兒說得是。」皇上笑了笑，忽而側頭看我道：「本還想問問永安，看來女兒家更不敢回話了。妳們都該學學太平，若是有意就私下告訴朕。」

我忙低頭，道：「皇上不是要聽奏章嗎？永安這就給您念。」

皇上笑了兩聲，沒再繼續這話題。

我自桌上拿起奏章，一本本挑來讀，皇上端著茶杯細聽著，偶爾頷首卻不說話，總到念完才持朱筆畫敕，放到另一側。只到追封孔子為隆道公的奏章時，才略停下與李成器和李成義說了兩句。

殿內四周的火盆燒得正旺，將綿延大明宮中的溼氣都蒸散，一室溫暖如春。

我聽他們說著孔子，又說到周公的追封，不覺有些走神，想起方才皇上的話心就大力跳著。若非韋團兒忽然打斷，他會不會當即請皇上賜婚呢？

自重陽節後已數月，叔父先被罷相，太子諸位子嗣又受召越發頻繁，朝中宮中都因此而起了微妙的變化。

「永安，繼續念。」皇上忽地看我。
我忙拿起最後一本奏章，打開先掃了一眼，立刻如被人抽了周身之力，狄仁傑，是狄仁傑謀反的奏章！我手捏著奏章，深吸口氣想念，卻不敢出聲。
「永安？」皇上催促地喚了我一聲。
殿內諸人本是笑著，見我如此都覺有異，不禁皆是色變。
「臣，臣……」我腦中翻捲的都是上元節那句話，還有殿前李成器和狄仁傑所說的，竟覺得眼前字皆模糊，不敢再念下去，忙跪地，道：「此奏章事關重大，永安，永安不敢念。」
皇上仍舊笑著看我，道：「此案朕已知情，妳但念無妨。」
我不敢抬頭，將奏章舉過頭頂，不敢再出聲。皇上知道這奏章的內容，竟還讓我當眾念，究竟是何意？我來不及深想，已是周身冷汗，努力壓制自己的情緒才能讓手不再顫抖。
終於，皇上伸手拿過奏章，隨意放在了桌上，道：「起來吧。」我忙起身垂頭立著，就聽見她又道：「今日拿這奏章，就是為了聽聽你們的想法。這是來俊臣奏同平章事任知古、狄仁傑、裴行本、司禮卿崔宣禮、前文昌左丞盧獻、御史中丞魏元忠、潞州刺史李嗣真謀反的奏章。」
李成器、李成義和李隆基一聽，立刻起身靜聽，臉上均震驚異常。
皇上掃過三人一眼，對李成器道：「成器，此事你如何看？」

李成器沉吟片刻，道：「孫兒並未見奏章，不敢妄言。」

皇上拿起奏章，道：「細細看吧。」

李成器躬身接過奏章，細細看著，殿內靜如無人一般，無人敢動上半分。不過短短時間，我已覺背脊盡溼，連呼吸都覺得吃力起來。

他收起奏章，躬身放在臺上，恭敬道：「依皇祖母先前的赦令，凡謀反者，一問即認罪者可免一死。如今狄仁傑既已認罪，孫兒以為可從寬免去一死。但謀反一罪事關重大，必要詳加審問，不可姑息一人，亦不能冤枉一人。」

難怪，他那日會囑狄仁傑認罪，我竟沒想到皇上有此赦令。

他雖說得有禮有節，卻是在為狄仁傑保命，此種意思任誰都能聽出。我緊握著手，偷見皇上臉色，不辨喜怒，連眼神亦沉隱著。

「來俊臣的奏章你都看完了？」

李成器恭敬回道：「孫兒都看完了。」

皇上頷首，道：「除了朕剛才說的人，來俊臣還提到了誰？」

李成器默了片刻，平聲道：「除以上諸人，來俊臣還懷疑孫兒參與此事。」

恍如巨石砸下，轟然一聲巨響，我腦中已盡是空白，只猛地抬頭看他。他仍神色泰然地直身立著，眼中坦然平淡。

皇上看他，緩聲道：「你可知牽涉謀反一事，朕從不姑息，到此時你還要為狄仁傑說話嗎？」

李成器緩緩跪下，直身回道：「無論是何人，牽涉到謀反一事均要詳加審訊，皇祖母若認為孫兒需如此證明清白，孫兒自請入獄待查。只是此奏章上涉及諸人，皇祖母僅問狄仁傑一人，而孫兒也僅是對狄仁傑一人發此言論。」

他話音未落，身側李成義與李隆基已砰然下跪，道：「請皇祖母明察，大哥絕無謀反之心！」

他二人這一跪，殿內眾人皆倉皇下跪，頭抵地，不敢出聲。

大明宮中曾有皇子謀反，亦是流放處死，何況他一個皇孫。我跪在地上，不敢想像此事竟能牽扯到他，更不敢去想之後的結果。只覺喉中鼻端酸澀上湧，眼前已是一片白霧。

皇上冷冷看著眾人，沉默了良久，才道：「你既要自證清白——」她說了半句，略頓了一頓，似乎有些猶豫。

我心頭頓時如刀剜一般刺痛難忍，竟不知死活地磕了個頭，搶言道：「永平郡王乃是皇孫，若是與謀逆之臣同刑審理，有辱皇家威嚴，請皇姑祖母三思。」

這一言後，我頭抵地面不敢再有任何話。

我不知道我為什麼敢說此話，亦不知會有什麼後果。

殿內又陷入了沉寂，只剩下火盆中輕微的噗滋聲響。我緊閉著雙眼，等著皇上的暴怒，等著一切想得到的和想不到的責罰。

「妳讓朕想起了一個人。」皇上的聲音在頭頂響起，夾帶著幾分疲累。「七、八年前，她也是如此跪在這裡，為朕的兒子求情，過了這麼多年，依舊每逢臘月就告病，提醒著朕當年的喪子之痛。」

我只跪地聽著，不敢抬頭，亦不敢回話。皇上說的竟是婉兒。

「永安，抬起頭看朕。」皇上命令。

我抬頭看她，那雙描繪得極冷冽的眼中，沒有笑意亦沒有怒意。「半年前鳳陽門一事，妳不惜冒死去阻攔隆基，今日妳更跪地為他的兄弟求情，難道朕這幾個兒孫裡，妳竟看上了一個小妳三歲的？」

一句話，恍如驚雷，震得我答不上話。我本以為我思慮得足到，連婉兒也不曾知那件事，如今才真算是明白，在這大明宮中，沒有皇上看不到聽不到的。

我又一磕頭，道：「鳳陽門一事永安假傳諭旨，求皇姑祖母降罪。」

皇上看了我片刻，道：「朕若想降罪，就不會留妳到今日。」她說完，站起身向殿外走去，韋團兒忙跟了上去，留下一地跪著的人。

熏香仍蔓延著，我亦跪在龍椅一側，不敢去看那幾個人的神情。

待婉兒來時，已過了數個時辰。

她走入殿內仍是神色倦倦，對李成器等人行禮道：「皇上此時正在見狄仁傑，幾位郡王先回東宮吧。」她說完忙走向我，沒說話，伸手把我扶了起來。

我雙腿早已跪得沒了知覺，見李隆基目光灼灼地盯著我，忙側頭避開。

皇上的話很明顯，李隆基在幾個兒孫中頗得她歡心，又非太子長子，與帝位相去甚遠，自然是個安身保命的依靠。可難道在她眼中，我真就算計了一個十歲的少年？

婉兒始終拿帕子掩著口，輕聲咳嗽著，直到把我帶到她住處才停了聲。

「妳這一跪，算是把我也牽連了。」婉兒笑笑，拍了拍臥榻，道：「坐過來，我和妳說幾句話。」

我走過去坐下，膝蓋疼得不禁抽了口冷氣。

「我十七歲時也如妳一樣，為了李家人跪在了同一個地方。」婉兒輕聲道：「今日瞧見妳，才真覺得當時真是傻，那是她嫡親的兒子，她都能起了殺意，添我一個又何妨？本以為那一跪哪怕能讓皇上多想上一刻也好，就有迴旋的機會，可不料卻是火上澆油。」

我靜看著她，她隨手倒了杯茶，遞給我，道：「妳皇姑祖母本就多疑，若讓她知道身邊人也被拉攏，甚至不惜以命相保，豈不更讓她忌憚？」

她說得不假，亦針針見血，方才我情急下也想著能讓皇上哪怕多猶豫一下，記起那是自己嫡親的孫兒，說不定還有迴旋餘地，卻忘了我是姓武的人。

「不過，凡入來俊臣大牢之人，見了刑具已去了半條命，又何況是被審訊？」婉兒嘆氣，道：「若他還活著，也許我還會如妳一般。心中人若是被釘住手腳，砸腦取髓，怕也僅有皇上那般的女人才能泰然自若。」

我聽她一句句說著他，心中隱隱猜到了一個人。七、八年前，我尚是幾歲的孩童，而婉兒也不過十六、七歲，護著的不論是李弘還是李賢，都最終是場慘淡的往事。

我猶豫了一下，才道：「皇姑祖母為何今日不當場治罪？」

我不信憑著當年婉兒的記憶，或是如今我這一跪就能讓她改變心意，畢竟不是砸碎了碗碟，而是要篡謀帝位。狄仁傑謀逆一案，定是到了我們都不知曉的地步，而這才是真正主導皇上沒有追究的原因。

婉兒側頭看我，道：「妳是想問我，狄仁傑的謀逆一案到底如何了，對不對？」我點點頭，等著她揭開這隱祕，婉兒撐著頭看我，道：「此案我也不知情，是妳叔父武承嗣親自和來俊臣審理的，不過方才皇上既然已宣狄仁傑入宮，十有八九是要赦了。」

我豁然開朗，皇上不過是要探一探那幾個郡王，其實早有決斷在心。她還是在試探，永平郡王在太初宮雪地所跪的一夜沒有任何好轉，自鳳陽門起，抑或自我入宮前，還是根本就從李賢死、李顯流放起，太子及諸位郡王就已成為她最不信任的人。

婉兒笑著看我，等著我將所有都想明白，才道：「不過妳這一跪也好，將皇上對妳鳳陽門一事的疑心揭了開，否則妳不知她的心思，我始終被蒙在鼓裡，而僅有她一人帶著那疑心始終觀察妳的舉動，我光是想想就後怕。」

我尷尬地笑笑。「這一跪，算是落下了算計的名聲了，被算計的還是十歲的臨淄郡王。」

婉兒自倒了杯茶，坐起來，認真道：「這樣才好。這宮裡誰不在算計？能讓皇上看得到妳的算計，她才會放心，那些看不到的才是她最忌憚的。」她喝了一口茶，嘆道：「永平郡王若是有一、兩點錯處就好了，也就不會做了眾矢之的。」

我被這一句句話浸得冰涼，沒有答話。

太子長子本就是眾矢之的，有錯便是死，無錯也藏著禍心。

「抱歉。」我道。「此事也牽連到了妳。」

「我隨口抱怨的話，妳不必當真。」婉兒吹著杯中茶葉，笑道：「方才皇上的確大發雷霆，說我每逢臘月他的祭日就告假，這麼多年還放不下心中怨氣。我是放不下，放下了又有什麼好？皇上肯定又會想，這麼大的事情怎麼就輕易放下了呢，肯定暗中還在恨著。」

我倚靠在她身邊，手揉著膝蓋出神。

當年入宮前心中的悸動仍在，皇姑祖母像是兒時的一個傳說，身為女子登上帝位，將武家帶入了無上尊崇的大明宮，與李家比肩，這是何等厲害的人。今時今日在皇姑祖母身側才知道，那是用一份份仇恨和鮮血換來的。謀逆帝位，這個罪名曾有多少人擔過？都是最親近的人。

「臘月一過，妳就十三歲了。」婉兒捂著茶杯，道：「尋個機會出宮吧，雖然我捨不得妳，卻想讓妳遠一些。」
我沒應聲，和她都沉默下來。
婉兒住的地方挨著韋團兒，我本想避開那處，卻沒料一出門就撞見了個女人在和韋團兒說話，她穿著件月青色寬袖對襟衫，臂間斜斜搭著鵝黃披帛，襯得眉目祥和可親，宛如水墨中走出的人。
我隱隱聽見兩人說什麼納妾室的話，便想自另一側離開，豈料她聽見聲音回了頭，竟是太子妃。我只在入宮那一年正月見過她一次，之後她始終告病未露面，皇上顯是對這兒媳並不上心，只偶爾與太子閒話時提上一、兩句而已。
而如今，我看著她那張與永平郡王有五、六分相似的臉，竟不覺有些慌亂，忙行禮道：「太子妃。」
她輕點了點頭，看了一眼韋團兒，韋團兒忙笑道：「這是永安郡主。」
太子妃柔和地看著我，眼中閃閃爍爍的添了幾分暖意。「起來吧，還是入宮那年見的，這一晃就快三年，模樣倒有些不一樣了。」
我起身，道：「剛才天暗，一時沒看出來，還請太子妃恕罪。」
太子妃笑看我，道：「沒有那麼多禮。」她側頭對韋團兒，道：「總聽說母皇很喜歡這個姪孫兒，可曾有賜婚的意思了？」
韋團兒搖頭，回話，道：「今日還提起過，小郡主面皮薄，給搪塞過去了。」

我聽她兩人妳一言我一語的，似是極相熟，卻不像婉兒說得那麼微妙。細細想方才出門隱隱聽到的話，難道是太子改了主意，抑或是太子妃想要成人之美？那納妾的話，想必說的就是韋團兒了。

太子妃似乎並不知方才蓬萊殿中的驚魂一幕，只笑了兩聲道：「多乖順的孩子，本宮倒是看著喜歡。」

韋團兒看了我一眼，陪笑道：「幾個郡王都可娶妻了，太子妃若是喜歡，不妨在皇上那處說上兩句，皇上必會成全的。」

太子妃笑著看我，沒接話。

我聽得有些無措，卻不敢貿然告退，最後還是太子妃點了點頭，讓我走了。

那日之後，皇上恍如無事一般，只偶爾提起狄仁傑已被貶為彭澤令，竟和我談論起一年多前那拜相的宴席。我謹慎地回著話，偶爾能自皇上眼中看到些遺憾，叔父武承嗣屢屢進言要誅殺，她都毫不猶豫地拒絕了，並直言不再提及此案。

皇上心境好時，還會問些我前兩個月收的瓊花果實，笑言我若是來年能種出新苗，便留在宮中御花園，專守著瓊花也好。

我每聽到她說來年，就總記起婉兒的話，要出宮並不難，只要父王來求，皇姑祖母也不會強留，可是，我卻不願再深想下去。

大明宮中雨雪始終未停，待到正月初二終是來了一場大雪。

宜平邊仔細替我繫好袍帔，戴好風帽，邊道：「上官姑娘昨日深夜遣人來傳話，說她今日會早些到嘉豫殿，讓郡主自行去就好。」

我嗯了一聲，道：「什麼時辰來的？」我昨晚睡得極晚，她竟更晚？

「丑時三刻。」宜平想了下，道：「好在我睡得不實。」

我愣了一下，不解婉兒為何深夜來遣人傳話。「還說什麼了嗎？」

宜平搖頭，道：「沒了，就囑咐郡主，今日是各宮人賀年的日子，千萬別去晚了。」

我點點頭，總覺有什麼，看了一眼白茫的窗外，卻又想不分明。

到嘉豫殿前時，正遇上太子妃和德妃，我忙躬身行禮。太子妃笑著對德妃，道：「這是永安郡主，我正想哪日尋個機會和母皇討來做兒媳。」

德妃瞇起漂亮的眸子，笑道：「姊姊好福氣，隆基還小，若要賜婚還要等上一、兩年呢。」

我尷尬起身，太子妃才溫和道：「入殿吧，別讓母皇等太久。」

我隨她二人入了殿，卻覺四下安靜地有些怪異。論理我來得並不晚，卻僅有太子妃和德妃在，並未有其他宮中的人來賀年。行禮問安後，皇上招手示意我到身前，我忙上前立在了婉兒一側。

皇上有意看了我一眼，才轉頭去看太子妃和德妃，道：「都起來吧。」

太子妃和德妃起身，卻並未被賜座。

皇上深深打量她二人片刻，才道：「團兒昨日給朕看了些物事，朕頗覺有趣。」她邊說著，韋團兒已托著個玉盤上前幾步，給她兩人細看。

玉盤上放了個製作極精巧的木頭人偶，太子妃沒敢拿起，只細看了一眼便臉色瞬間慘白，與德妃對視一眼，沒敢說話。

皇上見她二人神色，道：「此物是東宮內的宮婢發現，交給團兒的。上邊的生辰倒真是朕的，只是不知東宮內何人如此恨朕，要作蠱行法才能消去心頭怨氣？」她的聲音淡漠平緩，卻透著絲絲陰冷。

我本在猜測此是何物，聽這話才猛地明白過來，韋團兒，韋團兒還是下手了！即便太子妃親自示好，她還是布下了局！

太子妃和德妃砰地下跪，頭抵地面顫聲道：「母皇明鑑，東宮內絕無人有如此惡毒之心。」

皇上看著她二人，神色出乎意料地平靜。

我不敢想像皇上會如何說，如何做，只緊閉著眼低下頭，不敢再看。就憑著韋團兒的話，皇上難道真會相信？沒有半點懷疑？東宮住著的不只是太子，還有諸位郡王和公主，不只是太子妃和德妃，還有諸多女眷。

但無論是哪個，都會牽連到整個東宮！

「婉兒，此事當如何？」皇上忽然道。

婉兒忙回話，道：「遣人徹查東宮，尋出作蠱的真凶，嚴加考訊。」

皇上點點頭，道：「若是詛咒的是朕，當以何刑裁制？」

婉兒頓了一下，道：「以前例來說，主謀當以剮刑論處，從犯以車裂、腰斬為佳，凡涉案者皆應株連。」

我猛地睜開眼，耳中已是陣陣蜂鳴。韋團兒布下的局，絕對不是針對一、兩個下人，只要此事查起，整個東宮，便無人能脫開關係……我如被人拿刀一下下剜著心口，痛得難以自已，卻不敢動上分毫。

皇上淡淡，道：「東宮乃是太子居所，株連就免了，去查吧。」

婉兒忙躬身道：「是。」她接了旨，只看了我一眼就要出殿。

此時，早已軟在地上的太子妃忽然抬起頭，顫聲道：「等等。」她緊咬著嘴脣，眼中一片枯死。「母皇無需查了，臣媳認罪，此事與他人無關，是臣媳一人所做。」她說完，頭重重叩地，一聲聲迴盪在殿中，不消數下就已額間滲血，自眼上滑下。

我盯著她，腦中還記得方才殿前的溫和笑語，豈料入殿她就走入了死境。此時此刻，只有她認罪才能換回東宮的生機，她沒得選，只能認罪。不管是剮刑還是狄仁傑獄中所受的那些讓人徹骨懼怕的刑罰，她都只能去受。

素來不出東宮的太子妃，與太子朝暮多年，自皇后位退讓到太子妃，仍舊沒有換來皇上分毫憐憫，最後還是得一死，死在最嚴酷的刑罰下。

皇上冷眼看著她，道：「妳與德妃平日總在一處，此事可與她有關？」

太子妃抬頭，白皙臉頰上劃過淒絕的血痕，聲音已澀如飲毒：「全部都是臣媳一人所做，與德妃沒有關係！」她說完，又一重叩頭，背脊挺直，跪立在殿中。德妃跪在一側，從未抬過頭，單薄的背脊深彎著，雙手緊扣著地面，十指泛白。

我看著一心赴死的太子妃，竟像看見去年長生殿外跪著的永平郡王。一樣的目光淡漠，如同看透了自己的命運，坦然平靜。

皇上冷冷道：「妳既已認罪，就是不想牽連太子及朕的皇孫——」她看德妃，道：「德妃，抬起頭。」

德妃抬起頭，看著皇上。

皇上道：「朕不想太子知曉今日之事。」

德妃手又扣緊了些，極其重地磕了個頭。「請母皇賜臣媳一死。」她說完，並不像太子妃一般坦然，而是目光灼灼地盯著皇上，眼中有怨有恨，有不甘亦有諷刺。

皇上靜默了片刻，對婉兒道：「婉兒，命人把太子妃與德妃帶走，今日之事不許有任何人再提起，否則一律以剮刑論處。」

婉兒忙跪下領命。

兩人又同一叩頭，起身隨著婉兒而去，方才站在嘉豫殿前的溫言軟語還在，此時卻已經是生命最後一程。太子妃眼中異常沉靜，倒像前方等著她的不是剮刑，而是在東宮久候的太子殿下，和她那個被眾人稱頌的兒子。

皇上目視著兩人離去，才深嘆了口氣，道：「既為朕之兒媳，又何必想要置朕於死地。」她眼中冷意漸散，倒多了幾分蕭瑟，按揉著太陽穴，接過韋團兒手中的熱茶，道：「永安，妳既有心嫁李家人，朕不希望將來妳也有如此怨恨。」

我強忍著心中悲痛，低頭回道：「無論將來婚配何人，永安始終是武家人。」

皇上靜了會兒，才淡淡地道：「是，妳和她們不同，妳是武家的人。」她說完，便放了茶杯默然而去，我跪地目送她離開後，才發覺身子早已癱軟，沒有半分力氣。

在今夜之前，我從未如此看著人從生到死。我無法想像那如水墨暈染的太子妃，如何能經歷剮刑的痛苦，被人綁在竹槎之上磨掉皮肉，只剩下淋淋白骨後再杖斃至死，只如此想著，我就已經喘不過氣，手扶著地面屢次想起身，卻沒有半分作用。

那是他的母妃。我親眼見他母妃被逼認罪，卻連一句話也不能說。

殿中的宮婢見我如此，想上前扶我，卻被我一把推開，終於撐起身子站了起來。

回到宮中時，宜平本笑著迎上來，見我卻瞬間變了臉色，道：「郡主怎麼了？怎麼臉色慘白慘白的？」

我抓緊她的手，汲取著她身上的溫暖，過了很久才緩緩鬆開。「沒什麼，太冷了。」

宜平沒敢多說，扶著我坐到床上。我僅剩了些鎮定，揮手讓她放下幃帳，自己哆嗦著手放了床帳上了床，抱著膝蓋縮成了一團。這裡再沒有外人，只有我一個，可外邊的宮婢還在來回走動，低聲交談著明日早膳。

我緊咬著唇，眼前已一片模糊，卻不敢發出聲音。誰也不能知道，哪怕是宜平，知道就只有死路一條。可東宮兩位妃子自大明宮中消失無蹤，又怎麼瞞得住？難道就像太子妃和德妃甘願受死，他們也要當作什麼都沒發生？就任由自己親生母親平空消失？

我將錦被拉起來，裹在身上，就這樣腦中白茫一片，怔忡著坐到了天亮。

宜平在外輕喚時，我才出聲道：「很累，讓我再睡會兒。」聲音沙啞得不成樣子。

宜平顯是已聽出什麼，猶豫了一下，道：「郡主可要喚太醫，聽聲音怕是昨夜凍著了。」

我也覺得喉嚨生痛，可不想見任何人，只道：「是太累了，睡會兒就好。」

帳外人影走開，我才漸覺得睏，迷迷糊糊趴在了床上。大片濃郁的黑暗中，只有太子妃溫和的笑容和平靜的目光，漸漸地，這目光添了幾分暖意。

遠處永平郡王站在雪地裡看著我，只靜靜地笑著，張口對我說了句話，我卻半句也聽不清，只急著往前邁了一步，問他在說什麼，他卻搖了搖頭沒再繼續。他越不說我越急，就這樣一步步想走近他，腳底冰涼涼的，像是被雪浸溼了鞋，如那夜長生殿前一樣，倉皇地絆了一下，險些摔倒在地。

我忙伸手想扶住什麼，卻什麼也抓不到，猛地叫了一聲就摔在了地上。

「郡主！」宜平在身邊叫我。「郡主，郡主。」

我終於抓住了什麼，睜開眼，從一片模糊到清楚，才見她坐在我面前，被我緊拉著手腕，捏出了一片紫紅。我深喘了幾口氣，鬆開手扶著床坐起來。「沒什麼，是惡夢。」

她點點頭，拿了熱溼巾替我擦臉，低聲道：「三位郡王在外頭。」

我心大力一抽，又喘了幾口氣，才鎮定下來。「什麼時候來的？」

她輕聲道：「剛來半個時辰，郡主睡了一天，已經過了晚膳時辰了。」

已經一天了？

我又呆了良久，才猛地清醒過來。他們從不曾到我這裡來過，今日今時，肯定是為了昨日的事，已經十多個時辰了，他們一定知道我昨晚也在嘉豫殿，推測我見過太子妃和德妃，終是顧不得避嫌來問了。

我恍惚著起身，本就是和衣而睡，只是髮髻有些亂，宜平替我理了理，拉開了幃帳，我走出去，明知道他們就在外間，卻不敢走出一步，直到宜平收整完出來，見我還愣著才壓低聲喚我，我茫然地看她，恍惚一笑向外間走去。

剛才邁出門，就有個人影衝上來，緊緊拉住了我的手臂，李隆基赤紅著雙眼盯著我，過了很久才說：「告訴我，太子妃和我母妃去哪兒了！」

我被他捏得生疼，卻恍惚笑著，說：「郡王怎麼看著這麼憔悴？出了什麼事了？」

他愣了一下，咬著牙看我，竟怒火燒心得說不出話來。

我抬頭，看李成義陰著臉坐著，李成器本在宮門口背對著我，此時也回了頭，他右手緊扣著宮門，像是要深深嵌進去一樣，那雙眼中密布著蝕骨的悲痛，濃郁得讓人窒息。

「隆基。」李成器聲音微有些暗啞，緊盯著我，道：「放開她。」

李隆基手驟然握緊，又緩緩鬆了開，扭頭去看李成器。

李成器從宮門口走向我們，緊抿著唇不發一言，直到走到我面前，才道：「你們都出去。」他話雖是對李隆基說，卻只看著我，我恍惚地看著他，不敢躲也不能躲。

李隆基本是要說話，卻被李成義一把拉出了宮門。宜平早已將宮婢都帶了出去，空蕩蕩的廳內只剩我和他，離得如此近。我看著他眼中的陰沉，昨天的話不停撞入耳中，亂嗡嗡的一團，只下意識扯唇對他笑了笑。

過了好一會兒，他才說：「告訴我，妳都知道什麼。」

我仍舊笑著，說：「王爺指的是什麼？永安不是太明白。」

他又上前了一步，機會要貼上我，我忙向後退了一步。

「我母妃和德妃還活著嗎？」他壓低了聲音，聲音啞得像是被打磨過。

我身子僵了一下，想退卻再也挪不動腳步，面前是他，身後卻像是無盡黑暗，心中的恐懼一股股湧上來。不用我說任何一句話，他早就猜到一切，可為什麼要來求證呢？他明知道一切，就該曉得我不能說，哪怕是半個字，都能讓所有人走上死路。

他緩緩伸出手，緊握住我的手腕。「永安。」只說了這兩個字，再沒有任何話。

從小到大，這兩個字被無數人喚過，只有今時今刻，讓我不知如何去應聲。我深吸口氣，像是受了蠱惑一樣，伸出手緊握住他的手，輕聲道：「去得很快，沒有痛苦。」

原諒我。

他指間冰涼滲入我手中，我緊緊盯著他，怕他有任何反應驚動了宮門外守著的人。他也緊盯著我，聰明如他，只這一句話，怕是將一切都想明白了，那雙溫潤的眸子不再有任何生機，竟在剎那間布滿了絕望和瞭然。

我們就這麼相對站著，他用力地緊握著我的手腕，我也緊緊按著他的手。過了不知多久，他才鬆開手，冷冰冰道：「郡主身上很燙，稍後請太醫來看看吧。」他深看了我一眼，又道：「事已至此，我不能再求皇祖母賜婚了。」

我苦笑著看他，想說些安慰的話，卻終是作罷，只輕點頭說：「郡王保重身子。」

他轉身快步走出了宮門，低聲和外頭人說了幾句，便帶著兩個弟弟離開了。宜平進來時，我依舊傻傻站著，看著空蕩的宮門，沒有理會宜平說的任何話，直到她驚呼了一聲，我才發現自己早已軟坐到了地上。

待到初八，父王遣人送來生辰禮，我才恍然已過了十三歲。

那天過後，我始終高燒不退，足足五日才有了些好轉，卻即刻隨著皇上去洛陽祭祀。萬象神宮落成已有五年，皇上是頭次決定親自主持祭祀大典，宴請群臣，並令叔父武承嗣為亞獻，武三思為終獻，而正式的太子李旦卻被冷落到了一旁。

帝王心不可測，每一個微小的暗示都能在朝堂中掀起軒然大波。單這祭祀一事，叔父武承嗣自被罷相後的陰霾便一掃而空，面帶喜氣地與眾臣談笑。

祭祀後，皇上似乎心境大好，宴席上屢屢開懷，將來賀使臣的賀禮賞賜給了我父王和諸位叔父。我陪坐在太平公主身側，遠看著太子仍舊是神色淡漠，只在身旁人搭話時才會回上一句，似乎皇上的一切動作都與他毫無關係。

他身側的長子位是空著的，僅有李成義和李隆基陪著。

過了很久，皇上才看向太子，溫聲道：「成器的病還沒好嗎？」

太子忙起身，道：「這一場病雖來得凶猛，不過已無大礙了，兒臣已囑咐他務必在明日抵洛陽，向母皇請安。」

皇上淡淡「嗯」了一聲，道：「沈秋的醫術了得，讓他多花些心思。」

太子忙應了一聲，才又躬身落座。

我聽著心頭發苦，端起茶杯，卻正撞上李隆基的目光。他晶亮的眸子中沒有半點生氣，只直直看著我，看得我一陣發慌，忙避了開。

此時，神宮之庭已奏起鼓樂，從殿內看出去，庭中密密麻麻站了九百人，均依著這「神宮大樂」起舞，陣勢磅礴，竟有氣吞山河之勢。

殿內眾人不禁看得入了神，漸隱去了歡笑與寒暄。

「永安。」太平公主忽然側了頭，在震耳的鼓樂中對我道：「看妳臉色還是不好，太醫如何說？」

我忙放了茶杯，說：「已經好得差不多了，只說還要養上半月才能徹除餘寒。」

太平點點頭，道：「這幾日病的人不少，崇簡也是高燒不退，都不能隨我來洛陽。」

我聽她說小兒子也病著，忙道：「郢國公也病了？可嚴重？」

太平笑了一聲，說：「不嚴重，他和妳一樣，每逢冬日就要病上一場，我都習以為常了。倒是成器，雖生得單薄了些卻從沒生過大病，聽著讓人擔心。」

我聽她半是自語地說著，竟一時堵住，接不上話。

他的病還是宜平隨口說起的，說是尚醫局內私下傳出來的，那時我正病得昏天黑地，只隱約聽入耳中，痛上加痛。後來沈秋來了，卻沒有提起半個字，診脈開方都出奇地安靜，我屢次盯著他想問，終也沒問出半個字。

太平又說了些話，我都隨口應付著，待到宴罷便回了太初宮。

自這趟祭祀大典後，皇上將會常住洛陽太初宮，我自然也不再回長安。一年前初來洛陽的新奇早已沒了，只覺得大明宮中到處是孤魂，搬來太初宮也好。

晚膳時婉兒來，說是皇上忽然來了興致，讓我們都去陪著看胡人歌舞，熱鬧熱鬧。

我抱著暖爐看她，猶豫了片刻才道：「我不想去。」

婉兒細端詳我，道：「過了快半個月了，妳怎麼還不見好轉？」

我知道她說的不是這場病，而是那件事，心中一窒，低聲道：「忘不掉，我已經忍著不去問妳了。」

婉兒笑了笑，說：「妳問我就說，可聽了就能好嗎？」她邊說著邊坐到我身邊，道：「忘了吧，記性太好不是好事。」

我看了她一眼，沒說話。

她又默了片刻，才道：「當年賢的廢詔是我親自寫的，就是那一旨詔書將他推上了絕路。」

我愣了一下，立刻明白過來。原來那個帶她走宮中小路的人，她口中疼愛永平郡王的人，那個讓她跪在蓬萊殿中不顧生死求情、歷經多年還不肯忘掉的人，就是李賢，一個頂著謀反的罪名，最終被賜死的皇子。

她掃了我一眼，笑得蒼白無力。「我至今也忘不掉詔書上的每個字，連提筆的感覺都還記得清楚，卻還要日日陪在妳皇姑祖母身側，整日笑著算計著每個人。」她怔忡了片刻，又道：「這麼一晃都快十年了，不還活得好好的？走吧，永平郡王也到了，正在殿中陪著呢。」

我驚得站起身，卻被她一把按住肩，笑道：「別急，讓宜平拿件厚實的衣裳。」她說完，將門外宜平喚了進來，親自吩咐著裝扮，我對著銅鏡看宜平將一個個首飾比著，正想讓她隨便些，婉兒卻先出了聲：「我記得妳有支翠翹玉搔頭，怎麼許久不見妳戴了？」

我忙道：「早不知扔哪裡了。」邊說著邊對宜平，道：「隨便些。」

進了長生殿，已暖融融坐滿了人。

皇上與韋團兒正低聲說著話，見我上前行禮才笑道：「快去坐吧。」

我起身走過太子和諸位子嗣的案几前，始終沒敢抬頭看上一眼，匆忙走到僅空著的案几後坐下，才見身側隨侍的宮婢竟是鳳陽門前的舊識。

她隱晦笑著，替我添了茶。

我看了看她，低聲道：「妳叫什麼？」算起來相識了一年多，卻還不知道她的名字。

她頓了一頓，才悄聲回道：「回郡主，奴婢叫元月。」她說完，立刻躬身退了下去。

我端起杯，佯裝不經意地掃了一眼眾人。到太子身側時，才略停了一下，李成器依舊微微笑著，因大病初癒顯得有些單薄，皇上似是極關心他，不停問著用藥和醫囑，他都極恭敬地一一回應著，沒有半分瑕疵和不妥。

直到歌舞起了，皇上才不去看他。

李成義在他身側，似乎發覺我在看著那處，抬眼看我，用肩膀輕撞了他一下。他這才回了頭，淡淡地掃過我這處，沒有任何停頓便低頭和李成義說了句話。

我心頭微酸脹著低了頭，所有歡聲笑語都像隔了一層水霧，再聽不分明。

太初宮內，東宮早已是禁地，除皇上召喚，閒雜人等一概不能接近。可即便如此，宮內仍有掌管掖廷、宮闈的宦官私見了太子。此事被韋團兒告知皇上後，那兩個人立刻被扔到了鬧市腰斬示眾。皇上在殿內直接傳口諭，太子及其子嗣不得再見公卿以下官員，自此後人人自危，不敢再有任何動作。

晚膳時，宜平總是心不在焉的，時而將菜落在桌上，時而碰歪了茶杯，我伸手穩穩按住茶杯，看她眼底慌張，道：「出什麼事了？」

她咬脣半晌，搖了搖頭，閃爍地躲過我的視線，道：「沒什麼。」

我越發覺得不對，拉住她的手腕道：「妳下午才去了內教坊，回來就心神不寧的，到底怎麼回事？」

自來了太初宮，她倒是勤快了不少，從前在長安時每每逃掉課業，如今倒比任何人都要上心。現下太子及諸子嗣被禁足，也就僅有些宮婢可在內教坊出現，或許偶爾能從閒話聽些李成義的飲食起居，便能讓她安心了。

她猶豫了片刻，才輕聲道：「東宮中的人，已經好幾日沒去內教坊了。」

果真與東宮有關。我勉強笑笑，道：「莫非真是那一杯茶，將妳的心都潑給東宮人了？」我雖知道一切，卻是初次提及此事。

她慌張地看了我一眼，垂頭良久才道：「請郡主恕罪。」

我認真地看她，道：「沒什麼恕罪不恕罪的，只是怕妳擔不起這個心。」

自他被禁足，那日日不能見的焦灼，我刻骨銘心，對她的心思也自然感同身受。

她低頭又默了片刻，才道：「奴婢想求郡主一件事。」

我瞭然地看她，道：「我知道是什麼，妳不用說了，今晚我去婉兒房中討杯茶喝。」

她忙要跪下叩謝，我伸手拉起她，道：「好了，快些收拾一下。」

她應了聲去喚人收拾，我卻坐在案几後，心一下下地揪著，越來越慌。其實不是什麼大事，各宮內遇到事情多的時候，經常有宮婢會逃了內教坊的課業，可一與東宮有關，我就覺得不踏實，這一次感覺更加強烈。

宮婢在身側收整著，我聽著玉器碰撞的聲響，只覺得手心漸漸發涼，再也坐不住，起身接過宜平遞來的袍帔披上，立刻出了門。

臨近婉兒住處時，我忽然停了步子，對宜平道：「去看看，韋團兒在不在屋裡。」

宜平應了聲，匆匆自黑暗中跑走，我站在石階一側靠著牆壁，努力將心思沉澱下來。還能有什麼事呢？如今已經是最壞的境地了，禁足東宮，連兩個亡妻都不能弔唁，凡是見面動輒腰斬棄屍。到了如今，還能有什麼比這再羞辱、再難堪的？

我正想著，就見石階上下來個白色人影，剛想要避開，卻發現竟是婉兒。

「婉兒。」我忙輕聲叫她。

她停了步，回頭看我，眼中難得有幾分驚異。「妳來找我？」

我點點頭，她看了下四周，忙走到牆壁這一側，在黑暗中盯著我看了半天，道：「找我做什麼？我現在急著出宮。」

我心裡咯登一聲，下意識道：「是不是東宮出事了？」

她搖頭，說：「妳別多想，快回宮去。」

我緊盯著她，她越說得鎮定，我越覺得不安。

此時，宜平恰好跑了回來，見了婉兒忙躬身行禮，退了幾步替我們顧看著四周。我見婉兒轉身要走，忙拉住她，道：「姊姊，告訴我實話，是不是東宮出了事。」

婉兒回過頭，定定看著我，道：「是。妳立刻回宮，不要打聽任何有關東宮的事。」

她說完，抽出手轉身就走，我想拉住她，卻慢了一步，只覺得手有些發麻，用不上力氣。

豈料，她還沒走出十步就猛地轉了身，又走到我身前，盯著我看了很久，才深嘆了口氣。「跟我一起走吧，我不想讓妳見不到他最後一面。」

我傻看著她，待驀然反應過來，心即大力一抽，徹骨刺痛已滿布全身。

她見我如此，也不再多說，只看了一眼宜平，道：「妳回去吧，任何人問起，不要說郡主去哪了。」說完就拉起我的手向宮門處走去。

直到走出了數十步，我才尋回了稍許心神，看她道：「他在宮外？」

婉兒拉緊我的手，道：「是，在來俊臣那裡。兩日前妳叔父和韋團兒一唱一和，說太子雖表面不說兩個妃子的事，其實背地早已懷恨在心，暗中部署謀逆帝位。月前太子私見內侍奉，已讓皇上起了疑心，如今兩個人這麼說，她自然忌憚。」

我被她一路拽著走，聽了這話已心神大亂，轉而拉著她往外走，步子越邁越快。「為什麼皇上會信？為什麼每次都會信別人說的話，不相信自己的兒子！」

兩日，已經兩日了，在來俊臣那裡待了兩日，不死也已去了半條命。

婉兒掃了我一眼，道：「再告訴妳，如今太子宮中下人都已認罪畫押，妳再做什麼也是徒勞無功，我只想讓妳見他最後一面，若皇上日後問下罪，妳只說妳要去看看臨淄郡王，記住了？」

我深吸口氣，點點頭，視線已有些模糊。

認了，都認了，難道這一次真是最後一面……

自這句話後，婉兒沒再說什麼，直到將我帶出宮，對早已在宮門外候著的侍衛點點頭，便將我拉上了馬車。我坐在馬車內，隨車搖晃著，只痲木地盯著漆黑的街路，此時已是宵禁，除了淒冷的月色，再無任何人行走。

原來還有最壞的境地，只是我不敢想，也不願想。

婉兒陪我沉默了良久，才低聲道：「此次我出來，是皇上怕來俊臣刑訊逼供得太厲害，讓我去看看實情，妳只需隨我進去，我會給妳尋個時機見見永平郡王。」

我點頭，她始終沒有鬆開我的手，我也反手握著她的，待到馬車停下才輕聲道：「此事還有轉圜的餘地嗎？」

她堅定地看我，低聲道：「沒有，來俊臣已將所有供狀都交給了皇上，如果有半分轉圜餘地，我都不會冒死帶妳來。」

我又將她手握得更緊了，深喘了口氣才隨她下了馬車。

夜色下，面前的獄房燃著巨大的火把，像是要將所有陰寒都驅散，十幾個帶刀侍衛肅穆立在一側，來俊臣正袖手而立，目光陰沉沉地自我身上掃過，才看向婉兒，道：「上官姑娘怎麼來了，這等地方，怕會嚇壞了姑娘和郡主。」

婉兒冷冷地看著他，肅聲道：「皇上遣我來看看殿下和諸位郡王，大人既然知道我兩個不適合在此處多待，就請快些帶路吧。」

來俊臣笑了一聲，說：「姑娘別急，多添件衣裳，下邊有些冷。」他說完不等婉兒說話，就對身側人使了個眼色，那人忙抱著兩件厚實的袍帔提給我和婉兒，婉兒也沒說什麼，替我穿好，自己收整完才又看了他一眼。

待我們隨他走入木門，才知道他所言不假。

內裡不僅冷潮，四處還瀰漫著一股腐肉的臭氣。我壓抑著胸口湧上的酸楚和噁心，跟著婉兒的腳步，走在泛黑的石板路上。四周牢房內有一叢叢的黑影，卻都動也不動地蜷縮在黑暗中，安靜到只聽得見瑟瑟的草動聲響。

「姑娘想先見見誰？」來俊臣微微笑著，道：「太子殿下和幾位郡王在裡處，並未用過重刑，前邊牢房內是東宮幾個認罪的活口。」

幾個認罪的活口，我緊緊拉著身上的袍帔，緊緊咬著下唇，控制自己不去看四周。

婉兒沉吟片刻，道：「認罪的我就不看了，太血腥，怕作惡夢。」

她言語中的諷刺極露骨，來俊臣卻仍舊嘴邊掛笑，道：「姑娘放心，能讓姑娘見的，都是已經收整乾淨的。」

婉兒哼了一聲，道：「帶我看看太子殿下，還有永平郡王。」

來俊臣聽後也沒猶豫，領我們拐過幾條暗路，停在了一間石室前，示意人開了門才躬身道：「姑娘請，永平郡王在裡處，若有任何需要喚一聲就行。」

婉兒點點，道：「既然皇上吩咐我來問話，就請大人不要守在門外了，以免你我日後都難做。」

來俊臣笑著躬身，道：「這是自然，姑娘請放心，此處之人還沒有那個膽子敢聽。」

婉兒點點頭，帶我走了進去。

我竟有那麼一瞬的猶豫，不敢邁出步子，卻被婉兒握住手，抓得手指生疼。我一步步跟著她走了進去，石門在身後悄然關上，只有輕微上鎖的聲響。

石室內燃著一盞燈燭，還有簡陋的木桌上擺著未動的飯菜。

暗處有一張木板床，李成器正斜靠在牆上，靜靜地看著我們。他身上是簡單的棉布衣衫，雖單薄卻還算乾淨，只是手指能看到些細微的傷口，已被擦去了血，留下了鮮紅的痕跡。

從那日宴上，到今日，我和他已有數十天未見，卻未料到竟是在此處再見。我也深深地看著他，再挪不開視線。

婉兒放開我的手，輕聲道：「此處無窗，我在門口等著妳，過去吧。」

我聽在耳中，卻邁不出一步，只盯著他，連呼吸都不敢。

過了一會兒，他才微微笑了起來，對我道：「過來吧。」他的笑意自脣邊蔓延到眼中，終於牽起了我心中的刺痛。

我走上前兩步，蹲下握住他的手，盯著深紅和深紫的傷口，努力了很久才道：「來俊臣用刑了？」

他反握住我的手，道：「坐到我身邊來。」

我忍著眼中水霧，點點頭坐在了他身邊。

他半靠著牆壁靜靜看了我片刻，才道：「忘了賜婚的事吧。」

我心中一下下痛著，卻仍恍惚笑了笑，說：「好。」

他笑了一下，說：「外邊人都已經認罪了？」

我點了點頭，沒有說話。

他伸手替我繫好袍帔，低聲道：「找個機會離開皇祖母身邊。」我又點點頭，感覺他冰冷的手擦過我的下顎，頓了一下才撫上我的臉頰，接著道：「不要再和李家有任何關係。」

我大力點著頭，卻再壓不住鼻中的酸澀，眼前模糊成了一片。

我根本不知道和他說什麼，我們之間除了那賜婚的承諾，根本沒發生過任何事，明知再沒有迴旋的餘地，明知道這是最後一面，可卻沒有話說。

他嘆了口氣，將我攬在了懷裡。

我僵住身子，過了很久才緩緩伸出手，環住了他。

他身上衣裳極單薄，甚至能透過布料觸到深淺的傷口。絕不能哭出來，來俊臣就在門外，看到我紅著眼定會祕奏皇上，雪上加霜……越是這麼想，我越忍不住，只能狠狠將手抓成拳，指甲深扣在肉中，卻沒有半點作用。

過了一會兒，他才放開手，示意我離開。我呆坐在他身前，深深看著他的眉眼，沒有動。

婉兒忽然出了聲，道：「多謝郡王，婉兒定會將所說的話一字不落地奏稟皇上。」她說完，頓了一頓，又道：「郡王保重，婉兒告退了。」

我聽到她的話，知道再也不能拖了，低下頭抹了下眼角，起身道：「郡王保重，永安告退。」說完緊咬著牙，狠心起身向門口走去，再不敢回頭看一眼。

直到門再次被關上，來俊臣才自不遠處拱了拱手，道：「姑娘辛苦了，請。」

婉兒掃了我一眼，見我妥當了，才輕嘆口氣，帶著我又隨來俊臣去見了太子。在太子石室內，婉兒草草說了兩句，便帶著我告退了。她其實比誰都清楚，皇上遣她來問話，不過是聊表做母親的姿態。

待從太子處出來，婉兒又特意吩咐來俊臣帶我們看了看臨淄郡王。我和她並沒進去，只與我在石門開時，掃了一眼。臨淄郡王躺在床上，背對著石門，聽見門響似乎動了一下，卻沒有出聲，只冷冷背對著門沉默著。

我看他如此，想起平日他晶亮的眼睛，已痛得不能再痛的心，又一次被揪了起來，像是看到了德妃被賜死前的眼睛，不忍再看，退了兩步隨婉兒離開了。

我始終恍惚著，直到隨她走出牢門，才見宜都已守在了門外，她見到我立刻躬身行禮道：「皇上召郡主回宮。」

我驚看她，又和婉兒對視一眼，她輕點了下頭對宜都道：「長生殿還有誰在？」

宜都忙回：「皇上微恙，只有韋團兒和沈太醫在。」

婉兒點點頭，帶我坐上馬車後，才低聲道：「這幾日各宮都暗中有人守著，皇上自然會知道妳出宮，記住我的話，我帶妳來是看臨淄郡王的，其餘的話妳千萬不要說。」

我點點頭，早沒了說話的力氣。

到長生殿時，果真如宜都所說，僅有沈太醫和韋團兒在，沈太醫卻非沈秋，而是他哥哥。

我與婉兒行禮時，皇上緊盯著我，對婉兒道：「婉兒何時也敢抗旨了，今夜朕可曾讓妳帶永安去？」

我不等婉兒說話，立刻跪了下來，道：「是永安求婉兒的，請皇姑祖母不要為難婉兒，一切責罰永安一人承擔。」

長生殿內溫暖如春，我卻仍覺地牢內的陰寒覆身，冰冷刺骨。

皇上靜了片刻，才道：「起來吧，朕已沒力氣再去責罰誰了。」

我起身立在殿中，沒敢抬頭，就聽皇上對婉兒道：「太子如何說？」

婉兒忙道：「太子殿下不肯認罪。」

皇上沉聲，道：「朕既怕他認，卻又怕他不認。認了，朕斷然不能輕饒，不認，就是不將朕放在眼中，仍是執迷不悟。」

她說完這話，婉兒沒敢接話，我聽得更加絕望。

皇上這話，就是已認定太子有反心。狄仁傑被誣謀逆時，永平郡王尚能告訴他認罪保命，以求日後證明清白，可真正到李家皇子皇孫時，卻是認罪是死，不認罪也是個死。

堂堂的皇子，享萬人一人之下萬人之上的尊榮，卻在自己母親眼中命如草芥，早沒了生路。

皇上忽而咳嗽了兩聲，對身側沈南蓼道：「朕這幾日心火太盛了。」

沈南蓼忙道：「皇上無需太過憂心，臣已命尚醫局煎藥，稍後就會送來，只消三、兩日便會見效的。」

皇上點點頭，正要再說話時，宜都卻忽然入內，跪下道：「稟皇上，天牢處來了人。」

我心驟然一緊，皇上竟也愣了一下，說：「發生何事了？」

宜都抬頭看了一眼殿內眾人，不敢直說，皇上又道：「據實說。」

我緊張地盯著她，心知此事必然有關太子，否則宜都絕不會如此貿然奏稟。

宜都起身，道：「有人拚死闖入天牢，以刀刨心表明心跡，求證明太子殿下清白。」

皇上聽後臉色微變，道：「竟有人如此做？那人現在如何了？」

宜都忙道：「已被陛下派去監察來俊臣的陳大人送到尚醫局，陳大人特命人來請示，此人該救該殺？」

我猛地看向皇上，她略沉吟片刻，才對沈南蓼道：「若是剖心，可還有得救？」

沈南蓼忙道：「若是醫救及時，或能撿回一條命。」

皇上又靜想了片刻，起身道：「你弟弟既是藥王的弟子，就該有這個本事。」她對宜都道：「立刻傳話，務必救活他。」

宜都忙躬身退出，皇上也站起身，對婉兒道：「婉兒，隨朕和沈太醫去尚醫局。」她說完，又看了我一眼，道：「永安，妳也隨朕去。」

我忙躬身應是，跟著皇上出了長生殿。

皇上揮去龍輦，一路疾行。我像是捉住了救命稻草般，耳中只充斥著越來越快的心跳聲。看皇上現在的神情，似乎也頗為震驚，她既然已下令醫治那個人，又親自去尚醫局，就說明她有了猶豫，她開始懷疑自己的決定了。

想到此處，我恨不得立刻就能到那裡，卻覺得眼前的路似乎永遠都走不完，越發心慌著急，卻不敢有任何表現，只能跟著皇上的腳步，待到尚醫局時周身卻已被汗浸溼。

尚醫局內的人正忙著救治床上的人，見皇上親來，都立刻跪了下來。

皇上揮手，道：「都起來，盡力醫治，朕要親自問他話。」她說完，婉兒已搬來椅子伺候她坐下，拉著我立在了皇上身側。

床邊的沈秋忙起身繼續，我遠見床上人滿身鮮血，正被身側的太醫合住傷口，沈秋則舉針刺了數處，接過身後人遞來的桑皮線，開始縫合傷口。他緊抿著唇，神情是從未有過的嚴肅，沾滿鮮血的手卻非常輕，謹慎地穿過皮肉，漸將傷口閉合了起來。

做完這些，身側人忙端上水為他淨手，他草草洗淨擦乾，又執起銀針繼續刺了幾處，低聲吩咐身後人準備傷藥後，才長出了一口氣回身行禮道：「五臟已歸位，一切就看明早了。」

皇上蹙眉看他，道：「朕要他活。」

沈秋恭敬道：「臣已盡力而為，若是此人當真誠心可鑑，自然能活過來。」

皇上冷冷看他，道：「你是說，若是他能活，朕就是冤枉了太子？」

沈秋不卑不亢，道：「臣只是太醫，只對宮中人的康健關心，其餘事，臣不敢妄加評論。」

皇上又盯了他片刻，才嘆了口氣，道：「和孫思邈一個脾氣，罷了，有才之人必然有些臭脾氣。」她看了一眼床上的人，道：「你剛才說一切要看明早，也就是說朕要等一夜？」

沈秋點頭，道：「明日寅時，若能醒便能活。」

皇上靜了片刻，道：「朕就在此等他醒。」

皇上說完，婉兒立刻退了出去，吩咐跟隨的宮婢做準備，待回來時才輕看了我一眼，微微笑了一笑。

我亦看她，勉強笑了一下，又立刻去看床上的人。在一切都已走入死局的時候，竟然能有此人出現，就是天意，只要他能醒，太子一案就一定有扭轉的機會。

這一夜過得極漫長，除了沈秋不停替他換藥施針外，沒有人敢挪動半分，都陪著皇上靜候著。皇上也始終沒再說一句話，只看著床上人沉思，神情難以捉摸。

不知過了多久，皇上才轉頭喚茶，婉兒忙遞上茶杯，她喝了一口，將茶杯遞回給婉兒，深嘆了口氣，道：「婉兒，日可還好？」

婉兒忙回：「來俊臣沒用重刑，飲食也還算過得去，表面上看還算好。」

皇上又看我，道：「妳可見過隆基了？」

我愣了一下，才回道：「回皇姑祖母，永安見過郡王了。」

皇上點頭，道：「他可說了什麼？」

我猶豫了一下，才道：「郡王沒和任何人說話。」

簡短的問話後，皇上又陷入沉默，神色竟漸黯然下來。

忽然，沈秋輕聲說了句話，卻是對床上的人。

醒了！我看著床上人，喜得與婉兒對視了一眼。

皇上猛然站起身，道：「可是醒了？」

沈秋又與那人說了一句，似乎在試探他的意識，過了會兒才道：「臣替他餵碗湯藥後，他可清醒片刻，皇上若要問話請盡快。」他說完，身側人已遞上玉碗，沈秋接過替那人餵了下去，待一切完畢，忙躬身退離了床邊。

皇上快走上前兩步，俯下身，道：「你可聽得見朕說話？」

那人含糊地應著，皇上點點頭，又道：「你既剖心明志，朕就親自來聽聽你能說什麼。」

那人安靜了很久，似乎在忍受身上的劇痛，過了一會兒，才又口齒不清地對皇上說了幾句話，似是很急，皇上只靜聽著，神情莫測。

我因隔著遠，一句也聽不清，只緊張地盯著皇上的臉色。只有這一個機會了，皇上若是肯信他，永平郡王就能活命，皇上若是不信……

那人似乎再說不出話，只呻吟了兩聲又陷入了昏迷。

皇上靜立了片刻，才轉過身，自語道：「朕自己的兒子，卻要別人剖心證明清白。」她掃過在場眾人，在我這處略停了一下，我忙垂了眼。

皇上移開視線，看著婉兒道：「立即停止追查太子謀逆一案，將太子左右家臣、諸位郡王公主、侍役盡行釋放！」

婉兒忙躬身應是，匆匆走了出去。

這一切來得極快，我只木木站著，不敢相信此事竟能如此了結。鋃鐺入獄的突然，峰迴路轉的結果，都是皇上一念之間的決定。在劫後餘生的狂喜中，手心卻仍是冰冷，腦中盡是天牢中他溫和的笑，和他的話。

沈秋又上前探看了一下，低聲吩咐身側人備藥，他起身時若有似無地掃了我一眼，整夜緊繃的面容終於鬆下來，帶著淺淺的笑。

我接了他的目光，微微笑了一下。

皇上似乎極疲憊，只草草吩咐兩句，便帶著我們離開了尚醫局。

進長生殿時，韋團兒依舊笑著迎上來，替皇上換衣裳，待皇上靠在臥榻上才掃了她一眼。「妳下去吧，讓永安陪著朕。」

韋團兒愣了一下，忙躬身退下。

我本以為皇上要說些什麼，竟閒聊起幼時的事。我陪著她說了很多話，大多是如何被謝先生責罵，手抄詩經的往事，皇上偶爾聽得笑出聲，卻大多時候沉默著，約莫過了半個時辰，才揮手讓我退下。

我走出長生殿時，暖日籠罩著整個殿前。

宮婢們正忙著準備早膳，見到我都匆匆行禮，我看著殿前，想起一年前那個雪夜。不過一年，卻已是幾番生死，在他跪在殿前的雪夜，我以為最痛不過如此了，如今看來，那真的僅是最輕的責罰。

而過了這一劫，皇上真的就不會再忌憚了嗎？

春日正好，皇上從長生殿內出來，在御花園亭中批奏章。牡丹開得正盛，整座御花園亦是萬物吐芳，寒冬蕭瑟盡數散了個乾淨。

我來時，亭中已有李成器和李隆基，還有幾個年紀尚幼的李氏公主相陪。婉兒在一側讀著奏章，皇上閉目聽著，不時添上兩句，便已做了批覆。

「皇上。」我上前行禮。

皇上點點頭，示意我去坐下，我待坐定才見李隆基笑咪咪地看著我，竟像是當年初見時的模樣，不禁心裡一鬆，對他笑了一笑。不管他是佯裝還是真的放下了，既然仍是皇孫，仍要日日陪著，如此才是最好的。

李隆基抬了抬下巴，我不解地看他，他又指了指茶杯，我這才反應過來，端起桌上的茶杯喝了一口，竟是瓊花茶。

皇上似乎留意到我的異樣，笑著道：「這是隆基特為妳討的，說春日天乾，怕妳又有內火。」

我愣了一下，忙對李隆基笑道：「多謝臨淄郡王。」

李隆基微彎起漂亮的眸子，道：「本王是怕妳臉上又胡亂長東西，嚇到皇祖母。」

我悶了一下，瞪了他一眼。

李隆基低頭笑著喝茶，我這才敢去藉機看李成器，他神色平淡，眼中卻帶了幾分笑意，掃了我一眼才又拿起書卷細看。我看著他，竟又想起了天牢內的事，那一日危難時，他讓我忘了賜婚的事，而如今萬事已消，他可還會記得自己說的話？

我正怔忡著，婉兒已念到了狄仁傑的奏章，大意是狄仁傑所在的彭澤正乾旱無雨，營佃失時，百姓無糧可食，故而他請求朝廷發散賑濟，免除租賦，救民於飢饉之中。

皇上聽後沉吟片刻，才道：「狄仁傑所到之地，百姓皆受福澤，婉兒，照他所請的批覆，即刻就辦。」婉兒應了是，執起朱筆批覆。

皇上如此痛快，給了狄仁傑做下政績的機會，狄仁傑再入朝之日絕不會遠。

皇上又聽了幾本奏章，便示意婉兒停下。忽而笑意盈盈地看著我，道：「永安，到朕身邊來。」

我忙起身走到龍榻旁，皇上伸手握住我的手，道：「妳入宮也有四年了，朕總在思量妳的婚事，總想著從幾個皇孫中為妳挑個好的。如今看來，無需朕挑了，朕只要點頭成全就好。」

我愣了一下，心中驀地一震。

皇上笑著去看身側，道：「隆基，起身聽旨吧。」

李隆基起身，恭恭敬敬地跪在了皇上面前，皇上看著他，道：「朕把這個姪孫兒交給妳了，待到妳年滿十四，即刻完婚。」皇上說完，又看回我，道：「還不去和隆基一起給皇姑祖母磕個頭？」

皇上的話如針錐刺骨，每個字都深扎入心中。

這一步步走來，她看到的是我對李隆基的回護，對李隆基的算計，對李隆基的掛心，可卻不知這後邊的種種。這看似突如其來的賜婚，是皇姑祖母早有的決斷，謀逆案後對東宮和李姓舊臣的安撫，以三弟的賜婚恩寵來打壓太子長子，還有所有那些我想不到的因由……

皇上又喚了我一聲，道：「怎麼？對朕的孫兒不滿意？妳既能冒死入天牢探看他，便是心中有記掛，朕又怎會看不出？」

我恍惚地看著皇上，不願兩個字卡在喉嚨裡，卻再也說不出來。我能說什麼？說我心裡記掛的只有他的哥哥，說我早與永平郡王私訂終身，說我早在未見到他時，便已心中有他？什麼也不能說，說出來只有死，拒絕就是抗旨，可抗旨的後果不只是我一個人的命，還有父王，還有他。

婉兒也出聲喚我，道：「郡主還不快謝恩？大郡王尚未賜婚，皇上便先為三郡王賜婚，那可是天大的恩寵了。」

我僵著身子，終於退後兩步，跪在了李隆基身側，拚了周身氣力，才顫抖著將頭叩地。「謝皇姑祖母。」話一說出口，周身再沒了力氣，只直起身子定定地看著皇上。

婉兒忙躬身行禮，笑道：「婉兒恭喜永安郡主和臨淄郡王了。」隨著她，那些在一側伺候的眾宮婢太監也忙躬身行禮，齊聲道賀。

賜婚，他雪山上承諾的，天牢中讓我忘記的，竟以這樣的方式降臨了。到處是恭賀聲，皇上笑著看我們，道：「都起來吧。」

李隆基起身，一把扶起了我，眉眼中晶亮地都是笑意，我只定定地看著他，沒有任何反應。

「郡王別再這麼盯著郡主了。」婉兒忽而一笑，道：「女兒家畢竟會不好意思的，你看郡主此時還沒回過神呢。」她說完，幾步上前扶住我，緊緊拉著我的手臂將我帶回了案几後。

身後的婢女上前換了杯熱茶，我端起茶杯捂在手中，像是失了心，所有那些歡聲笑語，春日暖陽都離得遠了。茶是燙的，喝入口舌尖瞬間發麻，這才算有了些感覺，再也不顧上那麼許多，只猛地抬頭去看他。

仍舊是溫和的笑，眼中卻沒有了半分笑意，夾帶著淺淡的痛和堅定，只這一眼，我再也挪不開視線，眼中火辣辣的刺痛著，卻沒有半點淚水。

就因為他是長子，他是被廢的太子，所以理所應當要受著忌憚。能文擅武是錯，受人擁戴是錯，少年義氣是錯，韜光隱晦也是錯，或是生下來本就是錯？我靜靜地看著他，過了很久才避開他的目光，低下了頭。

回到宮中時，宜平幾番想問我什麼，見我臉色都靜了下來。

我又豈會不知她的心思，默了很久才勉強笑了笑，對她道：「衡陽郡王今日未伴駕。」

我看她黯淡的神色，頓了一頓，才道：「待過了今年，我會把妳送到東宮的。日日在宮中卻不得見，我看著也不忍心。」

宜平啊了一聲，臉有些微紅，愣了片刻才道：「郡主未婚嫁，奴婢怎敢逾越。」

我被她的話牽扯，麻木漸退散，痛得說不出話，過了一會兒才道：「已經賜婚了，只是要四年後才能完婚。」

宜平徹底傻住，呆看了我好一會兒，才低聲道：「皇上賜了誰？」

我沒說話。

不用我告訴她，到明日，這太初宮中便會人盡皆知。皇上對太子三子的寵愛，既不會讓諸位叔父太過憂心，又一定意義上安撫了朝中李家舊臣，怕是不只這宮中，連朝中都會傳遍，成為熱議之事。

我又呆坐了會兒，宜平低聲問是否要準備晚膳了，我才收回神，點了點頭。宜平又像想起什麼，忙道：「長生殿處賞了菜來，郡主可要見見送菜的人，給些賞賜？」

我側頭看她，見她眼中閃爍不定，便點點頭，道：「讓她進來吧。」過了片刻，宜平帶進來個宮女，竟是那個元月。宜平留了她在屋中，藉口將正在收拾的宮婢都喚到了外間。

元月對我行禮後，笑了笑，道：「皇上晚膳時見菜色好，就指了一盤給郡主。」

我點頭，道：「有勞了。」說完示意宜平給了她對翠玉的耳墜。

她忙躬身行禮，起身後卻又定定地看著我，似還有話說。

我看著她，笑道：「妳髮上的簪子看著精巧，可是皇上賜的？」

她忙道：「是上官姑娘賞的。」

我道：「來，走近些，讓我瞧瞧樣子。」

她幾步上前，悄然從袖中摸出一張折好的字箋，塞給了我。

我接過那紙，塞入袖中，笑道：「婉兒的眼光歷來獨到，是好東西。」我看了她一眼，接著道：「去吧，皇上那處還等著謝恩呢。」

元月躬身退下後，我呆坐了半晌也沒有動。

待到晚膳後，我才摸出那張紙，打開對著幃帳中的燭燈細看。那早已刻入骨中的字跡，觸筆的力道卻極重，只有短短十六個字：

不怕念起，唯恐覺遲，既已執手，此生不負。

## 第二卷

# 那一旨，終是錯嫁

第九章 明堂變

賜婚不久，皇上便將李隆基外祖父一家流放。

扶風竇氏，那個自裡李唐開國起，就與高祖比肩而立的大家族自此凋零落敗，太子這一處，再沒有任何可倚仗的勢力。武家賜婚的恩旨，扶風竇氏的打壓，步步為營，步步蠶食，如今還有誰敢公然為李家說話？

難道，真的要趕盡殺絕了？

長壽三年，叔父武承嗣請上尊號「越古金輪聖神皇帝」，皇上赦天下，改元延載。

次年，皇上加尊號「慈氏越古金輪聖神皇帝」，赦天下，改元證聖。

上元節，張燈結綵，三日狂歡。

頭日皇上親去明堂，眾皇子孫、朝臣相隨。到了正月十六，宜喜實在按捺不住，定要出去賞燈，我熬不住她磨，晚膳後與她出了王府。一路她笑個不停，我被她帶得也有了興致，從鬧市走過，直向天津橋去。

走到天津橋下時，她緊盯著盞燈，我見她實在喜歡，就走過去近看。

那攤主見我們來，立刻喜笑顏開，道：「姑娘要買燈？」

我點頭，對宜喜道：「快拿吧，妳看得人家都不敢做買賣了。」

宜喜也不客氣，眨眼道：「謝小姐。」

真是個乖丫頭，知道在外換個稱呼。

她提起燈籠時，那攤主忽而道：「姑娘昨日沒來這處？」

我搖頭，他又道：「昨夜這天津橋上掛了足有近兩百尺高的佛香，鮮血所繪，堪稱洛陽近年一景了。」

我笑了笑，道：「我聽說了，據說是人血所繪呢。」

他哼了一聲，輕聲道：「姑娘還真信？白馬寺的薛住持就是流乾了血，也畫不成這整幅的畫。」

那是薛懷義為了爭寵向皇上所說的話，今日便被叔父們做了笑話講。說如今皇上寵愛沈太醫正盛，薛懷義就是再怎麼折騰，也難得聖眷了。

我道：「即便是妄語，也是薛住持的忠貞之心。」

那攤主撓了下頭，似是很想和我說些市井流傳的面首爭寵，我正想找個藉口趕緊避開，卻被一隻手輕按住了肩膀。

「的確忠心可鑑，赤誠一片。」話音未落，身後人就扔了幾個銅錢到木板上，道：「那個荷花燈，我也要了。」

我聽這聲音熟悉，扭頭看，卻見李隆基一雙彎彎的眼，晶亮亮的都是笑意。

「你怎麼出來了？」我下意識道。

李隆基瞇起眼看我，輕聲道：「我以為妳會說，夫君，好巧啊。」

我心裡驀地一沉，卻只能笑著看他。「別鬧了，我才不信有這麼巧。」

李隆基接過燈，遞到我手裡，道：「的確不巧，我和大哥、二哥跟了妳們一路了。」

我順著他的話，抬頭看，才見他身後不遠就立著李成器和李成義。李成器只笑著看我們，李成義卻有些不快地盯著我。

自賜婚後，父王像是能算到去年的變故一般，早早尋了藉口將我帶出宮，避開了那場扶風竇氏的變故。同時，恆安王府也自長安遷至洛陽，算是全了姨娘的洛陽念想。

一晃兩年，東宮諸位郡王被禁足，我在恆安王府內，竟再沒見過。

我呆了一下，忙收回視線，對李隆基道：「跟著我做什麼？」

李隆基笑而不答，退後兩步看著我，連連點頭，道：「窄袖袍，軟棉靴，如今這一身胡服裝扮很配妳。」

我提著那荷花燈，只能任由他打量，宜喜在我身側卻早已傻住。

李隆基回頭對李成器道：「大哥，我這小夫人越發好看了。」

李成器沒有作答，倒是李成義走上前兩步，拍著他的肩道：「我這二弟有了妾，你也有了婚配，大哥卻還是孤單一個，你怎麼好意思說這話？」

我不理會他，只側頭對宜喜道：「這幾位是太子的郡王。」

她隨我出宮後，尚未有機會見過，聽了這話嚇了一跳，險些掉了燈，半晌才道：「難怪站在那裡，就和身旁的人不一樣。」

我正要再說話，卻覺腕子一緊，竟被李隆基一把拉住，往前走道：「為夫陪妳逛燈節。」

我心像被人刺了下，忙推開他的手道：「你都多大了，怎麼還這麼隨便。」

他停住腳步，看我笑道：「永安，本王已過十二，妳再等我兩年就娶妳。」

我被他說得難過，掃過李成器不變的淺笑，才道：「先放開。」

他轉過身，邁向前一步，離我極近，嚴肅道：「永安，妳是不是嫌我母系凋零，日後怕沒了依靠？」

我嚇了一跳，後退半步，剛想要說什麼，他忽而一笑，璀璨晃眼。「逗妳的，當初我快死了，妳還不是去看我？我不會這麼想妳的。」

我被他折騰的，一時回不過神，最後才明白他是玩笑。

可這玩笑，卻現實得殘酷。

我不敢再說什麼，只快走了兩步，對李成器道：「王爺。」

李成器溫和地看著我，道：「郡主。」

簡單的兩個字，他沒再說什麼，我又看向李成義道：「宜平在你那處可好？」

李成義挑了下眉道：「當初就應承妳了，我會照顧好她，怎麼郡主不信本王？」

我點點頭，低頭盯著手中燈籠，一時不知道再說什麼。

過了會兒，李隆基才輕咳了一聲，道：「我錯了，妳別再擺個受氣的臉了。」

我啞然看他，道：「我什麼時候給你擺臉色了？」

他拉下臉來，眉眼帶著三分晦氣，道：「上元節本是挺高興的，見妳這臉我也高興不起來了。」

我被他逗得笑起來，仍是個大孩子，還是沒變。

有一搭沒一搭的說了會兒話，李隆基才拉出始終站在一側安靜的少年，道：「託了我表弟的福，姑姑終於說動皇祖母讓我們出來逛逛了。」

我看那個眉眼與太平有幾分像，書卷氣極濃的少年，瞭然道：「郢國公。」

太平公主最寵愛的兒子，薛崇簡，沒想到竟和李隆基如此要好。

他紅了下臉，緊著點頭，道：「三嫂。」

我愣了一下，沒應聲。

因街上人多，我們便趁勢進了間酒樓，樓內喧鬧非常，早已人滿。

李隆基見沒了空位，正要轉身出樓，就見二樓有人探了頭，高聲道：「李兄。」那人的眼笑瞇成一條線，竟是在國子監見過的張九齡。

他這一叫，眾人神色各異，我卻心頭突突，看了一眼李成器。他只笑著對張九齡點頭說：「你那處可空著？」

張九齡把玩著茶杯，說：「自然有，我特地要了個靠窗的，看看今天還有沒有餘興節目。」

這人還真是不忌諱。我低下頭，努力讓他別注意到，免得說出什麼麻煩的話。

直到隨著他們上樓坐下，張九齡才掃了我一眼，定了下。「郡主竟也來了。」我抿嘴笑了下。「國子監那一次，也有三年沒見了。」

李隆基看我，又看他，忽而反應過來，慢悠悠吟道：「草木有本心，何求美人折。」

張九齡並不詫異，瞇瞇笑著點頭道：「這句子，怕是要隨張某一輩子了。」

李隆基點頭，道：「我這小夫人曾誇公子是個奇人，沒想到今日竟真有緣見到了。」

張九齡掃了一眼我，重複道：「小夫人？」

李隆基斜睨我一眼，道：「此處見過張公子的，除了郡主，該沒有其他人了。」

張九齡默了片刻，笑道：「的確。」

不知怎地，場面竟有些安靜。大家各自捏著茶杯，都沒再說話。

我看樓下，天津橋上燈火一片，煞是好看。

過了會兒，李成器才出了聲，詢問張九齡去年科舉，張九齡這才又笑咪咪說著，自己一直留在洛陽，就是等著放榜那一日。說到興起時，他摸出一枚銅錢扔到桌上，笑道：「我賭我必會金榜題名。」

眾人一聽立刻熱鬧了，紛紛摸出幾枚銅錢，扔到桌上，竟都押著一邊兒。張九齡看著滿桌子銅錢，捧著杯道：「這沒法子賭了，都押的一處，看樣子諸位王爺對在下倒真是偏愛。」

李隆基見他這麼說，也彎起眸子，道：「錢都摸出來了，總不好拿回去吧？」他說完，看了一眼自己大哥。

李成器平和一笑，道：「不如這樣，一人添碗元宵，也算共度佳節了。」他說完，淡淡掃了一眼眾人。

李隆基拍了下手，叫上店家，特意囑咐添六道口味，不過片刻就上了六碗模樣差不多的元宵，熱氣騰騰的，看得心裡暖了不少。

店家想是看出這幾人的不凡，特意立在一側細細講解，尤其盯著一碗特意道：「這是從南邊來的祕方，濁酒慢煮。」

李隆基耐心聽著，到此句時才一伸手，將那瓷碗端起，放到我面前道：「這等奇缺的，自然要夫人先嘗才是。」

我愣了一下，想說什麼，卻不好當面拒絕讓他下不來臺。

就在我猶豫時，李成器才淡淡看了我一眼，道：「姑娘家，總不好隨意吃酒。」

李隆基頓了頓，才點頭道：「大哥說得是。」說完，轉手又將那碗撥到了自己面前。

我捂著茶杯，對他笑了笑。原來，他記得。

就在李隆基要給我拿另一碗時，忽然橋下傳來了嘈雜的叫嚷聲，天津橋上突然就亂成了一片。明堂的方向竟然已火光沖天，滿目猩紅，映透了整個黑夜。

酒樓內亦混亂成一片，眾人均已起身擠向窗口，看著明堂方向議論紛紛。

我被李隆基護在身前，靠著窗口，他低聲喃喃了一句，道：「這回真出事了。」我只下意識向前靠著避開他，幾乎探出了半個身子，卻又被他一把拉了回來。「看熱鬧不是這麼看的，小心掉下去，不摔死也被人踩個半死。」他說完，將我拉到了身後。

此時，張九齡卻端著杯茶，對李成器笑道：「算是讓我不幸言中了，今夜才是大熱鬧，比昨夜什麼血佛要有看頭。」

李成器搖頭一笑，沒接話。

聽這幾句話，我才曉得他們說的是什麼。昨夜薛懷義擺出大陣勢為皇上賀佳節，卻被一笑置之，莫非他真的爭寵到如此地步？不惜火燒明堂引起注意？

我看了李成器一眼，他微微笑著，看向明堂的方向沉思著，並未留意到我。

這一事該與他們幾兄弟沒有牽扯才好。兩年前那接二連三的事，如今想起仍是心有餘悸，彷彿太初宮中、洛陽城中發生任何事都能與他們扯上關係，稍有不慎就是生死大事。

我正想著出神，他忽而看向我，眉目間的思慮漸化去，只剩下了眼底的溫柔。在紛亂吵鬧的聲音中，他皎如明月般，翩然立於眾人之中，如此坦然地看著我，一如狄仁傑拜相宴席上的初相識。

我正想走過去，卻被李隆基回身拉住了手。「別亂走。」

二月初一，我依例隨父王入宮問安。

皇上靠在塌上，似乎神色極疲倦，身側婉兒正低頭說著重修明堂的工程，她細細聽了會兒，才抬頭對我道：「這兩年有幾個公主嫁出宮，長生殿不大熱鬧了，妳父王身子若好些了，就回宮陪朕吧。」

我忙應了是。

皇上又淡淡掃了一眼叔父武三思，道：「承嗣這一年都不大進宮了，身子還是不好嗎？」

武三思忙道：「周國公去年九月自馬上不慎摔下來，至今還養在床上。」

皇上似乎並不大關心，只淡淡嗯了一聲，沒再追問。

我靜聽著，不禁感嘆那個自巔峰走到落魄的叔父。

他當年距太子位只有一步，卻因逼得太緊，終是引來了皇上的不滿和猜忌。在被罷了相後，仍仗著自己是皇上至親的姪兒，計計針對東宮，以至於謀逆案後徹底惹怒了皇上，如今只能鬱鬱府中，連平日覲見都能免則免了。

當年我隨在皇上身邊時，他日日被召入宮伴駕，連偶有傷寒，皇上也會遣太醫親自診治。而如今落馬摔傷，養了大半年仍不見起色，皇上卻也不過淡淡應了一聲，再沒有下文。

如今大明宮中的瓊花如初，那獻花的人，卻與帝位再無緣了。

過了會兒，武三思才忽然道：「姪兒前幾日奏請的事，不知皇上可有主意了？」

皇上笑了一下，看他道：「你那三陽宮自修建好了就空置著，如今急不可待了？」

武三思陪笑道：「姪兒的確急不可待。當初怕皇上在太初宮太過無趣，急急催著趕工，如今已完工有半年了，皇上卻依舊沒有去過，姪兒日日想著，就寢食難安，深怕皇上不滿意。」

皇上被他逗得笑了幾聲，道：「不必忐忑了，我已吩咐成器來辦此事，你若有什麼只管和他商議，待二月曲江賜宴後，就去三陽宮住上一個月，也算是了卻你的心事。」

武三思忙接話道：「若是郡王來辦此事，姪兒就放心了。」他言語中的讚譽溢於言表，像是極欣賞永平郡王。

皇上笑著看他，道：「成器經驗不足，還需要你多指點。」

武三思搖頭，笑道：「皇上這話就錯了，永平郡王雖年紀尚輕，卻行事極穩，在諸位皇孫中也算是拔尖的了。」

我心頭一跳，掃了一眼笑意盈盈的叔父。

皇上卻笑而不語，似乎因他這話，心情越發好起來。

隨父王出了長生殿，眾人向宮門處而去。身側幾位郡主都有說有笑的，唯有我因早年不在武家，後又進了宮，和她們不大相熟。倒是叔父們偶問我幾句話，引得她們不住看我。

我正想著方才殿中的談話，叔父武三思忽然爽朗一笑，對遠處道：「永平郡王。」

聽這一聲，我才回過神，正見他迎著日光走來，對武三思點頭道：「梁王。」

我忙隨著幾個郡主躬身行禮。

李成器先後又與幾位叔父寒暄了數句，才與武三思並肩而行。「皇祖母欲三月至嵩山三陽宮小住，遣本王與梁王細商。」

武三思點頭，道：「本王正要擇日約郡王，不如今日先擬定隨行官員，郡王意下如何？」

李成器微微笑道：「正有此意。」

武三思忽而看向我父王，道：「恆安王不如一道同行？」

父王似是有猶豫，終還是頷首，道：「好。」

父王並未讓我先行離開，我也只能隨著他們幾個一路而行。我盯著腳下石磚的刻畫，聽著他們熱絡的言語，想不透他是何時與武三思如此投緣的，看著竟大有忘年交情。

約莫走了會兒，至登春閣前，早有十數個內侍、宮婢候著，見到我們忙躬身行禮。

他們議的是三陽宮之行，我尋了個藉口沒有隨著進去，只在閣旁的水邊獨坐。因是入殿覲見，沒有帶貼身的宮婢，那些宮內的人都小心謹慎地在不遠處立著，既不敢走近也不敢遠離，倒也安靜。

二月初，水面還有些薄冰浮著，透著絲絲寒氣。

我用腳尖踢下去一塊碎石，薄冰被砸了個窟窿，咕咚一聲，石頭沉了下去。隨著那石頭沉沒，心底的涼意越發濃烈。

諸位叔父中，武承嗣和武三思最為討好皇上，自武承嗣失寵後，武三思這幾年不停在各地修建行宮，越來越得皇上歡心。而這三陽宮就是叔父親為皇上所建，頗得聖讚。此時叔父正是順風順水時，絕不該與太子一脈如此融洽。

「坐一會兒就進去吧，湖邊寒氣太重。」我聽見這聲音，嚇了一跳，竟沒敢回頭。

李成器走近兩步，立在我身旁，盯著湖面沒有再說什麼。

過了一會兒，我才收了心思，站起身走到他身旁，道：「不是在議三陽宮之行嗎？怎麼忽然出來了？」

他側頭看我，溫聲道：「若要議三陽宮，何必急在這一時半刻。我是想見見妳，才特意尋了這個藉口。」

他說得坦然，我倒不知道拿什麼話接了。

我想了想，總壓不下心中的疑問，索性認真看他，道：「我有些事想不明白。」

他點頭，道：「問吧。」

我低聲道：「你和我叔父這麼親近，不怕引火上身？」

他搖頭，道：「有些禍，既躲不開，就無需再躲了。」

我琢磨了會兒，道：「周國公如今已失了寵，我這個叔父便是武家最有聲勢的人了，他若有心——」我看他，沒再繼續。

他笑著看我，道：「他若有心，就更不能將我如何。周國公是武氏嫡族，內有來俊臣等人相助，外有朝中大權在握，卻還是犯了皇祖母的猜忌。梁王深知此中尺度，所以才一味向李家示好，以此化解皇祖母的忌憚之心。」

他邊說著，閣中不時傳來叔父的笑聲，似是和父王聊得極歡快。

我被他幾句話點透，心頭迷霧豁然開朗。叔父武三思是眼看著他從盛極走到落魄，又怎會重蹈覆轍？可是，相較於武承嗣的張揚，頻頻示好的叔父更讓人覺得不安。

我心中忐忑，繞到他身前，緊盯著他的眼睛，他卻似笑非笑地看著我，道：「怎麼這麼看我？」

我看著他溫柔的目光，心中的不安漸被化開，只笑道：「沒什麼，只是忽然想明白了。」

他笑著嘆道：「我倒寧可妳不明白。」

他說完，伸手撫了下我的臉，道：「妳是武家的郡主，有些事站得遠些才好。」

我心中一沉，猶豫了一下，才道：「如果有一日，我為了武家求你，你可會答應？」

因為叔父的陷害，先是失去母妃，後又險些喪命，他與武家暗中早已勢同水火，即便能放下之前種種，那之後的呢？只要皇上在的一日，一切只會越走越糟，絕不會有好轉的一日。

我早已不敢想像這一場爭鬥的結果，武家得天下，那麼李姓皇室必然會被趕盡殺絕；李家得天下，武姓諸王又怎會有存活的機會。

他沒有回答，只溫柔地看著我。

我也回視著他，隨著這沉默，剛才那一刻的放鬆盡數消退。想著那必然有一脈消亡的結局，心中早已滿是悲傷。他在生死邊緣之時，我甚至連一句話都沒有說過，只眼看著一切發生。可若是日後當父王陷入死局時，我難道也只能眼看著，什麼也不做嗎？

過了好一會兒，我終於軟下了心，不想再繼續這難堪的話題。

他卻忽然嘆了口氣，溫聲道：「我會。」

回到太初宮那日，永泰早早跑來，兩年不見，她青澀漸去，眉目間添了幾分自信。

她繞著我足足轉了幾圈，才道：「姊姊終於回來了。」

我笑看她，道：「別繞了，這兩年不是見過幾次嗎？」雖然離了太初宮，可每逢初一十五來請安，總有些時候能碰上她。

她杏眼忽閃著，笑道：「那是在皇祖母身邊，坐要端直，說要拿腔，目不敢斜視，話不敢多字，見了沒見沒有差別。」

我定睛看她，道：「果真不一樣了。」

她留在我這處，直到用了午膳，才有些坐不住，將我拉出了宮。

她一路說著曲江賜宴的事，笑得止不住，直到上了麗春臺，眼望整個太初宮城，才停了笑，道：「此處最好，能觀整個太初宮，也能望見洛水橫穿神都。」她說邊說著，邊眼帶憧憬，望向遠處。「還是姊姊好，能在宮內外行走，不像我，只有站在此處才能看到真正的神都。」

我隨口道：「等妳嫁出宮後，想要回來還要等每月初一十五，到時又要嫌宮外無趣。」

我立在她身側，看著宮外市坊中人如螻蟻般密密麻麻，遠處蒼空中隱有淡薄的雲浮動，近處有殿堂相峙、樓臺林立，一時心境也是出奇地好。

她沉默了片刻，道：「不知父王與母親何時能再見神都。」

我愣了一下，才輕聲道：「總會回來的。」她生下來就被接回宮，從未見過自己親生父母，我本以為她不知愁滋味，此時才發現，連這個小公主也長大了。

我掃了一眼身後，示意宜喜和幾個宮婢、內侍退下，才接著道：「此話不要多說了，尤其是在妳皇祖母面前。」

她手撐著欄杆，側頭看我，笑道：「這話，成器哥哥也囑咐過我。」她想了想又道：「若是四叔繼位就好了。」

我聽得一驚，看她道：「為何這麼說？」

她任風吹著臉，喃喃道：「四叔性情溫和，唯有他繼位，李家人才有活命的機會吧？」

她的話似問非問，我偏過頭，去看瑤光殿方向，沒有回答。

因離得遠，看得並不分明，卻明顯覺得那處有不少人，黑壓壓的一片，卻出奇寂靜。

我正凝神看著，永泰忽然道：「瑤光殿出事了？」她拉著我的衣袖，壓低了聲：「自從半月前明堂被燒，宮中就人人自危，生怕惹禍上身，今日怕就為了那件事。」

我緊盯著瑤光殿，心中愈發忐忑。自那夜大火起，皇上並未追究任何人，反倒命薛懷義重建明堂，明著回護他，實則是怕被天下人恥笑罷了。但自己養的面首為了爭寵，一把火燒了天子權威所在，此事絕不會如此善了。如何了，又會牽涉到何人，這才是眾人惶惶不安的根源。

永泰似乎急於一探究竟，又看了片刻，忽然拉住我，道：「去看看。」

我猶豫了下，心裡總不踏實，就帶著她下了麗春臺，屏退宮婢、內侍，與她向瑤光殿而去。

距瑤光殿還有幾十丈遠時，就看見周邊有侍衛守著，均是神色冷峻。殿前龍輦已空，臺階上候著的盡是皇祖母殿中的宮婢、內侍，有的面色慘白，有的渾身發抖，幾個小些的宮婢都退離了殿門處，軟軟地靠在玉石石階旁，躬身抽泣著。

我看得心驚肉跳，永泰已嚇得退了兩步，喃喃道：「皇祖母在。」

侍衛並不認識我們，只見服飾猜到必是地位高些的，一個年輕的上前行禮，道：「兩位請回吧，皇上有令，任何人不得靠近瑤光殿。」

我努力壓制著，笑著點頭道：「起來吧，我們不過是路過，無意為難你們。」說完，握緊永泰的手，大步轉身向反方向走，卻覺她身子很重，似是極不情願。我側頭，肅聲道：「快跟我走。」

永泰反握著我，不甘道：「姊姊，姊姊。」

我不管她喚我，直至走到遠處的石柱處，才停下來。

她咬著唇，緊盯我道：「姊姊，我怕裡邊——」我輕搖頭，打斷她的話。她明白我的意思，只能呆立在我身側，緊盯著遠處瑤光殿，眼中恐懼更盛。

我又何嘗不怕？只是如此陣勢在宮中還是初見，殿中必有大事，若是永泰執意要探看，恐會引起重重麻煩。

我眼光掃著殿前的侍衛和宮婢、內侍，除了皇上殿中的，還有些眼生的，不知道是哪宮的人……忽然，一道熟悉的身影閃出，是李成器的內侍何福。

他匆匆走下石階，和個侍衛說了幾句話，那侍衛即刻將他讓了出來。他躬身道謝後，竟一路向我們這處走來，待走近了才行禮道：「永泰公主，永安郡主。」

我點頭，道：「起來吧，瑤光殿發生何事了？」他能曉得我們在此處，必是方才在殿門前看到，特意來遞話的。

他起身，恭敬道：「薛住持今日入宮面聖，竟在其後私到瑤光殿密會宮婢，淫亂後宮，皇上得知後震怒，命梁王當場杖刑，以儆效尤。」

我盯著他，道：「薛住持是出家人，怎會做出此等事？是何人發現的？」皇上的面首，這宮中又有哪個敢私會？

何福面不改色，道：「是皇上殿中的宮婢宜都。」

我點頭，道：「既是皇上殿中人發現，又是梁王在行刑，東宮人為何會在此處？」

他猶豫了一下，才道：「不只東宮人在，沈太醫也在。事發時，太醫正在長生殿中替皇上診脈，王爺在一側陪著，就陪著皇上同來了。」

我默了片刻，又隨口問了幾句話，皇上已從瑤光殿中而出，身後緊隨著叔父武三思、沈南蓼和李成器。待皇上上了龍輦，沈南蓼便緊隨離去，倒是武三思和李成器仍在殿前，低聲交談著，面色如常。

「小的告退了。」何福忙行禮，匆匆折返。

此時，殿中已走出近百名內侍，前頭的幾個分別抬著兩個人，簡單罩著白色錦布。

武三思特喚住那些人，伸手一一撩起白布細看，與李成器說了兩句話，李成器只淡淡地掃了一眼，沒有說什麼。

我遠看著白布下露出的僧袍，浸染著赤紅的血，濃烈刺目，忽覺陣陣氣悶，壓制了片刻才對永泰道：「走吧。」

永泰早已臉色慘白，點了點頭，隨我快步離開。

此事在腦中盤旋數日，卻仍揮之不去。

宮中像未有此事一般，無人敢提。

我本想問問婉兒，但自回了太初宮，她日日陪在皇上身側，始終沒有機會和我獨處，只在每日問安時才能見一面，她總像是有話要說，卻礙於皇上，偶爾掃我一眼，神色均複雜莫測。

這一日晨起問安後，我走出長生殿，才留意到當值的是那個小宮婢。殿門側，她正垂眼替我理著衣衫，我見身旁無人，便輕聲道：「這幾日韋團兒都沒有當值？」長生殿中添了幾個新面孔，她這得寵的卻不在，不能不讓人疑心。

元月手僵了下，留意了四周，才低聲道：「韋團兒已被杖斃了。」

我愣了一下，瞬間明白過來。原來是韋團兒。

薛懷義積怨已久，此番又火燒明堂，韋團兒是武承嗣心腹，屢次陷害東宮。不管這一場淫亂事是真是假，對那一日在場所有人皆有利。武三思要除去武承嗣的心腹，李成器要除去多年隱患，而皇上雖在盛怒下，又何嘗不是全了除去薛懷義的心思？

他與武三思，怕是自上元節那場大火後就有了共識，或是更早便已有了默契？叔父武三思能在堂兄落敗時榮寵至今，絕非一朝一夕的謀算，而他，又能貓鼠同行多久？我腦中一片混亂地想著，過了很久，才收了些心思。

此時，元月已對著石階處行禮道：「王爺。」

我抬了頭，才見李成器幾個郡王已在，李隆基正打量著我，道：「年歲不大，心事倒不少。」他邊說，邊由著身後內侍脫了袍帔。

我無奈地看他一眼，躬身行了禮，道：「幾位王爺快些進去吧。」

就在我錯身走過時，李隆基猛地拉了我一把，道：「妳總躲著我做什麼？」他道：「自從再見妳，就像換了個人似的。」

我靜下心，笑看他，道：「年歲不大，疑心病倒挺重，我是怕你們耽擱了問安的時辰，被皇上怪罪。」他又蹙眉盯了我一會兒，才放開了手。

待他們幾個入殿，我才回頭看了一眼，他身形已隱入了長生殿中。

# 第十章　曲江宴

皇上因精神不濟，特令叔父武三思代為賜宴；武三思再三推脫，終將此事交給太平公主，太子及諸位郡王皆在同行之列。因太平公主邀婉兒主宴，無數朝中青年才俊、長安洛陽兩地文人豪客皆在宴請表單上，此次二月曲江大會，未開始便已成佳話。

畫船泊於曲江上，近有無數民間畫船笙歌漫舞，酒旗浮蕩於江面，將寒氣逼退，天似也醉。拱橋上人流洶湧，鮮衣怒馬，早行春色，一派繁華。

我靠在船尾，笑看婉兒，道：「果真如妳所說，拱橋和江岸兩側均是名流顯貴。」那等衣裝，又是僕從成群，一眼望去，皆是非富即貴。

婉兒捏著紈扇，半遮著臉，哈欠連天。「何止是名流顯貴？那些待字閨中的富貴女子，哪個不是盛裝出行，僕婦隨行，以求能引起進士留意，譜就一曲好姻緣。」她掃了一眼船頭的熱鬧，道：「這些金榜題名的，日後大多位及尚書、刺史，皆是良人之選。」

今年應試舉子近三千人，朝廷破例錄四十人，早已多於往屆。可也才區區四十人罷了，豈不讓兩都城的貴女擠破了頭？金榜題名，洞房花燭，也不知今日這些進士能有幾人得佳人青睞，成就人生兩大快事。

我笑道：「那稍後的探花宴，可有熱鬧看了。」

婉兒點頭，道：「皇家的賜宴只是開場，稍後探花宴我和公主說一句，妳我同去玩玩。」

我應了好，側頭去看船頭的觥籌交錯。

李成器正在太平公主身側陪著，手持酒盞，閒適清平。太平持扇低笑著，不時點頭，忽而回頭去看懶懶地靠在木欄上的李隆基，說了句話，李隆基挑眉一笑，連連搖頭。

我雖不知他們的言談，卻只看這姑姪相對的畫面，就覺蒙在李姓皇室中的密布陰雲都散了，在這繁華曲江上，唯有他們身為皇室，傲然風流。

婉兒嘆了口氣，道：「臨淄郡王亦是不世出的皇孫，妳若有心，他又何嘗不是良人之選？」

我收了視線，道：「若如妳所說，衡陽郡王亦是風流俊秀，生母又是宮婢，地位極低，自然不會招惹橫禍，豈不更是良人上選？」

婉兒把玩紈扇，笑了一聲，道：「的確，妳那宮婢宜平，命比妳我都好了不少。」

我不置可否地一笑。

此時，有個內侍托著玉盤上前，碧青盤上有十數個紅透的櫻桃，他躬身道：「這是為明日杏園櫻桃宴備的，公主讓上官姑娘代為品驗。」

婉兒捏起一顆，塞到我嘴裡，道：「嘗嘗。」

我咬了一口，酸甜入心，果真是上品，不禁感慨道：「歷朝歷代，怕是僅有我朝進士最風流如意，曲江盛宴，佳人如雲，又有接連三日的各色酒宴逍遙。正是春風得意數今朝，歌盡繁華曲江畔了。」

我和婉兒有一搭沒一搭的說著話，直到船行至岸邊，才見遠處有個人不停地揮著手，似是有意上船，江邊風大，那人衣袂翻飛著，倒頗顯了些風流。

婉兒愣了一下，道：「方才有人說有個少年進士未來，不會就是那人吧？」

我仔細看那白衣少年，雖因離得遠看不清，卻仍認了出來，下意識道：「張九齡？」

婉兒啊了一聲，道：「就是那個國子監的小才子？」

我點頭，看她道：「連姊姊也知道，看來他真是聲名遠播了。」

婉兒邊吩咐身側內侍遣小船去接，邊道：「皇上素來看重國子監，這小才子又是官宦世家，我怎會沒聽說過？」待內侍離去，她才忽而看我，道：「妳又怎會認識他？」

我隨口，道：「三年前國子監一行遇到的。」

婉兒靜了片刻，才又道：「是永平郡王的朋友？」

我見她點破，也不好否認，只點了點頭，道：「是。」

婉兒看著岸邊的人，輕聲道：「李家人縱有一日不幸消亡，也是這天下文人心中唯一的皇族。」

我明白她半藏半隱的話。皇上的兒孫，皆文采風流，博貫古今，歷來為文人所敬。

孝敬帝李弘在世時，曾令婉兒的祖父收集古今典藏，著就《瑤山玉彩》。而婉兒心中的章懷太子李賢更是才華橫溢，不過二十餘歲就已統召天下最傑出的學子注釋《後漢書》，我曾讀過他親筆點評的「章懷注」，造詣之深，已屬歷代李家子嗣中的佼佼者。

只可惜，都年少離世。那一個個欲蓋彌彰的陰謀，亦是宮中的忌諱。

而皇孫中，李成器與李隆基又是幼年便已成名，雖常年禁足卻仍掩不住光華所在。或許，這才是皇上真正忌憚的。兒孫的優秀，於她而言只能是障礙。

我胡亂想著，婉兒卻已收了神色，笑起來。「來了來了，我們去見見那個小才子。」

她話音未落，永泰就忽然閃出來，瞇瞇笑著，說：「什麼才子？這一船的才子，我還真沒見到年紀小的。」她努了努嘴，似乎極不滿。

婉兒持扇拍她的臉，道：「此人弱冠獲中進士，算不算小？」

永泰杏眼微瞪著，似是極驚愕。

我笑看永泰，道：「已經登船了，去看看吧。」

正說著，船頭已一陣熱鬧，連太平公主都頗有興趣，放下酒盞端詳著上船的人。張九齡正撫額長出口氣，理了理衣衫，大步向太平而去，恭恭敬敬地行了個禮，待起身卻是笑咪咪的，沒有半分窘迫。

我和婉兒走過去時，李成器正在和太平講解，太平略點了頭，看我和婉兒道：「這就是今年最年少的進士張九齡了。」

我悄然對張九齡笑了下，婉兒卻仔細看了看，低笑道：「舉止翩然，氣度不俗。」

她只送了八個字，再沒說什麼，張九齡微怔，竟難得收了往常的不羈。

李成器搖頭，笑嘆：「這位就是皇上最器重的上官姑娘。」他頓了一頓，看我道：「這位是永安郡主，那個年紀小些的是永泰公主。」

張九齡這才反應過來，又一一行了禮，剛直起身，永泰已走上前，繞著他看了一圈，道：「勉強入目。」她掃了一眼李成器，搖頭道：「不及成器哥哥三成。」

李隆基噴了口中酒，太平和婉兒已笑得先後舉扇去拍她的頭，連李成器亦難得笑出聲，搖頭嘆氣。

我對永泰笑道：「進士比的是才氣，又不是樣貌，連張公子這樣的妳都勉強入目，日後駙馬可就難選了。」

永泰細想了想，點頭對張九齡道：「作個詩來聽聽。」

張九齡哭笑不得，只能道：「公主可知道在曲江大會上，進士只會向仰慕的女子作詩？」

永泰悶了一下，輕掃了他一眼，道：「你若做得好，本公主就許你做駙馬。」她說完，目光定定看著張九齡，像是極自然的事。

張九齡徹底被噎住，太平已笑斥：「沒個公主的樣子。」

待到下船時，岸邊已掛了燈。

宴罷又是開宴，月燈馬球是皇室最後一宴，待到後兩日才是進士們自主定宴。太平和婉兒似都極喜看馬球，待落了座就緊盯著馬場中春風得意的進士們，舉杯閒話。我陪坐在一側，雖看著場中的爭奪，卻因身側坐著李成器，有些心猿意馬。

婉兒看到興起，轉過頭對李成器笑道：「王爺六歲上馬，七歲習弓，若是入了場怕就是你的天下了。」

李成器搖頭，道：「本朝文人入武者甚多，此次進士中也不乏好手，本王若入場，他們也只會綁手綁腳罷了，未必不如。」

婉兒悄然看我，轉頭繼續看場內。

身後內侍換茶時，李成器低聲吩咐了一句，不過片刻，內侍又特端了杯薔薇露。

他將杯輕推到我手側，我心中一暖，端杯喝了口。因太平和婉兒就在身前，我不能多說什麼，卻愈發走神，餘光中盡是他溫和淺笑的側臉。

場中越演越烈，我的心也跳得越來越厲害。我隨口和婉兒尋個藉口，起身離開位子，拉了下永泰的手，帶著她離開了觀席。我和永泰兩個在場外走著，因場中熱鬧，沒有過多的人留意，反而輕鬆不少。

永泰一路不停說笑著，看著江畔人頭攢動，更是歡快，一路和我走到江邊。身側都是非富即貴的女子，倒不突顯我兩個，我和她走到水邊，撿了塊人少的地方坐了下來。

月色下，近有酒旗畫船，遠見細柳拱橋，衣香鬢影，笑語歡聲。

盛世繁華，亦不過如此。

過了會兒，永泰忽然說口渴，讓我等片刻，便匆匆跑走了。我抱著膝蓋，看著江面倒影，正是出神時，忽覺有人在身邊坐了下來，便隨口道：「妳這口茶倒也喝得快。」身側人沒有應聲，我轉頭看，才見是李成器。

他凝視著江面，隨口道：「不喜歡看馬球？」

我嗯了一聲，也去看江面。「看不大懂，可能是不會騎馬的緣故。」我想起婉兒說的話，又道：「王爺極擅馬術？」

李成器微微笑著，道：「不能說是極擅，卻下了心思學。幼時總覺馳騁疆場才最是愜意，卻未料至今只能在宮中馬場演練。」

我看他眼中映著月色，其中的沉寂與這喧鬧格格不入，不禁為他難過。文人武將有滿腹才能，尚有文舉武舉可一展抱負，而他卻只能被困在宮中，虛度年歲。

兩個人靜坐了片刻，永泰始終沒有回來，我不禁有些擔心，道：「王爺可看到永泰了？她說口渴回去喝茶，卻到現在還沒回來。」

李成器笑了下，道：「我來時，看到她去找張九齡了。」

我愣了下，立刻明白過來，苦笑道：「竟然連我也騙了。」

他轉頭看我，道：「張九齡自有分寸，不必太過憂心。」

我對著他的眼睛，心一下下輕跳著，忙應了一聲，避開了他的視線。

我正想著如何打破沉默時，他忽然道：「走吧，離席太久總會有人察覺的。」

我嗯了聲，隨他起身折返。

正經過一處軟帳時，忽然有個丫鬟模樣的跑來，站定在他身前，行禮道：「這位公子，我家姑娘想和你單獨說幾句話。」

我嚇了一跳，忽然記起婉兒的話，不禁笑看他。

不知哪家貴女將他看作了新科進士，怕是想「紅佛夜奔」了。

李成器淡淡一笑，道：「抱歉，在下已有婚配，怕不能受邀了。」他說完，輕握住我的手。

我被他嚇了一跳，窘得臉發燙，那小丫鬟似乎也極窘迫，匆匆躬身跑走了。他握得並不緊，卻沒有再鬆開。

我跟著他沿江邊而行，兩個人都走得很慢，聽著江畔歌舞，沒有再說話。

因此事牽涉張九齡，李成器格外小心，只囑咐幾個心腹內侍四處找尋，我也命宜喜給永泰宮中的傳話，說是她與我在一處，不必慌亂。

可過了半個時辰，依舊尋不到蹤跡，我遠見太平與駙馬靜觀馬球，叔父武三思則在婉兒身側低語，暗中捏了一把汗。

此番叔父雖不是主宴者，卻是皇上的一雙眼，盯著每個涉宴的李家人，若是被他知曉永泰私會新科進士，必會祕奏皇上，絕非小事。

正焦急著，何福自遠處匆匆走來，躬身道：「王爺，有人見張九齡去了東市，小的已遣人去尋了。」

李成器默了片刻，才道：「著人告訴二王爺此事，你隨我去東市。」他說完，示意我隨他走，我雖有不解，卻深知他自有主意，也沒多問，就隨著他避開杏園，往東市而去。

因一路有何福應對，倒也沒被人察覺。

路中人頭攢動，卻大多是從曲江邊而回。李成器將我讓到裡處，避開疾行的車馬，低聲道：「可有人知道妳在何處？」

我搖頭，道：「我只讓宜喜囑咐了永泰身邊的人，其他人並沒有驚動。」

李成器應了聲，沒再說話。

過了片刻，他才穿入條巷子，站定在扇深宅門處。何福上前輕叩了門，過了會兒，便有個老婦人開門，見到李成器，臉色一變，忙躬身將我們讓了進去。老婦人挑燈帶路，將我們帶入書房，上了幾杯熱茶。

何福則退出房，合上了門。

李成器看我一臉猜測，端起茶杯喝了口，才道：「坐下吧，今夜不能回宮了。」我下意識看他，遙聽見宵禁的擂鼓聲，更是心驚。

他將熱茶推到我面前，平和地道：「永泰隨張九齡擅自離宴，此事對永泰可大可小，但對張九齡便是個死。倒不如今夜別找到她，明日妳我三人同入宮，只說是妳與她貪玩走散，我帶人四處找尋才過了宵禁，或還能蒙混過去。」

我細想他的話，才曉得他在曲江處就已做了這打算。若是他獨自去尋永泰，必有人會疑惑永泰為何孤身離席；他將我帶出來，受罰三人，最多也只是忘了規矩、失了體面，如何也牽連不到張九齡。

永泰心思單純，絕想不到如此做或會扼殺張九齡的仕途，也會將她自己推到有心人的陰謀中。李成器吩咐人傳話給二王爺，想必李成義也會在宮中應對，該不會有太大的紕漏。

我想到此處，才略鬆口氣，看了他一眼。他只微笑著低頭沉思，靜等著外頭的消息。

四下極安靜，這宅中似乎只有那麼一個老婦人守著。過了會兒，那老婦人又叩門而入，換了熱茶，又添了些點心，匆匆退了下去。房中雖有火盆取暖，卻蓋不住初春寒氣，我捂著茶杯越坐越冷，見始終沒有消息，心中也越來越慌。

若是明日晨起還尋不到她，就真是大禍了。

如此想著，我也再坐不住，放下茶杯走到窗邊，看著院中的新柳怔怔出神。不知過了多久，身子漸有些冷僵了，剛想轉身去火盆邊取暖，卻覺周身一暖，竟被身後的他拿袍帔裹住，環抱在了身前。

「妳一向畏寒，怎麼還在窗邊站著？」他的聲音就在耳邊，夾帶著溫熱的氣息。

我只覺得耳邊發燙，不敢動，過了會兒才出聲，道：「這是唯一的方法，卻漏洞百出，太平公主若也遣人出宮找我們，豈不是要驚動很多人？」

李成器道：「她也是李家人，不會想此事人盡皆知的。」

我又想到武三思，猶豫了下才又問：「我叔父若要讓人暗中查——」

他打斷我，道：「梁王那處暫不必憂心，他早知道妳我的關係，若要猜，也只會猜是妳我以永泰做藉口，在宮外私會。」

我周身陣陣發熱，靜了片刻，才低聲道：「他若告訴皇上此事，豈不麻煩更甚？」

他沒答話，將我帶到臥榻上坐下，將身上的袍帔解下，覆在我身上，道：「這正是他手中的利器。」

我愕然地看他，道：「他用此事逼你就範？」

他微微一笑，道：「是的。」

我看他眉眼帶笑，一時想不透，只定定地看著他。

他溫和地道：「他相信我會怕此事敗露，所以相信我會受他要脅，替他做事，這也正是我想要的結果。」

我低頭，細琢磨他的話。

於武家這處，自武承嗣失寵，叔父已沒有任何障礙。如今唯一要應對的就是李家，太子李旦素來不爭，若是太子長子能被他握住把柄，為保住性命，也必然會為他所用。如此一來，叔父只會將所有力氣都用在皇上身上，用在太平公主身上，用在朝堂上，絕不會再注意被自己扼住咽喉的李成器。

想到此處，只覺步步在局中，連自己亦成了盤上一子。我默默看著地面，沒有再問什麼。

他靜看了我片刻，才微微嘆了口氣，道：「有些事，妳知道了只會多想。」他忽而笑了一聲，道：「不過今夜出來，我也存了私心。」

我抬頭看他，正對上他漸深的笑，還有許多看不清的溫柔，方才想問的話已說不出口。

他攬住我的腰，將我拉得近了些，我看著他漆黑的眼，只覺得渾身滾燙，下意識閉了眼。心跳得越來越慢，過了會兒，脣上才沾了幾分涼意，他的親吻輕輕淺淺地輾轉而下，只是這麼溫柔的相待，就已奪去了所有神志。

過了很久，我漸有些喘不上氣，緊攀著他的肩，感覺到他離開，卻覺他手臂更緊了些。

燈燭的影子搖曳著，落在牆壁上，寧謐祥和。方才還冰涼的手，已有了微薄的潮汗，我心中又窘又羞，卻不敢推開他，只能靜靜靠在他懷裡，連呼吸都不敢用力。

此時，又有人輕叩門，我下意識掙了下，卻聽見他笑了聲，道：「進來吧。」門應聲而開，何福躬身入內，垂頭道：「王爺，公主和張公子已經找到了。」

李成器淡淡應了聲，吩咐何福帶他們去歇息，何福連頭都沒敢再抬，只應了聲，忙退出了書房。

這一夜，我躺在屏風後的臥榻上。而李成器就坐在書桌後，看了一夜的書。約莫到了天快亮時，我才迷糊了片刻，隨即被屋內低聲說話聲吵醒。我坐起身時，說話聲也停了下來，我猜想可能是張九齡，也就沒太在意。走過屏風時，才見李隆基正半靠在書桌旁，提起燈罩，燒著一張紙箋。

我詫異地看向他，他只悠然瞥了我一眼，繼續對李成器道：「時辰差不多了，走吧。」

李成器放下書卷，輕按著太陽穴，道：「永安才睡醒，此時出去怕會著涼，等用過早膳再走。」

李隆基點頭，道：「那我先出去了。」他說完退出房，伸手帶上了門。

屋內一時有些靜，我想問什麼，卻不知從哪處開始。

李成器只笑看我，說：「早膳後我們回宮，張九齡已經走了，永泰那處由妳來說比較好。」

我嗯了一聲，走到一側坐下，默了片刻才低聲道：「臨淄郡王是何時知道的？」

李成器略有疲憊地閉了眼：「謀逆案翻案後。」他微蹙著眉，似在想著什麼要緊事。

我腦中飛快地過著再見面時的種種，心被陣陣牽動著，說不出是喜是憂，沒再出聲。

入宮時，李隆基特意將我送到宮門口，看我欲言又止的，便隨口道：「怎麼，一路都這麼安靜？枉我為了顯真心，還特去宮外尋妳們。」

我看著他彎起的眸子，此時再聽這話，卻已是另一種味道，不禁笑看他，道：「你是何時出宮的？」

李隆基眼眸一瞇，挑了嘴角道：「本王是踩著開門鼓出宮的，尚是披星戴月的時辰。」

我被他逗得笑出聲，道：「抱歉。」

他側頭去看臺階下走動的宮婢，道：「抱歉什麼？妳是我未來的夫人，我若安心在宮內睡大覺，豈不被人懷疑？況且妳我自幼相識，既眾人都以為情深如斯，那就要做足了樣子。」

我看他脣角漂亮的弧度，忽然發現，他早不是鳳陽門前那個桀驁衝動的少年。

在母妃賜死，謀逆案和母系流放後，他所受的壓力不比旁人少。就賜婚一事來說，皇上看似寵愛他，卻無異將他放到了刀尖風口……

他手指輕敲著石欄，道：「二哥讓我帶話給妳。」

我怔了下，道：「二王爺找我？」

李隆基迎著日光仰頭，眼瞇成了一條線，遮住了所有情緒。「妳宮裡去的那個有了身孕，昨日被賜藥，落胎了。」

我愕然地看向他，驟然冷氣襲身，張了張口，卻已發不出聲。

第十一章 北魏元氏

再見宜平，是在三陽宮。

三陽宮依水而建，所臨的石淙河穿越群山，形曲水回環之勢，御苑綿延二十餘里，一眼望不到邊際，盡是明黃入目，聖駕臨河，氣勢磅礴。

宴席臨水，直至月上枝頭，眾臣見皇上興致高昂，更是陪笑歡聲，水邊一時熱鬧非凡。

我隔著眾人，遠見宜平立在李成義身後，正為他添酒，卻被他輕握了下手，低聲說了句話。宜平搖頭，執意添了酒，又退後兩步垂首而立，臉上蒼白無色，極為疲累。

「朕今年未到曲江，錯過了曲江大會，倒不如在這石淙河畔也仿一仿蘭亭雅集，做場『石淙會飲』，如何？」皇上忽而興致大起，笑吟吟地看著婉兒。

婉兒忙躬身，道：「皇上既有此雅興，奴婢這就命人準備。」

皇上點頭，看向李成器，道：「成器，你就坐在朕身側。」

李成器起身應是，婉兒已囑咐宮婢、內侍準備，不過片刻，眾人皆臨水而坐，案几在手側，備著食點。

皇上端起一杯酒，遞給婉兒，婉兒接過仔細放在玉盤上。

玉盤順著水流緩緩而下，不停自諸位皇子眾臣前飄過，眾人臉色皆有遺憾。此第一杯乃是皇上所賜，若有人接了做出好句，必會受重賞得聖眷。一個小宮婢不停在眾人身後走著，跟著那玉盤。忽然，盤被水底石卡住，悄然停了下來。

而水側人，恰就是張九齡，他忙伸手持杯，起身對皇上行禮，道：「臣謝皇上賜酒。」言罷，一飲而盡，正要開口，卻被婉兒出聲打斷。

婉兒向皇上躬身，道：「奴婢自請為張大人訂題。」皇上點頭應允後，她才笑著看張九齡，接著道：「張大人當年入國子監時，曾留下個好句，倒不如今日藉著『石淙會飲』補全可好？」

張九齡愣了下，呆看婉兒，半晌竟未答話。

倒是皇上笑了聲，道：「是何句，竟讓婉兒也念念不忘？」

婉兒眉眼盡是嫵媚，緩聲吟道：「『草木有本心，何求美人折』。奴婢每每讀著便覺遺憾，無奈做出此句的張大人又遲遲不肯添首整詩。」她掃了眼張九齡，接著道：「如今大人既已喝了御賜的酒，婉兒就做一回歹人，倚仗著皇上促成此詩，全了多年心願。」

皇上點頭，帶趣道：「那朕就全了妳的願，讓妳倚仗一回。」

琉璃宮燈下，婉兒明豔懾人，張九齡卻怔了片刻才輕咳一聲，低頭默默想著。眾人盯著他，有豔羨有嫉妒，亦有漠然旁觀者。好句可偶得，好詩卻難作，婉兒的話題是誇讚，若他能片刻成詩，便可在皇上面前留下極好的效果，若是作不出或作不好，那便適得其反。

我暗為他捏把汗，卻見李成器只笑著看他，似乎並不憂心。

四下唯有潺潺流水聲，約莫片刻後，張九齡才抬頭，挑起脣角道：「蘭葉春葳蕤，桂華秋皎潔。欣欣此生意，自爾為佳節。誰知林棲者，聞風坐相悅。」他捏著酒觴，眼帶笑意，靜看著婉兒，輕緩念出了最後一句：「草木有本心，何求美人折。」

四下裡靜了片刻，皇上先笑著讚了句，眾臣忙隨著附和，一時此起彼伏，盡是誇讚的話語。唯有婉兒與他對視了片刻，竟有些神情恍惚，側過頭去看江面，眼中帶了些沉色。

開場的熱鬧，將這初次的「石淙會飲」帶入了高潮。

宜平似有些體力不支，在身側另一個宮婢相陪下，悄然離了席。我見狀，忙吩咐宜喜候著，跟著她離開宴席，向樓閣處走去。待到轉至無人處，我快走了兩步叫住她，她恍惚回頭看我，竟一瞬有些淚眼婆娑。

我示意她身側宮婢在旁候著，握住她冰涼的手，道：「身子可好些了？」我不敢直接問那件事，只能隱晦地看著她。

她點點頭，道：「養了一個月，王爺又照顧得細心，已經沒有什麼大礙了。」她說完，低著頭，似有些出神。

我心中酸脹，卻不知再說什麼，默了片刻，才低聲道：「此時此境，還是要先保住大人，妳和他的日子還長，總會有機會的。」宜平當初被當作宮婢送到東宮，連姬妾都比之不上，縱有他真心相待，但對他們幾兄弟來說，自身性命尚且難保，又怎有力保住一個婢女的孩子？

當初為成全兩廂真心，將她送走，如今看，卻不知是對是錯了。

我又陪著她說了兩句話，聽著不遠處石淙河邊的喧鬧，看著她匆匆離去，才回到宴席上。

此時李隆基正即興作了詩，引得皇上一陣歡欣，道：「隆基之才，已不遜於成器了。」

李隆基忙躬身，道：「孫兒不過是即興之作，被逼無奈罷了。」

皇上忽然看我，道：「永安。」

我方才落座，忙又起身道：「皇姑祖母。」

她靜看了我片刻，才微微笑著道：「朕聽婉兒說，妳在曲江大會上與永泰誤了時辰，未入得宮，隆基亦在外尋了一夜？」

我愣了下，掃了李隆基一眼，卻見他垂著眼眸不知在想什麼，只能回道：「是永安一時起了玩心，累得公主和諸位王爺憂心了。」

皇上搖頭笑道：「年紀輕，有些玩心也沒什麼，只是朕倒沒看出來，這許多孫兒中竟出了個痴情種。」

我有苦難言，只能垂著頭，沒敢再接話。

皇上又道：「如今隆基也漸穩重，既已賜了婚，倒不如明年早早完婚，給朕添上幾個曾孫兒。」

我心頭大力一抽，呆呆地站著，明知該跪地謝恩，卻動不上分毫。李隆基卻忽然跪下，道：「大哥未曾娶正妃，做弟弟的怎敢提前完婚。」

他的話擲地有聲，場面竟一時靜下來。皇恩下，他如此直言頂撞，皇上只沉默地看著他，眾臣都已禁聲，不敢妄言插手皇家的婚事。

婉兒忽而一笑，對皇上道：「皇上，臨淄郡王這是讓您為永平郡王挑個好妃子呢。」她倒了杯酒，遞給皇上，道：「您遲遲不肯給永平郡王賜婚，怎能讓臨淄郡王安心完婚？」

皇上接過杯，捏在手中，慢慢笑了起來。「婉兒說得是。」她看了李成器一眼，道：「朕對成器的婚事慎之又慎，卻不想竟是耽擱了。」

我的心越跳越快，身上忽而熱得冒汗，忽而又冷得發抖，不敢去想那被賜婚的人。李成器本就緊挨著皇上而坐，此時已站起身，水打著他的靴子，悄無聲息。

皇上又想了會兒，才對婉兒道：「朕有個好人選。」

婉兒忙笑著接話：「不知是哪位郡主有這好福氣了。」

皇上輕搖頭，道：「不是武家郡主，而是北魏元氏。」

婉兒難得愣了下，琢磨了片刻也沒想出是誰，只能陪笑道：「奴婢還真不知，皇上竟已屬意元氏為永平王妃，不知是哪座王府的座上賓？」

我腦中飛快地想著，卻也想不出北魏元氏與哪個叔父有關係。北魏元氏雖被敬為國賓，卻早已如北周宇文氏和隋楊氏一般，宗室早已滅跡，僅剩旁支撐了門面，又怎會讓皇上記在心上？

皇上笑了下，對身後道：「元月。」

身後一眾挑著熏爐的宮婢中，忙走出個女子，上前兩步，跪下道：「皇上。」

皇上點頭，看她道：「妳隨在朕身邊多久了？」

元月垂頭，恭敬地道：「回皇上，已有五年了。」

皇上頷首，道：「當年旦將妳生母帶入宮中，妳才不過四、五歲，一晃就這麼大了。」

元月再沒敢應聲。

皇上又去看身前的李成器，道：「當年章懷太子數次諫言，讓朕善待北魏元氏，如今朕將元氏與你做妃，也算是全了他的心願。」

我緊盯著李成器的背影，巨大的悲哀湧上心頭，為自己，也為他。北魏元氏，聽似國賓望族，不過是個名稱，誰也不知這宮婢真正的身分。而就在此時此地，朝中眾臣面前，皇上看似的恩賜，卻是個天大的笑話。

堂堂的永平王妃，竟出自長生殿的宮婢中，以北魏元氏的身分賜婚給太子長子。

他挺直著背脊，默了片刻才緩緩下跪，道：「孫兒謝皇祖母隆恩。」

在宮燈下，他身下的影子拖得很長，靴已被河水打溼，卻恍若不知。我的心如被萬蟻啃噬，痛得微微發抖，所有的羞辱，所有的痛，都自他的背影蔓延開來，入骨食肉。

皇上笑著點頭，又看向我，道：「永安，來。」

我木然挪動腳步，走到皇上身側，任由她牽起我手，摸索在自己手中。她掌心的溫熱和我手心的冰冷碰撞著。我不敢看一眼李成器，只努力壓抑著情緒，牽扯著嘴角，笑著看她。

她仔細打量我，又去看李隆基，道：「隆基既如此敬重長兄，朕便全了你們的心思。待到明年元月，一道完婚吧。」

李隆基雙手緊握著，叩頭道：「孫兒遵旨。」

婉兒的聲音在身側響起，帶著萬分的喜氣，道著恭賀之言。場中眾臣亦紛紛起身，跪地賀皇上的雙喜，在這如潮的喜聲中，我緩緩跪了下來，伏地謝恩。

那一日後，皇上便起了嵩山封禪，祭祀天地的心思。

叔父武三思立刻著手準備，於峻極峰連日修築登封壇，集天下資材，備下玉帛、犧齊、粢盛、庶品等物。此番是皇上自登基以來首次封禪，朝中眾臣自然不敢懈怠，五姓七族高門的宗室也盡數趕來恭賀，嵩山一時地位陡增。

亭中，李隆基正將殘局收盡。

他隨口道：「心神不寧，最是兵家大忌。」

我捧著茶杯，道：「王爺是指我，還是指自己？」方才那一局，我雖難凝神，他也是屢屢出神，倒成就了一局不傷和氣的和棋。

李隆基將最後一把棋子扔到簍子裡，懶懶靠在了椅子上，細看了我片刻，道：「王氏的賜婚，皇祖母和妳說了？」

我吹開碎葉，道：「說了。」

李隆基一雙眸子緊鎖著我，道：「為什麼不替我擋掉？」

我笑了笑，道：「比起空有架子的北魏元氏，太原王氏可是位列五姓七族，我為何要幫你擋掉這好姻緣？你若能娶五姓之一，也算是倚仗。」

因封禪在即，隴西李氏、趙郡李氏、清河崔氏、博陵崔氏、范陽盧氏、滎陽鄭氏和太原王氏這五姓七族宗室，均已抵達三陽宮，據婉兒說皇上見了太原王氏的小丫頭，十分歡喜，立刻賜了白玉指環，要她做自己的孫媳婦。

而這要娶王寰的人，就是臨淄郡王。我明白他的措手不及，卻未想到竟如此不願。

見他不說話，我想起幼時先生說的趣事，又勸道：「先帝的宰相薛元超享盡榮華富貴，卻仍有畢生三大憾事，你可知道是什麼？」他不解看我，我故作深沉，道：「第一大憾事乃是身為宰相卻並非進士出身，第二大憾事是此生未能修習國史，第三大憾就是未能娶這五姓的女子。」

當初先生說此事，為的是暗指宰相也未中進士，算是對自己始終不得志的一個安慰。

而我眼下的話，卻是勸他看重這五姓。李、王、鄭、盧、崔五姓自認身分尊貴，自來不屑與旁姓通婚，據婉兒說，那被看上的王寰不過是個五品武官之女，卻因是太原王氏所出，才如此被看中。皇上能親開口，為他討了個太原王氏的妃子，也算是極偏寵了。

李隆基若有所思看著我，過了很久才道：「若是大哥日後要娶這五姓女，妳可也會如此說？」

我心驀地一顫，靜了片刻才道：「我會。」

李隆基捏著茶杯，道：「為什麼？」

我喝了口茶，輕聲道：「身為皇孫，立身虎口，多一分倚仗便多一分活命的機會。」還有兩句話我沒有說，他身為皇族，本就會為了各種緣由與名門望族聯姻，而我身為未來的臨淄王妃，根本沒有權力阻止。

李隆基深看著我，眼眸深斂，沒有再繼續問，過了會兒，才深嘆口氣道：

「妳忘了兩族。」

我看他，示意他繼續說，他笑了下，道：「其一是隋朝后族，蘭陵蕭氏，其二是暗藏在李家、武家之間的弘農楊氏。」

我細想了下，才點頭道：「的確，蘭陵蕭氏以儒學傳家，數代不輟，且是接連兩代的皇族。弘農楊氏也算是我朝的后族了。」連皇上的生母，都是弘農楊氏的人，又怎會弱於那五姓七族？

我想到此處，掃了他一眼，原來他早想到如此深的地步。

他輕勾唇角，道：「所以，照妳的意思，我日後也要將這兩族之女娶回來保命？最好五姓娶個遍，再添此兩族才算是周全。」

我愣了下，才聽出話中的諷刺，不禁搖頭道：「我只是勸你娶個王家女，你倒將我看做惡人了。」

他笑意更深了三分，打趣道：「本王是感嘆，這未來王妃真是大度。」

我沒接話，繼續喝茶。

他見我面色未變，倒有些意外，想了想才輕聲道：「有句話，我一直想問妳。」

我點頭，道：「問吧。」

他又靜了會兒，才道：「如今完婚在即，妳打算如何？」

他一句話，牽起了心頭紛亂複雜的苦楚。那一日後，元月受封縣主，太初宮則開始籌備明年的婚事，一切都在有條不紊地繼續著，李朝舊臣也在藉由此兩件喜事，揣度皇上對太子位的心思。如今看來，這婚事倒真是天大的喜事，除了對我和他。

我捂著茶杯，道：「我不知道。」在皇上面前，嫡親的兒子、孫兒可殺可廢，曾寵愛的姪兒可流放處死，我又能如何？

李隆基欲言又止地看我，忽然道：「我能做的不多，卻能應承一件事。若妳當真嫁了我，無論我為父兄，為李家娶多少女人，無論她們出自哪個望族，都不會有人能欺負妳。」

我垂眼看著茶杯，心頭苦楚難耐。尋常女子將出嫁視作喜事，為何在我和他的話間，這件事竟像是個死期？我聽得出他話中的認真，我心有他長兄卻要嫁他，他為了幼時情誼與長兄要盡心護住我，陰差陽錯間，一切竟都如此可悲，也可笑。

正是怔忡著，卻聽見亭外幾聲輕笑。

暖日中，一個身穿著胡服軟靴的少女，眉眼帶笑，容貌秀雅，卻又有幾分男兒英氣。她正仔細打量著我，見我看她也不扭捏，即刻上前行禮道：「王寰見過郡主。」

我聽這名字才明白過來，心中的不快散了幾分，側頭看了一眼李隆基，才笑對她道：「快起來吧，這處沒有什麼人，不必如此拘謹。」

她直起身，笑吟吟地看李隆基，道：「王爺的話，王寰都聽到了。」「聽到也好，免得本王日後再費口舌。」李隆基敲了敲棋盤，示意我再陪一局。我瞪了他一眼，剛才的話算白說了，這小王爺依舊我行我素，將王家人不放在眼裡。

王寰倒不以為意，只點頭道：「皇上吩咐我來見見王爺，沒想到還見到了姊姊，果真如上官姑娘所說，王爺與姊姊自幼相識，感情極好。」她說得平和，道：「如今看也看完了，王爺請繼續弈棋，王寰告退了。」

李隆基捏著枚黑子，連頭也不抬。我在桌下踢了他一腳，他詫異地看我，見我緊盯他不肯甘休，只得無奈地去看王寰，道：「下去吧。」

王寰行禮告退後，我才捏起個白子，道：「剛才還覺得你想得深，如今見了人卻又忘了？」

他落子，道：「雖是個朝不保夕的王爺，卻也還是王爺。」

我跟著落了一字，沒再說什麼。

晚膳後，我撿了本棋譜翻看。

這數月來，我心思煩亂又無處可去，只能和李隆基日日弈棋，卻總是落敗收場。起初還不放在心上，可這日日輸，終是激起了三分脾氣，便養成了習慣，白日弈棋晚間習譜，也算是打發了時間。

宜喜換了熱茶，見我如此認真，猶豫了下才道：「郡主怎麼就不見生氣？」

我放了棋譜看她，道：「氣什麼？」

宜喜悶悶道：「宮中人都在說，如今郡主尚未完婚，皇上就又為臨淄郡王賜了門親事，還是赫赫有名的太原王氏，日後必有好戲看。」

我哭笑不得地看她，道：「武家正室與王家側室的好戲？」

她點點頭，道：「雖那個王家女是側室，卻聽說是將門之女——」

我打斷她，道：「好了，別聽宮內人亂說，這些皇孫哪個日後不是姬妾成群的。」

宜喜悶看我，只能自我安慰，道：「也是，永平郡王是嫡長子，日後就是皇上，後宮必有上千佳麗。臨淄郡王與他比起來，算是好不少了。」她低聲念叨著，將冷茶端了下去。

我盯著書上的棋譜，早已沒了細看的心思。那日他賜婚時，那如蝕骨般的劇痛從未消退，不過是一個正妃，我便已如此，倘若真有幸登上帝位……

「郡主。」宜喜忽然入內，道：「元縣主在房外。」

我一時有些猶豫，過了會兒才吩咐她帶人進來，坐直身子放了棋譜。

元月入內時，仍舊恭恭敬敬地行了禮，起身道：「郡主多日避而不見，終是讓元月等到了。」

我苦笑著看她，道：「坐吧。」

她靜坐下，待宜喜退出，才道：「我今日來，是想說一些郡主不知道的事。」

我看她，道：「關於妳和永平郡王的關係？」當初在我賜婚時，是她親送來李成器的紙箋，這其中關係明顯，只是究竟有多深，我卻猜不透。

她點點頭，道：「話有些長，我盡量簡短說。」她似是回想起往事，略有些出神，過了會兒才道：「我初入宮時，王爺常在章懷太子身側讀書，而我因為母親的緣故，也經常在東宮陪讀。那時的王爺極聰明，別人尚讀不懂的他便已能批註，所以太子對他的喜愛漸漸超過了自己親兒子。那時太子經常笑著對我說，待我長大了，就讓我做他的妃子，太子還說，北魏元氏不比五姓七族，唯有嫁給李家人才能免去消亡的命運。」

我靜聽著她的回憶，看著她眼中的流光溢彩，漸已瞭然，她的情怕早已深種。

她笑中漸夾了苦，繼續道：「後來太子因謀逆罪被流放，我和母親也被送入了掖庭，自此再沒有見過王爺。直到他被冊封太子那年，母親已在掖庭病故，我被他尋了機會放到宜都身旁。這些年，我看著他被廢，屢遭誣陷，卻仍舉步維艱地護著自己幾個弟妹，縱是心痛卻毫無他法。我本以為他放我到宜都身側，必是為了有朝一日能幫到他，可我在皇上身側五年來，他從未向我要求過任何，除了兩件事。」

我隱隱猜到什麼，心中紛亂著，緊盯著她沒有說話，只等她繼續說。

她與我對視片刻，才輕聲道：「第一件，是在鳳陽門處藏身，以防郡主不測。第二件，是為郡主帶那張紙箋。」

我點頭道：「這兩件事，我也要謝妳。」

她搖頭，道：「郡主不必說謝，我說這些話只有一個意思。」她手抓著扶手，頓了下才接著道：「元月早已清楚王爺對郡主的心意，日後若有幸與郡主共侍王爺，情願以姊姊為尊。」

我身子一僵，緊抿起脣看她，他日後的妻，今夜坐在我房裡說這些話，讓我如何自處？

我添了杯熱茶，看著水流緩緩注滿。「御賜的婚事，是喜事是恩寵，又何嘗不是懸著的一把斷頭劍。縣主若為他著想，就忘了此事，歡歡喜喜嫁過去，做個受人敬畏的永平王妃。」

她凝眸看我，道：「郡主不信我？」

我搖頭，起身端杯，走到她身側，道：「妳是他的王妃，日後他還會有側室、姬妾，但絕不會有我。」我將茶遞給她，接著道：「我若嫁李家人，只能是臨淄郡王，否則就是殺身之禍。」

話到此處已無需再繼續，她自大明宮到太初宮，在皇上身側已有五年，所見所聽的怕比我還要多，又怎會不明白這其中的意思？

她接過杯，自顧自出神，沒再繼續說什麼，過了半晌才起身告辭。

我靜坐在書桌後，盯著攤放在桌上的棋譜，掛在臉上的笑意早散去，只空洞地看著那一頁頁古今殘局，兀自發著呆。過了半晌，宜喜忽然送入個巴掌大的金漆錦盒，卻說不曉得送此物的宮婢是哪個宮內的。

我打發她出去，盯著錦盒，遲遲不敢打開。

過了會兒，宜喜端著香爐入內熏帳，見我仍對著那錦盒發呆，不禁道：「郡主若不喜歡，奴婢就拿去丟了。」

我輕搖頭，定了心神，伸手打開盒蓋。

錦緞上放著把看似犀角製的梳篦，色如寒冰，觸手溼潤光滑，竟是琉璃所製。

我拿起對著燈燭細看了片刻，漸明白過來。宮內琉璃飾物大多出自太原，而看此物色澤和手感，絕不尋常，怕是僅有太原王氏才能拿得出來了。

想到此處，我才放下那梳篦，說不清是失落還是慶幸，只隨手自奩盒中挑了根鎏金玉簪，吩咐宜喜送了回去。

次日正逢皇上精神好，將隨行的郡王公主，五姓七族的小輩都聚在了一處。

皇上未到，眾人已先聚在殿中，我入殿時，李成器正和兩個弟弟說話，他和李隆基同時停了話看我，我立刻避開了視線。此時，有個內侍入內，說皇上已在自涼亭處，讓我們即刻去伴御駕，言罷，又行禮匆匆跑走了。

我正出殿，李隆基已大步走來，與我並肩走下石階，低聲笑道：「妳髮髻上的梳篦，看著倒精巧。」

我掃了他一眼，道：「王爺可猜到什麼了？」

他輕嘆了聲，道：「本是沒猜到，但見那王家女髮上的玉簪，卻明白了。」

我抿嘴笑道：「這王寰頗有些心思，日後必會對你有所助益。」

他輕摸了下嘴角，笑道：「我寧願做個閒散王爺，唯有舉案齊眉一人足矣。」

我輕翻了下眼，低聲道：「可惜你註定要做個姬妾成群的王爺了。」

我和他有一搭沒一搭的拌嘴，李成器始終就在身後不遠處。他目光淡淡的，與李成義偶爾說幾句話，卻大多時候沉默著，我努力不去留意他，卻發現越是如此，越一顆心繫在他那處，李隆基再說什麼，都難以入耳。

待近了自涼亭，連熱風都變得涼爽了些。

因今夏來得格外早，叔父武三思早早就命人仿太初宮修葺此亭，亭臨著石淙河，可乘數十人，河中有十二架水車不停將水「車」到亭頂，自亭周掛下了輕薄的水簾，消暑降溫最是管用。

我們十幾人入內時，婉兒正陪著皇上說話，不時以扇掩口，似是正說到興起處。

她見我們來，忙低語了一句，皇上抬了頭，掃了眼眾人，笑道：「剛才和婉兒說起各家筆法，朕倒有了些興致，不如看看你們這些後生小輩的筆法如何，奪魁者今日重賞。」

婉兒笑著附和：「奴婢幼年時就聽人讚頌五姓宗室的筆法，難得此番皇上封禪，將這些小輩都聚齊了，也算是奴婢的眼福了。」

那些五姓七族的晚輩聽到這話，都有些躍躍欲試，均躬身應了是。

婉兒當即令人在亭中擺了六個案几，筆墨硯臺盡數備好後，才躬身對皇上道：「皇上，眼下只能擺六個案几，五姓的貴人們是客，不如讓他們先起筆？」

皇上頷首，道：「就依妳說的。」

婉兒笑著請了五姓宗室子女上前，眾人提筆時，她才見元月默立在一側，可六個案几側都已立了人，只能笑著道：「縣主是要嫁入宮的，不如與諸位郡王、郡主一起，可好？」

元月忙陪笑道：「一切聽上官姑娘安排。」

婉兒笑著頷首，在六人之間細看著，不時頷首，眼帶讚譽。

李隆基亦探頭看了幾眼，輕搖頭，低聲對我道：「這五姓七族總以世家自居，尤其隴西和趙郡的李氏，私下裡連我李家皇族都瞧不上，如今看來也不過如此。」

我笑看他，輕聲道：「你若不服，稍後獻上舉世不出的墨寶，也算是為李姓皇族爭了顏面。」

他揚起脣角，半笑著看我。「當年我大哥與歐陽通相交，就是憑著那手字，當時歐陽通曾說過『筆法天驚』四字，這亭中諸人絕不會有人能勝過他。」他頓了下，又有些好奇地道：「這麼說起來，我還從未見過妳筆法，妳常臨誰的帖？」

我被他這一問，才記起那本被自己抄了數十遍的《釋私論》。

此時那六人已放了筆，婉兒親自上前收了來，細細看了讚不絕口，對皇上道：「果真是世家子弟，筆法各有千秋，皇上是現在看，還是等您的孫兒們寫好了再看？」

皇上接過宜都遞上的茶，道：「若有先後總有偏差，還是一起看吧。」

婉兒頷首，握著那疊紙，看我們幾個道：「各位王爺和郡主，請。」

李隆基對我眨了眨眼，低聲道：「寫好些，莫要給本王丟了顏面。」說完，逕自走到一張桌邊，抬下巴示意身側內侍研墨。

我亦走到案邊，盯著眼前的紙，腦中不停想著往日所見過的字帖，眼角餘光卻掃到李成器已拿起筆，正猶豫不定時，婉兒已走到我身側，輕看了我一眼，亦眼帶告誡。

我對她無奈一笑。我又何嘗不知此中厲害，我與他筆法如今已有八、九成相似，別說是皇上，即便是落在一般人眼中都會多想幾分……可數年的落筆習慣又怎能於一時片刻改掉？

我緊咬著唇，邊努力回憶《蘭亭記》拓本中的筆跡，邊不住自嘲。這四年來，除卻他親筆所抄的《釋私論》和他自國子監拿來的《蘭亭記》拓本，自己竟再沒尋過別的拓本字帖，如今事到眼前了，才知他的痕跡早已如影隨形。

我遲遲不敢下筆，身側李隆基似是察覺到異樣，側頭輕喚了我一聲。我下意識看他，只見他輕蹙眉看我，似是想說什麼，卻被婉兒打斷。婉兒走到我兩人之間，笑看皇上道：「皇上，妳看這兩個，到此時仍要眉來眼去，真是羨煞旁人了。」

皇上但笑不語，眼帶深意。

我見李成器手臂頓了頓，心中猛跳，忙低了頭，咬牙落了筆。《蘭亭記》和《釋私論》不停在腦中閃現，兩種截然不同的筆法，硬是被我擰成了一體。待放了筆，已是一身熱汗，涼亭仍是爽氣襲人，卻壓不住心頭的焦灼。

李隆基早一步停了筆，掃了眼我的字，驚異地看了我一眼。

婉兒匆匆收了眾人的字帖，細看了我的一眼，沒有任何反應，卻在拿起元月面前的字時愣了下，毫不掩飾眼中的驚嘆，將那張紙放在了一疊的最下處。她將一切收整好，走到皇上身前，行禮遞上了那疊字。

皇上靠在榻上，身側兩個宮婢不停搖扇散熱，隨著錦繡扇面的輕搖，我的心也一下下猛跳著，皇上卻始終不發一言，時而頷首，時而緩笑，待所有都翻盡後，亦仔細看了一眼元月的那張，半晌才抬頭，對元月頷首一笑。

我看著心中蹊蹺，正琢磨時，皇上已挑出四張，道：「朕看中了這幾個人的字，婉兒妳來評說試試，可猜猜均是出自誰手。」

婉兒接過紙細看，片刻後莞爾一笑，道：「這幾手字都不難猜，皇上這是有意藉奴婢之口誇讚一二了。」她抽起一張，道：「王羲之蘭亭序，自東晉來多少人以此拓本習字，每個讀書人怕都能寫出此字，可真正能在御前以此字比試的，唯有范陽盧氏了。盧公子，恭喜你。」

一側有個瘦高少年忙上前謝恩。

婉兒抽起第二張，抿嘴笑了半晌，道：「皇上的嫡親孫兒，奴婢就不藉機奉承了。據聽聞當初在曲江芙蓉園中，曾有人送了四個字給王爺。」她躬身對李成器行禮，道：「筆法天驚。」

李成器微微一笑，道：「多謝上官姑娘。」

婉兒搖頭笑笑，對皇上道：「皇上，接下來這兩人，您是想先聽奴婢誇哪個？」

皇上笑看她，道：「妳問此話，可有什麼講究？」

婉兒笑道：「兩個都是孫媳，是自筆法來挑，還是自長幼身分來分先後，自然要有個說法。」

「妳倒是滴水不漏。」皇上搖頭一笑，道：「先說說元氏。」

婉兒頷首，笑吟吟地看元月，過了會兒才嘆了口氣，道：「縣主之字，奴婢也不敢隨意點評。我朝多少學子仰慕魏晉筆法，以北魏墓誌為拓本，卻仍習不到其中精髓。」她將那紙疊好，竟收在自己懷中，對元月拜了拜，道：「北魏元氏墓誌雖好，縣主當場寫下的卻更為秀雅，奴婢將此墨寶收下了，謝縣主賞賜。」

元月呆了一呆，臉頰微紅地笑著，被婉兒弄得一時窘迫，竟不曉得如何應對了。

皇上看了眼婉兒，笑嘆道：「婉兒說得不錯，太宗皇帝亦極愛北魏墓誌，尤推崇元氏，沒想到歷代傳下來，此筆法依舊有嫡傳人。」她頷首，道：「風華旖旎，圓潤秀雅，的確可稱墨寶。」

我聽到此處才漸記起，北魏元氏以筆法見長，難怪方才婉兒和皇上見了那字，都有些驚嘆。此時，元月正抿脣笑著看李成器，李成器回視她，亦是微微含笑，我看得心頭有些微涼，移開了視線。

婉兒笑道：「皇上為永平郡王賜的這婚事，倒真是恰到好處了。」

皇上笑看李隆基，道：「元氏此番確出乎朕的意料。只可惜隆基落了永安半步，婉兒，說說最後一張吧。」

婉兒抿唇笑了片刻，才接著道：「永安郡主的字，奴婢也不曉得如何評了。」

皇上不以為意，道：「但說無妨。」

婉兒點頭，掃了我一眼才繼續道：「郡主的字，有歐陽詢的神韻，卻更多似一個人的風骨，可算是集兩者所長。不過奴婢倒以為，若要更進一層，不如選其一而行，或可青出於藍而勝於藍。」

水車的聲響，夾雜著夏日蟬鳴，聽在我耳中，盡是雜亂。

婉兒有意隱去李成器的名字，可皇上又怎會看不出？

皇上微微笑著，看著我道：「婉兒說得對，永安，妳是何時起習成器的字的？」

我忙回道：「幼時習太宗皇帝筆法時，先生就曾誇過永平郡王最得真傳，前幾年見了永平郡王，便討了幾張臨摹。」我恭敬地看了一眼李成器，笑道：「不過是皮毛，哪裡有上官姑娘所說的風骨。」

皇上自婉兒手中抽出紙，對李成器道：「成器，朕為你尋了個好學生，不知你可願傾囊而授？」她將手中紙遞給李成器。

李成器躬身接過，看了兩眼，才微微一笑，道：「孫兒只怕教了徒弟，會餓死師傅。」

皇上道：「永安既是李家媳婦，就不要學歐陽家字了。」言罷，又看向我，道：「永安，還不快拜師？」

我愣了下，忙走上前兩步，對李成器躬身道：「還請郡王不要嫌棄永安愚笨。」

李成器笑看我，道：「郡主言重了，本王定當傾囊相授。」他伸手將我扶起，我抬眼看他，忙又避了開。

眾人隨著皇上又閒聊了片刻，沈南蓼請安入內，例行把脈。婉兒便帶著我們退出涼亭，一路說笑著將我送回了宮中。

封禪的日子臨近，皇上的心神越發清朗。

每每伴駕時，我總被問起是否去永平郡王處請教，尋了幾次藉口再無話可說，只能挑了一日午後，去了李成器的書房。既然是皇上開了口，總要有個交代才好。

入門時，李成義正在裡處議事，見我後神色隱晦，草草說了兩句就離開書房。

李成器淡淡看了我一眼，竟親自挽袖研墨，道：「妳若再不來，我只能遣人去請了。」我聽他這話坦然，真像是拿了師傅的身分，一時不知如何答話，只能訕訕一笑，走到了桌邊。他自架上挑了筆，沾了濃墨，又將筆刮乾些，遞給我道：「寫幾個字我看看。」

我接過筆，剛要寫就停了下來，竟有些不好意思。

那日是礙於眾人的面，不敢以慣用的字來寫，今日獨有我和他兩個，我卻再不能以歐陽詢的筆法掩飾，可若真落了筆……我看他閒適地笑著，在一側自倒了杯茶握在手中，更有些不自在，只能隨意在紙上寫了句詞。

他握著杯，低頭看我的字，靜默了會兒，才忽而笑道：「筆法嫻熟，點畫圓潤，結構梢整，的確好字。」

我本不好意思，聽他話音中打趣更濃，不禁斜睨他道：「王爺這是在誇讚自己嗎？」這一句詞，不敢說有九成相似，卻也有七、八分如他了。

他放了茶杯，走到我身後，握住了我持筆的手，左手撐在桌子邊沿，將我環在了胸前。

我一動也不敢動，只覺得他右手微用力，就引著我在紙上寫了個字：「若日後本王不在，怕只有妳能假冒我的字，調遣兵士了。」

他的呼吸聲就在耳邊，酥麻溫熱，將所有偽裝都化了去。我盯著紙上的字，想起昨日婉兒那句話，低聲道：「元氏的字頗得皇祖母讚譽，恭喜王爺。」

他淡淡地嗯了一聲，道：「她得北魏元氏真傳，兒時又有章懷太子點撥，的確在筆法上勝於尋常人。」

我心底發涼，沒有說話，由他引著又寫了幾個字。

夏日將盡，秋暑卻極盛，我被他握著的那隻手隱隱冒汗，他的手心卻始終冰涼。

我雖有些心不在焉，仍注意到此中蹊蹺，想了想，道：「幾年前雪地跪了一夜，王爺所受的寒氣可都清了？」

他沒有停筆，邊寫邊道：「那一夜雖寒氣入脈，卻並沒有什麼大礙。」

我握著筆，強停了下來，側頭看他，道：「那為何暑氣正盛時，手卻一直是冰涼的？」

他眼中笑意未減，看著我，道：「那年在天牢內住了幾天，又受了刑，總會有些舊疾留下。」

我聽他說起那年，心頭抽痛著，低聲道：「我一直沒敢問你，來俊臣到底用了什麼刑？」

那日，縱隔著衣衫也能摸到深淺的傷痕，竟沒有一處是完好的。可我卻不敢深想，來俊臣牢裡的刑具萬千，種種酷刑，備極苦毒。他雖是皇孫，卻以謀逆罪落了牢獄，能保得臉面上的乾淨已是慶幸，身上暗處受了多少刑罰，誰又會管？

他靜看了我會兒，神色平淡，道：「不過是常例刑罰，他還不敢對我用重刑。」我還要再問，他又接著道：「三日前，武承嗣與姑姑聯名奏來俊臣數十罪行，武家諸王皆附議，不出兩個月，來俊臣就會被貶至同州參軍。」

我細想了片刻，道：「叔父已常年在家，不問朝堂事，為何這次會忽然出了聲音？」

李成器自我手中抽出筆，放在一側，道：「因為有人告訴他，來俊臣此番要誣陷謀反的，就是他。」

我盯著他，猶豫要不要問下去。武家諸王的祕奏，必然不會輕易讓李家人知道，何況此次雖有太平公主在內，卻是在洛陽，而他始終在三陽宮中，三日前的事怎會知道得如此清楚，更何況是其中的隱祕？除非這個局，本就是他設下的。

李成器見我如此瞅著他，不禁微微笑起來，溫和道：「那個人，是我的人。」

我心中一暖，問出了另一個疑問：「既有武家諸王和太平公主密奏，為何只是貶至同州參軍？」諸位叔父的性子，歷來是無用者趕盡殺絕，如此心慈手軟倒讓人奇怪了。

「因為來俊臣的夫人是太原王氏。」答話的竟是門外人。

李隆基不知何時來了，正抱臂靠在門邊，笑看我道：「這麼算來算去的，本王倒和來俊臣攀上親了。」他邊說著，邊走進來，道：「我也是前幾日才知道，皇祖母賜婚王氏有安撫的意思。」

我被他嚇了一跳，卻也被這話點醒，再看他佯作無奈的神色，不禁嘲笑道：「倒也是，你雖不能做和親的公主，卻可以做安撫人心的女婿。」

李隆基哼了一聲，道：「最多一年，我要讓來俊臣在洛陽城身首異處，任百姓踩踏屍身。」他頓了下，又補充：「當初天牢內他對大哥用的那些，我要一樣樣在他身上加倍討回來。」

我本笑著，聽他這話立刻看了李成器一眼，能讓李隆基時隔多年仍記恨的，必是當日的刑罰怵目，可他卻仍輕描淡寫，不肯說半句……似乎提起此事仍有恨意，李隆基走到桌邊，倒了杯茶捏在手裡。

李成器看他，道：「今日怎麼來了？成義說你這幾日都在陪王氏。」

李隆基掃了眼桌上的字，隨口道：「是陪了兩日，她不時在耳邊說永安的筆法好，讓我請永安教她習字，我聽著煩就尋了個藉口，來你這裡討杯茶喝——」邊說著，邊拿起了那張紙，細看了兩眼，嘆道：「如此正好，就拿這張去給她看看。」

我臉一熱，想起和他共寫的那幾個字，更是心猿意馬，只隨手拿起桌上的書翻起來，卻不過是擺個樣子，半個字也沒看進去。

他喝下手中茶，才又道：「永安，既然拿了妳的字，我也回贈妳個禮物。」

我看他，看他漆黑的眸子，不知他搞什麼鬼。

他盯著我看了會兒，才忽而一笑，道：「今日在皇祖母身旁聽了個消息，義淨大師已抵洛陽，自海外帶回了四百多部經書。」

他說的沒頭沒腦的，聽得我更是糊塗，只能道：「在你我未出生前，義淨大師就已出海，如今能全身歸來的確可喜可賀，可和我有什麼關係？」

他嘆了口氣，半笑不笑道：「聽下去就明白了。」

我拿書敲了敲桌子，示意他繼續。

他有意放緩了聲音，一字一句道：「本王趁此機會對皇祖母說，永安郡主素來喜好讀書，如今義淨大師帶回這四百多部經書，必須要人手譯經，倒不如讓永安去試試。一能全了皇祖母對佛家的重視，二是能全了永安郡主的心思，三能在日後為本王增些顏面。畢竟是日後的臨淄王妃，若能陪在義淨大師身側一年半載的，也是誠心，也是榮耀。」

我看著他，琢磨他這番話，漸明白了意思。

他是想藉此事拖延婚期。皇上素來信佛，不惜耗資在各地修建佛龕寺廟，若是我能以皇室身分譯經，也算是代皇上敬佛了。如此事，本是李家皇室出面最好，只可惜這等露臉的事又怎會讓李家人出面？

身為武家人，又是李家日後的媳婦，的確我是再合適不過的。

我又看了李成器一眼，他似乎也在想著此事，沒有說話。李隆基看看我，又看看他，最後視線落在了手中紙上。「況且，妳的筆法傳承自李家，為義淨大師抄經也算是皇室恩賞。」

皇上果真應了李隆基的奏請。

太初宮的雁塔，本是皇上藏書誦經所用，如今都已搬空給義淨大師。說是抄經，其實因為義淨大師譯經的速度較慢，又要帶著眾弟子翻查大量經典，傳到我手中譯好的經卷極少，大多時候是清閒的。

我常在塔三層獨自坐著，只有偶爾看不懂一些經文時，才上到七層與義淨大師請教，連帶著閒說上兩句。大師經二十五年，遊歷了三十多國，自然見識甚廣，每每聽到興起時才被幾個弟子提醒，匆匆告辭。

這一日，我又拿著新翻好的經卷上了七樓。

木窗半敞著，臨窗的木桌上，攤開了數本梵文經卷，還有早已涼透的茶，大師垂著眼眸正在休息，我曉得自己來的不是時，正要悄然離開時，他卻睜了眼，道：「郡主請吧。」

我忙走過去，草草將不懂的經文問了，正要告辭，卻掃見桌上他隨手寫下的經文，竟有熟悉的句子，不禁細看了眼，果真是那句「不怕念起，唯恐覺遲」。

我猶豫了下，低聲道：「大師，可否為永安講解下此句？」

義淨大師淺笑看我，道：「郡主見過此句。」我點點頭，靜等著他。

他端起冷茶，輕抿了一口，道：「此念指的是妄念，說的易懂些，便是凡夫易起妄念，但若隨妄念而行，始終不能覺察，只會永在輪迴之間徘徊不得出路。常以告誡世人，不怕起念，但要極早察覺滅念，才是正途。」

我道了聲謝，匆匆自門而出，一路沿著木階而下，腦中不停想著此句。他將此情比作妄念，深知此情是妄求，是禍事，卻仍留下了後半句。我走入三層房內，透過敞開的木窗看著太初宮中的亭臺樓閣，一時感動，一時又是酸楚，呆站了許久。

完婚日，是我初次踏入東宮的日子。

太子的幾位郡王早年出閣，各有府邸，卻因如今被禁足而長居東宮，只能自太初宮外走個過場，儐相迎親，新娘接到宮中就算是入了門。一切婚事皆按皇室例，那一夜，整個太初宮遍地紅燭，徹夜不息，照得夜空如晚霞披掛，華美非凡。

東宮的亭臺樓閣，亦是金紅長燭，喜紅宮燈，亮如白晝。

兩儀殿中數十桌賓客，眾人皆是盛裝出席。我這桌本是武家郡主，婉兒卻特坐了來陪我，身側的人紛紛低聲議論，不時還瞟向我，我只能佯裝不知，捧著茶杯與婉兒閒話。

婉兒輕捏了下我的手，道：「妳先被賜的婚，卻是側室先進門，宮中人的議論可不是那麼好聽的。」

我無奈，道：「不用妳說，我也猜得到，必是臨淄郡王不滿意與武家的婚事，藉口先娶了王氏入門，獨寵在先。」

婉兒輕聳肩，亦是無奈一笑。

我盯著茶杯，說不上是喜是悲，竟有在這紅喜中置身事外的感覺。

忽然，眾人紛紛起身，向中庭望去。我心中一空，猜想到是誰，正不願起身，卻被婉兒一把握住腕子，將我硬拉了起來。「若不看，倒真會落人話柄了。」

我耳中是她的話，眼卻再也挪不開，只怔怔看著中庭身穿緋紅禮衣的兩人。從未穿過紅衣的他們，一個皎如明月奪人眼，一個漂亮得雌雄莫辨晃人目，在眾人的恭賀聲中都帶著淺笑，不停地頷首回應著。

眾人自宮門處一直圍到前廳，歡聲笑語不絕於耳，我擠在眾人身後，不時回應著身側人熱絡的寒暄和異樣的眼神，卻露不出一個笑臉，看到他們眼中，定是另一種味道。

今日前，我從不敢在眾人面前看他，唯恐落了把柄。而今日同樣也不敢看他，紅色的氈褥自宮門一直鋪到殿門，他親自走到喜車前，向著下車的人伸出了手，那細白小巧的手就被他輕握在手心，一路踏著氈褥走到殿中，緋紅禮衣和青綠禮衣，相得益彰。

我輕握著拳，腦中不停閃現過去幾年，那少得可憐的每一刻相處，身上又冷又熱的，不停冒著虛汗。婉兒抓著我的手腕，看了我數次，卻沒有說一句話。

一道道俗禮，在一聲聲的頌讚中進行著。

座上太子李旦頻頻頷首，面帶平和的笑，李成器亦微微笑著，眼眸深得望不到底。

最後那一拜，他就面對著我這處，看著元氏向他盈盈拜下，廣袖及地，極盡禮數，他意外靜立了片刻，才搭起手，回了一禮。

我心猛烈地跳著，下意識深吸了一口氣，移開了視線。

禮罷他們離去，我才覺有些脫力，低聲對婉兒道：「我出去透透氣。」

婉兒沒鬆手，也壓低聲音道：「看完李隆基的禮再說，不急在這一時。」

我知道她指的是什麼，只能心不在焉地又看了一遍，疾步出了殿門。

剛邁出殿門，就見他自遠處走了回來，依舊是緋紅禮衣，猩紅刺目。

身側都是匆匆上酒菜的宮婢，見了我躬身行禮後，又匆匆入內或是出殿。

我緊盯著他，想要走卻挪不開步，只能在川流不息的內侍、宮婢中站著，看著他自豔紅氈褥側而來，躬身行禮道：「恭喜王爺。」

他深看著我，點頭道：「多謝郡主。」

我直起身，勉強笑道：「王爺怎麼這麼急就回來吃酒了？」

身側人躬身行禮，他頷首後，才回道：「殿中均是眾臣世家，容不得分毫怠慢。」他見我不再說話，也靜了會兒，才道：「妳要回去了？」

我點點頭，胸口堵得厲害，壓抑了片刻，輕聲道：「若是妄念，害人害己，是不是該徹底放下才是正途？」他笑意漸緩，一動不動地看著我，我被他看得心痛難忍，匆匆走下兩級石階，被他一把拉住左腕。

「王爺，快放手。」我掃了一眼四周，匆匆回頭，低聲提醒。殿內就是朝中眾臣，殿外到處是宮婢、內侍，落入任何人眼中都是隱禍。

他沒有答話，也沒有放手。我伸出右手，使勁去擺脫他的手，正在掙扎不開時，李成義已攬住他的肩，笑道：「郡主走路小心些，好在大哥扶了一把，否則不是要在這大喜日子跌傷了？」他說話間，李成器才緩緩鬆開了手。

他眼中的苦意，漸化在微笑中，再沒有半分溫度。

我站定了身子，再不敢看他，笑著對李成義，道：「二王爺今夜可是兩個新郎的儐相，快進去陪客吧，永安回宮了。」

李成義若有所思地看著我，點頭笑道：「郡主說得是，殿內已吵鬧著要與新郎吃酒，我這才尋了出來。」

我沒再說什麼，躬身行禮後，轉身離開了兩儀殿。沿著張燈結綵的迴廊，出了東宮，太初宮中的不夜天，遍地喜慶的紅燭，照著我的前路。

眼中不停地湧出淚，止也止不住。

我向前慢步走著，一時又哭又笑的，哭自己竟說出口是心非的話，卻又笑我高估了自己。我以為我起碼能做到笑著應對，這幾個月我不停地告訴自己要接受，我以為我日日對著經卷，起碼平復了一些，可在見到他還禮對拜時，一切的以為都瓦解了。

原來我有那麼多不甘，我也是自幼聽著他的事長大，無數次在心中勾勒他的模樣。我沒有機緣與他青梅竹馬一起長大，卻仍早將他放在了心裡，本以為只是兒時的夢，可這數年的相知相識，他一步步走近我，我也沒能逃得開，也根本沒有想逃開。

最初他將我當作什麼，我還是明白的，可到後來，我和他，誰能說得清呢？

我沿著一路紅燭，竟沒有回宮，而是到了雁塔，因兩個郡王的喜事，此處更顯得安靜。六層、七層仍是燃著燈燭，這些早勘破塵世的出家人仍在譯經抄經，此時看來，卻與這宮中的喜氣格格不入。

我擦乾淨臉頰，走近雁塔，守門侍衛略有愣怔，待反應過來才躬身行禮，讓出了路。

待走到三層房內，一側內侍點了燈燭，見到我的臉色，沒敢說什麼就退了出去。我坐在書案後，對著經卷，怔怔出了會兒神，才研墨提筆，繼續抄經。

今夜的話，雖是脫口而出，卻並非意氣用事。

如今宮中局勢比過去更複雜，叔父武三思虎視眈眈皇位；朝中竟也有人奏請要立皇太女，太平公主素來自視甚高，又在此微妙的時候為皇上獻上新寵張昌宗，是何意圖不言而喻；因來俊臣被貶，李家舊臣再次掀起風浪，將本是韜光隱晦的太子推上了爭議之處。

這一層層這一步步，不知要走到何時算是結束，而他要顧慮得太多，年少情意又能走多遠？

我不停在心中想著，給自己講著一切的道理，經書卻越抄越亂。

忽然，身後有人輕叩門，低低地喚了聲「永安」。

我背脊僵直，停了手中筆，道：「三王爺這唱的是哪齣戲？」

身後靜了好一會兒，李隆基才笑道：「陪妳唱一齣臨淄郡王風流話，洞房之夜會正妃。」

我眼睛腫得發疼，懶得和他玩笑，起身自案几旁的紅泥小爐上提下茶鍋，泡了壺茶，合上蓋，道：「快回去吧，王氏雖是側妃，卻容不得你在新婚夜如此玩笑。」

他走過來，自我手邊拿起茶壺，倒了兩杯熱茶。

四角皆有火盆，房內卻仍有些冷寒，茶杯上隱隱有白色熱氣，升騰化散開。他端起一杯茶，遞到我眼前，我正要接，他卻又將手收回去，猶豫道：「妳眼睛這麼腫，哭過了？」

我看到他厚重袍帔下的緋紅禮衣，眼中泛酸，道：「是啊，宮中人話那麼毒，我被氣哭了。」

他蹙眉，醉意惺忪的眼中隱有些不快，道：「妳和我說話，無須顧左右而言他。」

我見他緊握著杯子，索性去拿另一杯茶，豈料竟被杯壁燙了手，訕訕一笑道：「你不覺得燙嗎？」

他搖頭，道：「酒吃得多了些，燙了還能勉強清醒片刻。」

我聽他這麼說，忙去關了大敞的窗，按他坐在了椅子上，道：「從東宮走到這裡，肯定吹了不少風，要不要給你備些醒酒湯？」

他輕搖頭，懶懶靠在椅子上，從上到下地看我，看夠了才閉了眼，道：「頭昏。」

我低聲對門外膽顫心驚的小內侍吩咐了兩句，過了片刻他端來盆熱水，匆匆退下合了門。待白巾沾溼，我才對李隆基道：「拿熱水擦擦臉，過會兒就回去吧，若是東宮人來尋，就真成笑話了。」

李隆基挪了下身子，微睜開眼，接過溼巾擦了下手，道：「我何時說要回去了？今夜就在妳這裡了。」

我看他不像說笑，也認真道：「新婚夜不是說躲就能躲過的，再說——」我斜看他，笑道：「你躲什麼？」

他放亮了眼，凝眸看我，又轉瞬黯淡了下去，一下下擦著手。

「永安，其實我很想娶妳。」他忽然道。

我猛地一驚，手緊扣著案几邊緣，壓下心中湧上的不安。他仍舊擦著手，沒有再看我，似乎也猜到我不會答話，過了片刻將溼巾扔到了銅盆中，起身走到臥榻上，合衣躺下。

燭燈下，他臉頰因酒醉而泛白，素淨的一張臉更顯清冷。

我坐在椅子上，握著茶杯，再沒有力氣勸他離開。七年的相識，四年的婚約，從半大孩童到如今的少年，竟也是這麼久了。想起再相見後的一幕幕，那若有似無的話和神情，我不是沒有感覺，卻大多覺得是患難下的情分。

如今看來，盡是我的自以為是罷了。

太初宮的不夜天，東宮的花燭夜，我曾想過必是難捱的一夜，卻未想到是如此地步。

待天有些亮了，我才站起身，推開了窗。坐了一夜，頭昏腦脹的，鼻子也有些微堵，看來是風寒初症，若是讓尚醫局開了方子，不知宮中人又會如何傳。我正有些出神，臥榻處傳來窸窸窣窣的聲響，李隆基已睡醒，坐起了身。

我回頭看他，故作輕鬆道：「怎麼，起來了？」

他點點頭，撫額長出口氣，道：「昨夜一杯杯灌下去，只覺得有些發昏，現在才覺得那酒真是厲害。」我笑了笑，正要出聲喚人進來服侍，就聽見門外有宮婢請安的聲音，和他對視了一眼，立刻明白過來。

定是王寰的人。

果真，待我開了門，門口四個青衣宮婢和兩個內侍連忙躬了身，領頭一個道：「側妃已命人備了醒酒湯和早膳，王爺可要現在用？」

李隆基，道：「端進來吧。」

那宮婢應了聲，先吩咐身側一個端了熱水來，她接過銅盆走到李隆基面前，恭謹地看著我。

我被她看得有些莫名，見李隆基也笑看我，才明白是要我去伺候淨面。我走過去，沾溼了白巾，遞到他手裡，他極滿意地點點頭，眼中卻是捉弄的笑，擦乾淨臉，又喝了口茶漱口。待一切收整後，那領頭侍女才吩咐人在臥榻上擺放好矮几，將早膳上了來。

我看矮几上的早膳，顯是用心吩咐過的菜色，又是雙人菜量，心裡對王氏不禁生了幾分內疚。

李隆基執筷，挑揀了片刻，替我添了不少菜，道：「多吃些。」

我想起昨夜那句話，有些躲避的心思，笑著對他道：「我不餓，王爺自己吃吧。」

他斜睨我，恢復了往日清朗。「側妃特命人備了兩人的分量，妳總不好辜負她的心意吧？」

我見那些宮婢和內侍在，也不好和他頂撞，只能坐下，陪著他吃。

兩個人格外安靜，各自用膳，身側宮婢和內侍都垂頭立著，也是大氣不敢出。

待落了筷，那宮婢端了茶上來，李隆基端起聞了下，半笑不笑道：「本王的心頭好，『綠昌明』。」

那宮婢躬身道：「這是側妃特命人準備的。」

李隆基淡淡地嗯了聲，道：「本王看得明白，日後這種話無需再說了。」

那宮婢聽他話中不快，忙屈膝下跪，道：「奴婢一時口快，請王爺恕罪。」

李隆基沒看她，隨口道：「起來吧。」他又喝了口，對我道：「這些妳都要吃完，一口也不能剩，我要帶王氏去叩見皇祖母了。」他說完，又替我添了些菜，放下了筷。

我放了筷，道：「真吃不下了，一夜沒睡，沒什麼胃口。」

他沒說什麼，倒是挑了挑眉，隱晦地看著我，我被他這麼瞅著，漸琢磨出另一層意思，又窘又氣地瞪了他一眼。

又靜吃了會兒，他才放下筷，曲指敲了敲桌子道：「聽妳鼻音很重，一會兒讓沈秋來看看。」

我笑了一下：「沒什麼大不了的病，不用麻煩沈太醫。」

他認真地看我，道：「沈秋看我才能放心。」我被他說得一時接不上話，他已站起身，快步走出了房門。

待人走乾淨了，宜喜才進門，收整著案几上的碗碟，神情欲言又止，終沒有說什麼。

二月初二，是踏青迎富的日子。

皇上極寵張氏兩兄弟，因他二人說從未見過皇家圍獵，特命叔父武三思在洛陽郊外準備，安排下三日的行程，攜眾臣及李家、武家子嗣相陪。

自太宗皇帝後，皇家圍獵已多年未辦，只因先帝身體羸弱，皇上又畢竟是女兒身，不及馬背上打下天下的太宗皇帝熱衷彎弓射箭，馳騁狩獵。

這一日，碧空如洗，日頭暖而不盛，正合圍獵。

大帳內，一眾武家、李家子嗣陪著皇上用膳。

婉兒將茶端到皇上面前，卻被她一笑拒絕：「今日看兒孫們狩獵，總要喝些酒才好。」她邊說著，邊去看元月，道：「元妃，朕已習慣了妳盛酒，今日就由妳近身侍奉吧。」

元月忙起身應是，走到一側淨手後，手持銀匙，往青玉酒樽中添了稍許，躬身舉到眉前，道：「皇上。」

皇上未接酒樽，笑看她，道：「怎麼，嫁了朕的孫兒，卻還改不了口？」

元月忙又將酒樽舉高些，道：「皇祖母，請用。」

皇上這才接過，對李成器道：「日後讓元妃常來長生殿，朕老了，有些念舊，喜歡讓舊人陪著。」

李成器起身，恭敬笑道：「但聽皇祖母安排。」

皇上頷首，道：「坐下吧，皇家圍獵已多年未行，你的馬術在宮內外都是有盛名的，可別讓朕失望了。」

李成器謙虛地回了句話，坐回了原處。

帳中因皇上這句話，都開始熱烈起來，互相吹捧著馬術、箭術。

他始終噙著一抹淺笑，飲酒不語。我藉著這熱鬧，靜看著他舉杯，一飲而盡，再添酒，一舉一動都如行雲流水，毫無瑕疵。

自完婚後，東宮傳出的是永平郡王與王妃的琴瑟相諧，臨淄郡王與側妃的劍拔弩張，宜喜每每和我學舌，都要感嘆一番，說臨淄郡王雖有些意氣用事，卻待我極好，不愧是自幼相識相知的人。

我聽在耳中，苦笑在心。

整整一個月，他沒有再找我，我也在雁塔中努力靜心，如今看元月面上的溫婉和他未變的雲淡風情，似乎真的是琴瑟相諧，舉案齊眉了。

永泰用肩膀頂了我一下，我才猛地收了視線。

她低聲道：「方才我看到了張九齡。」

我嗯了一聲，輕聲道：「此次圍獵人多眼雜，切忌再任性了。」

她垂下眼，似乎有些不快，道：「曲江大會時是我執意威脅他相陪，他一夜飲茶作詩，看似恭敬卻有意疏遠，我又怎會不知。」她靜了會兒，又道：「若是……若是我求皇祖母賜婚，會如何？」

我心頭一跳，才想起永泰和張九齡的事。永泰若要求賜婚，皇上必然會派人查清情起的緣由，順藤摸瓜不知會揪出多少事來。我雖知張九齡與李成器是知交，卻不知交有多深，又是否與朝堂有關，若真是牽連重大，必也會牽連李成器。

想到這兒，我才低聲道：「此事事關重大，不可貿然而行。」

永泰凝神看我，道：「半月前我去請安，皇祖母隨口說起賜婚的事，我若不先求，必會嫁給武家的人。」她咬唇看我，接著道：「我不想。」

我看她神情認真，又添了三分心驚。皇姑祖母待她歷來寵愛，她自然以為但有所求，必能如願，絕不會顧及這之後種種的隱禍。

若是硬攔著，決計攔不住，反而會更讓她起了逆反的心思，倒不如先安撫下，藉機探問下張九齡的意思，解鈴還須繫鈴人，尤其是這情事。

我低聲勸慰了幾句，她才沒說什麼，可依舊悶悶不快。

膳後，皇上吩咐眾人去準備。我自帳內換了身輕便衣物，便匆匆走到早已搭就的高臺處，眾武家、李家人正在挑馬。

侍衛將一匹匹御馬牽出，先請了張氏兩兄弟挑選，那桃花美目的張昌宗隨手指了一匹後，叔父武三思竟然上前親為他牽馬，武承嗣更是極熱情地扶著張昌宗上了馬。

不遠處皇上笑吟吟地看著，開口囑咐：「六郎留神些，你不比那些日日在馬上的人，只要盡興就好。」

張昌宗在豔陽下，笑得極盡嫵媚。「皇上，臣一定為您獵下好物。」

馬下的武三思忙陪笑道：「六郎神俊，今日必拔頭籌。」眾臣紛紛附和，張昌宗和張易之對視一笑，頗為自得，皇上亦寵溺地點點頭，又囑咐了一番才放下心。

我在一側看著，正暗嘆這兩人的榮寵極天時，遠遠見幾個郡王換了馬裝走來。

暖日下，李成器身著長僅及膝的銀紋窄袖袍衫，腰束淡青革帶，足踩黑色長靴，迎著淡金色的日光，看不清臉上神情。他身側的李成義亦是雅致俊秀，李隆基並未換馬裝，依舊是常服軟靴，倒似玉樹臨風的濁世公子。

三人請安時，皇上眼中亦是讚賞，對婉兒道：「看看朕這幾個孫兒，真是長大了。」

婉兒頷首，笑道：「方才初看永平郡王，奴婢竟以為是見了蘭陵王。」

皇上笑了聲，搖頭道：「那就容朕自負些，成器今日堪比蘭陵，卻更甚之。」她又看李隆基，奇道：「隆基怎麼不換馬裝？」

李隆基忙躬身回道：「孫兒來時傷了腳，這三日怕只能坐著看了。」

皇上又關心了數句，才點頭，示意眾人上馬。

他和李成義挑了馬，翻身而上，背對陽光掃了眾人一眼，在我這處略停了片刻。我忙避了開，聽見無數馬蹄奔襲的聲音，才敢回頭，遠遠看著日下的銀白背影，怔怔出神。

待獻上首隻鹿時，果真報的是張昌宗的名諱。

皇上極歡欣，不停笑著和婉兒讚嘆，在座的女眷自然心知肚明，眾位貴人身側都會隨著兩名獵侍，只要搶先獵下換了箭便是他的功勞，誰又會真去看那箭頭？場中且不說諸位王爺，更有今年武舉出身的人，若非他張昌宗是宮中最得寵的面首，又怎會讓著他這個繡花枕頭。

此時，太平公主提裙走上高閣，向皇上請安：「母皇，女兒出府時有事耽擱，來遲了。」

皇上笑著頷首，道：「來得正好，六郎拔得今日頭籌，朕正在想如何賞賜才好。」

太平微挑脣角，讚道：「不愧是世家子弟，當真是文韜武略無一不擅。」因閣頂有帳幔掛了三面，又有四十八個鏤刻銅爐取暖，此處甚暖，太平任身後宮婢脫了金絲滾繡的袍帔，接過手爐，就勢走到皇上身側坐下，低聲交談著，母女不時低笑連連。

她的臉及眉宇間的氣度，與皇上有七成相似，均是笑帶威儀。

元月正持著玉匙添酒，太平掃了她一眼，虛掩酒樽，對皇上笑道：「看元氏也侍奉一會兒了，皇上怎地忘了另一個孫媳？」

皇上笑著搖頭，道：「我是用慣了元月，被妳這一說才覺得像是有意偏寵。」她說完，太平看了眼李隆基身側，陪坐的王寰忙起身淨手，接過了元月的添酒匙。

待為皇上和太平添完，她又一一為在座諸位公主添酒，到永泰那處時，永泰有意為難，打翻了兩次酒樽，直到太平出聲低斥，永泰才安生下來，眼中卻帶著敵意。我曉得永泰是為我的緣故，哭笑不得地給她使了個眼色，示意她切莫再恃寵而驕了。

豈料，這個眼色，恰好被起身的王寰看到，她臉色一變，緊抿著唇走到我身前行禮。

我暗嘆自己作繭自縛，對她笑道：「側妃就不用為我添了，我不大吃酒。」

王寰笑笑，蹲下身，自身後宮婢的青玉桶中舀出一匙，添滿了酒樽，又示意一側宮婢加了一個空酒樽，再添滿，才放下酒匙，舉樽道：「姊姊雖還未進門，卻是未來的正妃，做妹妹的理應敬姊姊一杯。」她說完，仰頭一飲而盡。

眾目睽睽下，她如此謙卑，我若不飲此酒，卻有些說不過去了。

我咬咬牙，想著左右不過起幾日紅疹，便伸手拿起了酒樽，剛要喝時卻被身後人抓住了腕子。

李隆基冷冷地看著我，道：「既有舊疾在身，就無需顧及這些俗禮了。」

我蹙眉看他，正要說什麼，王寰已垂頭，對李隆基道：「是妾不懂事，王爺請息怒。」

李隆基挑眉看她，道：「本王何來怒氣？不過是關心永安的身子罷了，妳起來吧。」

王寰臉色微白，還要再說什麼，太平已笑著打斷，道：「隆基，聖駕前豈容你胡鬧，快回去坐下。」她邊說，邊對皇上笑道：「永安隨義淨大師抄書也有半載了，倒不如早讓她嫁入東宮，免得隆基時不時往雁塔跑，不成體統。」

我心頭一緊，撥開了李隆基的手。如今抄經半載，李隆基若再尋藉口，只會令人疑心，這賜婚的旨意能逃過一、兩日，難道還能逃過一輩子？

皇上忽然頷首，若有所思道：「按舊制，皇子、皇孫一旦納妃便要出宮，也該早些完婚了，以免日後臨淄王府沒有個正妃主事。」

我驚愕地看了皇上一眼，李隆基也猛地放了手，似是極為震驚，連素來榮辱不驚的太平公主亦沒接上話。諸位郡王被禁足宮中已有數年，卻為何在今日提出出宮一事？皇上輕描淡寫一句話，往往就夾帶出對繼承人的心思，放李成器等人出宮，莫非是要還政於太子，還天下於李家？

我心中又喜又憂，喜的是若太子登基，那婚事必有轉機，憂的是不知一切還能否來得及在我未嫁入臨淄王府前，扭轉一切。

場面一時靜下來，再沒有人去看我與王寰的熱鬧，都陷入了不安的猜測中。

忽然，遠處有一匹馬奔襲而來，臨到了御前，馬上侍衛才倉皇跳下馬，臉色蒼白地跪在了臺下，高聲道：「稟皇上，永平郡王中箭墜馬，已急送回帳內救治。」

我心猛地一抽痛，手扶著案几，不敢相信自己聽到的。此時，哐噹一聲，元月落了手中酒樽，猛地站起了身，臉色驟白地盯著臺下人，卻礙於在御前，不能出聲問詢。

皇上起身，蹙眉道：「是何人所為？」

那侍衛澀著聲音道：「方才在林外，各位王爺和大人都各自帶著獵侍，說是要比試一番，不料林深樹雜，衡陽郡王竟失手，將張大人視作了獵物，搭箭而射，被永平郡王撲身擋了下來。」

眾女眷聽到此處，低聲驚呼，皇上也是臉色暗沉，默了片刻才冷冷吩咐：「此事朕就不追究了，永平郡王傷勢如何？」

侍衛忙道：「方才沈太醫看過，後背中箭，性命無虞。」

太平冷哼了聲，接話道：「立刻將在場的獵侍杖斃示眾，本就是陪獵，不能及時提醒各位王爺和大人，就是死罪！」

我鬆了口氣，緊接著又如刀剜心般，痛入骨肉。

忽然，肩頭一重，李隆基緊抓住我的肩，力氣極大，我只覺得肩頭由痛轉麻，回頭看了他一眼。他面帶擔憂，出神地看著遠處密林，眸中卻極冰冷。

皇上又囑咐了兩句，無非是讓沈秋用心醫治，隨時將傷情上奏。因此一事，眾人都禁了聲，遠處叔父幾人護著張氏兄弟，張昌宗上了高臺時，臉上毫無血色，被皇上一把握住手安慰了片刻，才回了皇帳。

待人都散了，元月已匆匆回了帳，我卻仍坐在原處發著呆。

因這意外，皇上本是下旨回宮，豈料張氏兄弟回了神後竟覺此番丟了顏面，定要獵足三日才肯回去，皇上無奈下，傳旨讓各位王爺和大人們後兩日都要小心，盡量陪著兩人假意射獵，切莫再有何爭搶比試。

我在帳中坐立難安，恍惚了片刻，才出帳立在帳門處，看著營地中的篝火，笙歌漫舞，白日的緊張氣氛已一掃而空，皇上難得興致好，朝臣王侯自然要盡心陪著。

「永安。」李隆基忽然出現在身後，低聲道：「我帶妳去看大哥。」

我心中一緊，沒有答話。半明半暗中，他臉上的神色極凝重，立了會兒才道：「不必擔心被人瞧見，我會陪妳去，若是有人看見也不會多想什麼。」

我看他臉色，隱隱有不好預感，他又接著道：「他此時極為凶險，妳若不去……」火光映照下，他眼中似已蒙了層水霧。「我怕妳會後悔。」

我猛抽了口冷氣，盯著他，道：「為何與侍衛所奏不同？」

他扯脣苦笑，道：「此事重大，自然要在御前壓下來，先不說這些，跟我走。」他說完，先一步轉了身，我沒再猶豫，快步跟了上去。

到了永平郡王帳外，何福帶著個內侍守著，沒有過多的侍衛，似乎是刻意掩飾裡處形勢。他見到我微怔了一下，忙躬身行禮，將我們讓了進去。

帳中極安靜，我每走一步，心就跳得厲害一些，直到隨他繞過屏風，才見到裡處的三人。

燈燭下，李成器靠在榻上，正在和沈秋低語議事，衣衫卻整齊如昔……一側，元月正端了茶去，見到我驀然一驚，自榻旁退後了兩步。

我定定地站住，一時心頭百般猜想，眼中卻再無其他。他亦抬起頭，微微笑著看我。

沈秋坐在榻旁，似乎察覺到元月的變化，回頭看了我一眼，輕嘆口氣，對李成器笑道：「可惜可惜，美人冒死來看，英雄卻完好無損。」說完放下箭頭，搖頭一笑，大步走了出去。

李隆基立在我身側，低聲道：「別怪我，要怪就怪沈秋，是他出的主意。」他說完，與元月一起退了出去。

此時，帳中只剩了我和他。我看他抱歉神情，才慢慢理解眼前所見……原來他並未受傷，不過是謊報皇上而已。

想到此處，真是又好氣又好笑，想要轉身走，卻又狠不下心。即便未曾傷到，也必定險象叢生，我又何必計較他對皇上的小計策？

他溫和地看著我，始終不發一言，我被他看得漸有些緊張，走到塌邊坐下：「為何要蒙蔽帝聽？」

李成器看我如此認真，不禁笑意深了三分，道：「妳不必再深究了，此事關乎重大，可真說起來，卻也不過是皇權爭鬥禍及內寵。」

我不解地看他，道：「究竟何人想要張昌宗的命？可真如人說的，是衡陽郡王射的箭？」

他淡淡地道：「當時在場的獵侍都已經死了，張昌宗驚嚇過度，昏了過去，自然也看不到。究竟是何人，還需細查。」

我聽他雲淡風輕地說著此事，眼前浮現張昌宗的臉色，不禁笑了一聲。他嘴角浮著笑，靜看著我，待我停了笑，才道：「剛才隆基和妳如何說的？」

我悶悶道：「說你命在旦夕。」

他嘆了口氣，道：「若非如此，妳當真不會來嗎？」

我被他這一問，一時說不上話，竟不自覺地想起方才元月為他奉茶的情景，神色暗了下來。

若非如此，我會來嗎？真的就能忍心不來嗎？可即便來了又如何，不過是飲鴆止渴罷了，今日太平公主提出完婚一事，他日還會有別人提起……

我轉過頭，盯著地面，道：「元妃待你的心思，誰都看得出。況且，你日後必定姬妾成群，子嗣眾多，多我一個不多，少我一個，卻能少了不少禍事。」

他沉默了很久，自背後抱住我，低聲道：「六歲時最疼我的叔叔被賜死，同年，皇祖母冊封我為太子；十四歲被廢太子位，十六歲母妃死得不明不白，至今不見屍身不敢祭拜；十七歲被來俊臣誣陷謀反，嘗盡了天牢中的諸多刑罰，九死一生活到如今。今日之事不過冰山一角，身為皇孫卻日日如履薄冰，生死未知，這樣的我，無力再去承擔更多人的命，除了父親兄弟——」他的呼吸極平緩，略靜了會兒，才接著道：「還有妳。」

我低著頭，眼眶燙得發酸。

他嘆了口氣，在我耳邊溫聲道：「青青子佩，悠悠我思。縱我不往，子寧不來？挑兮達兮，在城闕兮。一日不見，如三月兮。」同樣的話，七年前掀起的是心中隱隱不安，而如今卻有了另一層意思。

我靠在他懷中，聽著他一字一句，不禁想起在相府的情景。當年初入宮庭不知深淺，與他私訂婚約，如今眼見皇權咫尺，凶險難測……我與他，一個是武家郡主，一個是嫡皇孫，在外人眼裡無上尊貴，可卻連命都不在自己手中，又何談其他。

兩個人就這樣靜了片刻，我忽地記起永泰的事，低聲道：「張九齡家中可有妻兒？」

李成器道：「沒有。」

我嗯了一聲，接著道：「永泰已到了出嫁年紀，皇上怕是要賜婚了，你知道她心有張九齡，我怕她不懂其中分寸，說出不該說的招來大禍。」

他沉吟片刻，道：「無論張九齡有心或無心，永泰是註定要嫁給武家的，此事容我先想想。」

我見他神色淡淡，想著此事也不急在一時，點點頭，沒再多說。

李隆基自屏風後走入，見到我們，猛地停了下來。他垂頭退後了兩步，低聲道：「姑姑來了。」

我忙站起身，感覺他握了下我的手，卻又立刻鬆開，示意我退到一側。帳外已有請安的聲音，我與李隆基走到屏風外時，正有人挑了帳簾，太平明媚的笑顏撞入眼簾。我躬身問安時，李隆基也躬身笑道：「姑姑。」

太平掃了我們兩個一眼，目光略在我身上頓了下，意味深長地笑了笑，道：「隆基的偏寵真是厲害，怎不見王氏？」

李隆基報以一笑，未答話，我忙陪笑道：「是我執意要來的，永平郡王也算是永安的師父，受此重傷，理應來探看。」

太平點頭，道：「妳若不提我都忘記了。」她說完，繞過屏風，裡處傳來了噓寒問暖的交談。

我和李隆基對視一眼，他低聲道：「言不由衷的小郡主，此番可是要謝我了？」我瞪了他一眼，他摸了摸脣角，低低一笑，抬眼看了看門口。

何福撩起帳簾，元月捧著茶水走了進來，我尷尬地笑笑，匆忙走出了大帳。

自契丹攻陷翼州，狄仁傑便再次被皇上起用，一年內連升數級，百姓歌功頌德，於各地立碑以記恩惠。

待到再見時，已是官拜鸞臺侍郎，恢復宰相之位。

「狄公。」我自雁塔而出，正見狄仁傑行來，躬身行禮道：「恭喜狄公再次官拜宰相一職。」

狄仁傑點頭，笑道：「一晃多年未見，小郡主也長大了。」

我看著這年過耳順之年的老者，心生了幾分感慨，道：「我一年年長大，狄公卻精氣仍在。這幾年，朝廷內外都在說著狄公的政績，不管身在高位，還是深入民間，都是百姓的福氣。」

狄仁傑笑著搖頭，道：「本是來見見故友，遇見郡主也算有緣，宮中楓林正是賞看時，郡主可願陪本相走走？」我見他眼中深意，點頭隨他一路沿著雁塔，向御花園而行。

此時已是楓葉漸紅時，御花園中移種了大片楓林，紅黃一片，煞是好看。

狄仁傑邊賞景，邊道：「方才面聖時，皇上提起郡主完婚一事，似是心情極好。」

我暗自苦笑，淡淡地道：「宮中為這場婚事早已籌辦了半月，到時一定熱鬧非常，皇上自然歡喜。」我想了想，又接著道：「況且月前契丹退了兵，宮內大辦喜事，也算是應了景。」

半月前，王寰被斷出了喜脈，皇上大喜，又埋怨我遲遲不嫁，讓側妃搶了先，因此當眾定下了完婚的日子。因這一喜，皇上也提起了元月始終無所出，將清河崔氏的一對姊妹賜給了永平郡王，笑稱弟弟搶了先，做哥哥的理當也該早有子嗣才好。

這一道道旨意，在諸位叔父眼中，是皇上對李家的看重。接連賜婚的旨意，印證了年初圍獵時，皇上所說的讓太子子嗣出宮立府的話，李家舊臣狄仁傑再次入朝為相，也等於打壓了武家勢力。

狄仁傑含笑不語，沒再繼續這話。

「本相入京時，聽市井傳唱一首〈綠珠怨〉，不知郡主可知此詩？」

我想了想，道：「聽宮人私下議論過。」其實，不只宮人私下議論，連皇上也曾為此事震怒。

年前叔父武承嗣搶了個朝臣的舞姬，豈知那人竟是個痴情漢，痴心戀著這舞姬，不肯娶妻納妾，卻礙於叔父的權勢不敢討回，只能私下寫了首〈綠珠怨〉給這女子。

那女子見此詩心聲悲怨，無以為報，只能投井自盡。此事若到此為止，最多是叔父強搶他人心頭所好，烈女忠貞令人唏噓。可這被洛陽城中人嘲諷的卻是叔父，以他的性情又怎會甘休？便隨意尋個罪名，將那朝臣害死，連帶九族盡誅。

若是往年，此事絕傳不進皇上耳中，必會被人掩蓋下來。可今時今日，皇上身邊的張氏兄弟卻是太平的人，隨便幾句話，便讓皇上勃然大怒，當眾斥責武承嗣，武家諸王無一敢回護。

我不懂狄仁傑為何提到此事，只靜等著他接下來的話。

他嘆了一聲，沉聲道：「此情雖可嘆，卻徒害了無數人命，再旖旎的詩詞，也不過是催命符罷了。」

我聽這話，恍然明白過來，沉默了片刻，才盯著樹上火紅的楓葉，道：「一首〈綠珠怨〉可流傳千古，但因此喪命的人，最多不過史書上一句『族人盡誅』，若是情至如此，不如盡忘的好。」

狄仁傑笑看我，道：「郡主常年在皇上左右，果真比尋常人看得清楚。」

我鄭重地行了個禮，道：「皇權咫尺，絕不敢妄動。狄公為朝堂事如此勞心勞力，無需再憂心這種細微小事。」我見他寬慰的笑，苦意漸盛，又補了句：「狄公錯過了一年前的喜事，此次永安的完婚日，可要好好喝幾杯，也算是還上了當年拜相宴的酒。」

此事說罷，我又陪著他走了會兒，便告退回了宮。

進了房，李隆基已坐在書桌後，隨意翻著我抄的經卷，他見我回來抬頭笑了笑，又低頭繼續翻著，似是極有興趣。我走到書桌一側，拿過他手中經卷，道：「王氏身懷六甲，你還往我這裡走，她若心中有氣，豈不影響胎兒。」

李隆基蹺起二郎腿，隨意道：「她身懷本王長子，喜還來不及，又何來的氣？」他見我不說話，又道：「身懷長子又是望族之女，若是太過寵愛，日後再入門的女眷地位何存？」

我被他接連兩句弄得啞口無言，只苦笑道：「朝堂權謀，後院女眷，你倒是都心中有數。」

他見我語帶怨氣，撐著下巴看了我會兒，道：「聽著妳語氣不善，該不是怨我先偏寵她，讓側妃先有了骨肉吧？」

我沒答話，走到妝檯前，自奩盒中拿出個紅錦布包著的物事，放到他面前道：「這是給王寰的。」

他打開見紅錦布，見是個金佛，愣了下，道：「這是義淨大師贈妳的金佛，妳給她做什麼？」

我將那布包好，塞到他手裡，道：「送別的顯不出誠意，這個恰到好處。」

他盯著那東西看了片刻，輕聲道：「王氏入門已有一年，若始終無所出，太原王氏必有微詞。」

我點頭，道：「我知道，況且王寰不只是望族女，她的父親手握兵權，必會是你日後的倚仗。」我想了想，又補道：「況且王氏有了長子，你若再娶，太原王氏也絕不會說什麼。」

此時，宜喜入內探問，李隆基是否要在此用膳，我剛要拒絕，他卻先點頭應了。

我無奈地看他，他佯裝未見，悠哉地喝了口茶，道：「我半個月沒見妳了。」說完，放下茶杯，將金佛回遞給我，道：「聽人說妳新添了個妹妹，這算是本王借花獻佛，賞她的。」

## 第十四章　四品媵妾

待用過晚膳，他又與我擺了一盤棋，不緊不慢地品茶下棋，直到夜極深了，才被我連輪帶哄的趕走。我正收拾著殘局，就見婉兒衝進來，面色青白著看我，宮婢、內侍忙躬身退到一側，大氣都不敢出。

我被她盯得心驚肉跳，剛要讓眾人退下，已被她上前扣住腕子，低聲道：「皇上傳妳去長生殿。」我見她欲言又止，知道此處人多，她不方便說什麼，也顧不上讓宜喜拿袍帔，快步跟著她出了門。

外頭有幾個眼生的內侍候著，見我兩人忙躬身行禮，亦步亦趨地跟上。

婉兒始終不發一言，只緊緊拉著我的手，抿著脣，待到入了長生殿門時，才得了機會輕聲說了句：「進去便是九死一生，句句小心。」我點點頭，快步走入殿內。

明晃的宮燈下，殿內的宮婢、內侍都已退下，只有永泰跪在正中，低聲抽泣。

皇上蹙眉看著她，見我入內請安，才疲憊地道：「永安，來。」我一見永泰就隱隱猜到了幾分，心一下下猛跳著，強笑著走過去，立在了皇上身側。

皇上沒有急著說話，只看著我。我低頭看著地面，飛快地想著一切最壞的結果——能令婉兒大驚失色，永泰孤身跪在殿中的，必是皇上已知道了張九齡的事。只是不知她究竟自永泰口中聽到了多少，而又自行想了多少。

殿中瀰漫著醉人心神的香氣，卻有著令人窒息的安靜。

「永安，永泰被朕驕縱慣了，總不及妳懂事。」皇上出聲，道：「有些話朕聽她來說，倒不如親自問問妳。」我點點頭，抬起頭直視她，她嘆了口氣，接著道：「張九齡年少風流，永泰待他另眼相看，也在情理中，只是有些時候鬧得過了，未免難以收場，此事還是妳想得周到，顧及了皇家的臉面。」

我手心冒著細密的汗，聽她緩緩說著，不敢動上分毫。

皇上想了想，溫和笑道：「只是朕有些事不大明白，朕只知妳與隆基自幼相識，卻不知妳竟早與成器相熟。」

我笑了笑，鎮定地道：「狄公拜相時，永安就見過永平郡王，後又因向郡王討了字帖臨摹，說過幾次話，也不算太過相熟。」

皇上靜看著我，喜怒不辨。

若未有那夜事，此話說出來她或許可信我。可永泰說起那夜，我與永平郡王共處一夜，卻不派人去宮中告知，必然不肯再信我。這宮中數年點滴，她只需藉由此事細想過一遍，必然會猜到八九分，而這最後一分，不過是在等著我來招認。

此時巧言善變都是掩飾，只有認罪，或還有辯解的機會。念及至此，我不敢再有僥倖，猛地跪下，低頭道：「姪孫女叩請皇姑祖母責罰。」

她淡淡地道：「怎麼說得好好的，就跪下了？永泰來求朕，妳也來求朕，朕倒有些糊塗了。她求的是成全姻緣，永安，妳求的是什麼？」

我重重叩了個頭，低聲道：「永安雖被賜婚臨淄郡王，卻對其兄心生愛慕，求皇姑祖母責罰。」我說完此話，感覺到永泰直勾勾的目光，不禁苦意更甚。

再有謀算在先，也阻不了她的莽撞，如今張九齡如何，早已不能預計，只求對李成器不會是殺身之禍。

皇上似乎並不意外，平淡道：「妳的意思是，朕賜婚賜錯了人，妳如今與永泰一樣，求的是讓朕成全姻緣？」

我深吸口氣，穩住心神道：「永平郡王再好，心中卻無永安。自那夜遭郡王嚴詞厲絕後，永安一心只有臨淄郡王，再無他人，今日只為那夜魯莽，求皇姑祖母責罰。」

皇上冷冷地道：「抬頭看朕。」我依言抬頭，撞入她幽深的眼中，她打量我片刻，嘆了口氣，道：「妳若當真心有成器，嫁給他也算是朕的孫媳，只是可憐隆基待妳的心思。」

我望著她的笑意，竟有一瞬恍惚。

多年等待的賜婚，此時觸手可及，若非是在這種境況，我一定會控制不住地叩頭謝恩，可皇上何其多疑，只要我輕一點頭，就等於推翻了剛才所有的話，我的一廂情願都會變成我與李成器的暗渡陳倉，成為置他於死地的罪名。

我緊抓著手心，身上每一處都因這巨大的壓抑而疼痛，輕搖頭道：「永安願為此事受任何責罰，卻不願嫁給永平郡王。永安心中只有臨淄郡王，不管為奴為婢，是生是死，此一生都只求在臨淄郡王身側。」

此話出口，我只覺得心都被掏空了，所有過往如潮般湧來，寂靜無聲地沖走了最後的希望。

皇上端詳了我片刻，眸中笑意盡去，只剩了冰冷。她沉聲對殿外道：「婉兒，進來。」

本在外候著的婉兒忙快步走入，面色如常地行禮道：「奴婢在。」

皇上不再看我，冷冷地吩咐道：「研墨，朕要下旨。」

婉兒走到一側案几處，斂袖研墨，提筆靜候。

皇上先是看了一眼跪地的永泰，道：「賜永泰下嫁周國公武承嗣之子，武延基。」永泰猛地抬頭，想要說什麼，卻被皇上冷的目光駭住，只能不停流著淚，肩膀顫抖著伏地謝恩。

她靜了片刻，接著道：「永平郡王恃寵而驕，不顧禮法，降封壽春郡王。永安郡主欺君罔上，念其多年侍駕無錯，僅削去封號，自武家宗譜除名，賜予臨淄郡王為四品媵妾，臨淄郡王側妃王氏係望族所出，溫良恭順，封正妃。」婉兒手頓了下，皇上又道：「恆安王之女武永惠，生有大貴之相，賜婚臨淄郡王為側妃，年滿十三即完婚。」

待一切說完，她才深嘆口氣，道：「朕欠隆基一個武家郡主，只能由妳妹妹補上了。」

我心知她仍是半信半疑，卻終是放過了我們，只靜靜地叩了一個頭，恭敬道：「永安謝皇姑祖母成全。」

次日黃昏，我便被送到了東宮，李隆基所住之地。清晨的旨意，讓所有該知情的都已瞭然，宮中大多人卻在猜測著，我一個受寵的武家郡主，究竟是為何受此重罰；堂堂一個臨淄王妃，竟一夜間降為了四品媵妾。

李隆基年紀尚小，不過只有王氏一個正妃和兩個自幼陪伴的侍妾，我被安置在朝顏殿，洞房花燭夜，不過點了幾盞喜燈，該有的賞賜倒是一個不少。

我坐在喜床上，直到喜秤挑開了一室光亮，才見李隆基緊抿著唇，將喜秤扔給了一側婢女，揮去了所有內侍、宮婢。

他倒了杯茶，走到床邊，遞給我，道：「若是累了，先睡吧。」我笑笑看他，接過茶，一口口喝著。他顯然有些手足無措，坐又不坐，站也不知如何站，默了片刻才嘆氣，道：「若是不累，就告訴我到底發生了什麼事。」

我拍拍身側，道：「坐下說吧。」

他長出口氣，坐下道：「妳還笑得出來？」

我默了片刻，側頭看他道：「我和皇祖母說，我心只有你，不管為奴為婢，是生是死，此一生都只求在你身側。若是不笑，豈不令人猜測？」

他愣了下，半笑不笑地，夾帶了一絲無奈：「永安，記得我對妳說的嗎？若妳當真嫁了我，無論我為父兄、為李家娶多少女人，無論她們出自哪個望族，都不會有人能欺負妳。」

我聽他一字一句重複當初的話，早沒了笑的力氣。「我信，不過你也不能為我得罪了望族，畢竟你眼下再得寵，也是個被架空的郡王。」

他蹙眉看我，道：「妳以為本王連幾個女眷都管不好嗎？」

我搖頭，道：「該有的尊卑總不能破的，否則落到旁人眼中也是麻煩。」

他凝視我，過了會兒才道：「這宮中無人不知我待妳的心思，我在與她完婚那夜去找妳，就為防著日後她欺妳。」

我對他笑笑，道：「我知道。」

他沒再多說，伸手替我摘著髮髻上的梳篦，髮釵，越摘越亂，不禁低聲嘆道：「本王可是頭一回做這種事，看來，宮婢也需要些手藝。」

我一動不動地盯著喜紅的高燭，任他擺弄著，過了好一會，他才算摘完，一樣樣擺在掌心，走到妝檯放好，又替我換了杯茶。

我看他始終不停，明白他有意如此，卻不知如此去勸，只好起身滅了燈，又去吹滅了兩支喜燭。

他停了步子，待到漸適應了黑暗，才走到我面前，低聲道：「今夜妳睡床，我睡榻。」

我點點頭，走到床側放下帷帳，聽著他睡下的聲音，才躺了下去。

這幾日宮裡因昆明來朝，皇上心境大好。長生殿在設宴款待使臣，我則偷了閒，抱永惠出了東宮，一路向著傾陽湖走去。

永惠偎在厚厚的皮裘裡，睜著烏溜溜的眼睛四處打量，沒有半分怕生，毫不像當年我初入宮時的侷促，果真如義淨大師所說，是天生富貴相。

我見她睏頓，走到一處坐下，正琢磨她是餓還是睏時，就見遠處叔父疾步走過，面帶隱怒，他看到我，腳步頓了一頓，竟中途折了道，向我這處走來。

他一走近，我就隱約覺得不妥，示意夏至和冬陽離遠了些，起身行禮，道：「王爺。」

武三思斂眸看我，道：「小姪女好興致，竟在眾人陪著使臣時，來此處閒走。」雖是笑著，卻難掩面上戾氣。

我搖頭，笑道：「永惠還小，我怕在人多的地方嚇到她。」

武三思揮去身側人，將永惠接過去，逗弄著，道：「好在避開了，否則真會被嚇到。今日御前，諸大臣自請降罪，如今長生殿外跪了一地人，哪裡還有笙歌曼舞。」

我心頭一跳，詫異道：「使臣自蒼山洱海而來，我朝中大臣卻在此時打擾，不知是何大罪，要挑這個時候求死？」

武三思就勢坐下，道：「不是求死，而是趁此求生。周國公為了一個舞姬害人滿門，此事若追究，還不是要追究到來俊臣頭上？一再徹查下，滿朝中怕有半數是來俊臣親信。眾臣齊奏，若依附來俊臣，不過是孤身一死，若違了來俊臣，便是九族盡誅，是以委曲求全而保族人性命。皇上當即令人拿了來俊臣，七日後鬧市問斬。」

我聽到此處，漸瞭然他的怒氣所在。

先有狄仁傑回朝，下一個就直指來俊臣，朝中半數重臣伏地認罪，若非有李家人撐腰，絕不會如此犯天子之怒。

面上損失的是一個酷吏來俊臣，他真正惱怒的，只怕是李家能不動聲色地牽動半數朝臣，撼動了武家一直以來的地位。

武三思任永惠握著手指，道：「區區一個來俊臣，本王就遂了他的心願。」他看了我一眼，眼中隱有鋒芒。「算是聊以慰藉他的不如願。」

我迎著他的目光，在這和風旭日下，背上漸起了寒意，他話中所指的，是我不惜一死掩蓋下的隱祕。

此時，永惠忽然咿咿呀呀地，伸手要我抱，我忙伸手笑著接過，道：「叔父也別太動氣了，不過是個外姓人罷了，聽聞昆明使臣送來不少貢品，可有什麼新奇的？」

武三思屈指，彈了彈被壓皺的衣袖，道：「蒼山洱海盛產木雕，皇上今日將最出奇的千瓣蓮雕賜給臨淄王妃，卻聽說被隆基送到了妳宮裡，怎麼？還未見到嗎？」

我聽他這一說，才想起今晨送來的木雕，卻未料到背後還有此事，只笑了笑，沒有應話。

他見我不語，笑嘆著道：「隆基最是年少風流，風頭更甚當年的成器，兩者如今相較，竟有些不相上下之勢了。」

我見他句句提點，知他不肯放過此事，默了片刻，道：「永安明白叔父當年有意偏護，掩蓋多年，只是這宮中事又怎能逃過皇祖母的眼，如今永安早已幡然省悟，惟願珍惜眼前人，過去事早已忘了。」

他既以此為把柄，倒不如盡數點破。當日殿中唯有我和永泰，連婉兒也是擬旨時才得以入內，他縱有天大本事，也難以求證，倒不如給他落了實處，只需他將信將疑，再去細想那聖旨，必會覺得蹊蹺。

如此抗旨之罪，皇祖母僅降了李成器一個封號，顯見偏袒李家之心。而對於他，又多了分忌憚，少了個籌碼，絕無壞處。

他笑意如常，點頭道：「妳若如此說，本王倒也了卻了心事。」

我瞧著他，輕聲道：「終歸都是嫡親孫兒，落到皇祖母那處，最多一句年少風流罷了。」我見他不再說什麼，看了眼累得闔眸的永惠，行禮道：「王爺若無事，永安就告退了。」

他頷首，掃了眼永惠：「又是個美人胚子，臨淄郡王好福氣。」

回宮的路還長，永惠又睡得沉，我怕吵醒她，索性吩咐冬陽去命人準備茶點，在臨河的暖亭裡停下來，將她又抱在懷裡，坐著陪她。

約莫過了會兒，天已下起雨來，還有漸大的勢頭。

河上有浮舟來，遠遠見了兩個內侍撐著傘，快步將兩個年輕的少女迎上岸，身後有四個宮婢都被淋得溼透，卻毫無遮蔽，想來是遊玩時沒有準備，只能任雨淋著。

臨近僅有這一處可避雨的暖亭，不過片刻，她們就已走到了亭外。

到兩個少女進了亭，齊齊抬頭看我，眉目精巧可人，竟是生得極相像。我見這兩人裙衫有些南方的特色，又梳著反挽髻，頗有清河古韻，漸明白了她們的身分，起身行禮，道：「武氏見過兩位夫人。」

那兩個對視一眼，大些的那個笑了聲道：「原來是弟弟的新寵。」

她笑中夾著細密的棉針，刺得我暗自苦笑。五族七姓自古聯姻，李成器新納的這一對崔氏姊妹，聽說正是王寰的表妹，如今聽這話中味道，果真不假。

我笑了笑，沒接話。

兩個人又互看了一眼，年紀小些的掃了我一眼，吩咐身側人，道：「讓外邊的都進來吧，如此淋著雨也不大好。」

外頭拿著傘的內侍愣了下，草草看了我一眼，這暖亭本就小，將將能容下五、六人？此時我和夏至在，又添了這兩人，外頭卻立著六人，怎麼夠站？

那內侍猶豫了下，低聲道：「小人們無妨的，夫人們不要淋雨就好。」

小崔氏對我一笑，道：「那只能委屈妹妹了。」

我早料到如此，只笑著道：「無妨，看她們也淋得溼透，還是避一避的好。」她的品階在我之上，又是望族之女，就是讓我站到雨中淋著，我也不能說什麼。

我示意夏至撐傘，走到亭外亭簷下，將暖亭讓給了他們。

夏至低聲詢問，是否要表露小郡主的身分，讓她們讓出亭子。

我搖了搖頭，沒說話，長生殿處正是天翻地覆，此地更該小心謹慎，宮中無處不是皇祖母的耳目，此處少許紛爭傳入長生殿，就不知會被人說成什麼。

崔氏姊妹是他的姬妾，若有錯，總會牽連到他。

過了半個時辰，雨勢卻沒有小上分毫，我怕永惠忽然餓醒，正苦於如何回去時，就聽見不遠處有人叫我，抬頭才發現是幾位郡王，估莫是因大雨散了跪地的眾臣，他們才得以回宮。

李隆基本面帶喜色，此時已僵在臉上，自內侍手中奪了傘，大步走來。李成義拉著李成器說了幾句話，李成器靜看著我這處，點點頭，也向著我這處而來，雖不及李隆基快，卻也斂去了笑容，雙眸幽深，喜怒難辨。

亭中眾人此時才注意到來人，一時間盡是此起彼伏的請安聲。

「妳這是在和誰鬥氣？大雨天的站在亭子外做什麼？」李隆基拉住我的胳膊，低斥：「還不去快進去！」

我本沒什麼氣，卻被他喝斥的惱火起來，瞪了他一眼。他被我瞪得怔住，摸了下我的手，聲音柔了下來：「冰得嚇人，先進去再說。」

我本想走，見他如此也不好堅持，只能隨他入了亭。

崔氏姊妹還半行禮著，他掃了兩人一眼，道：「起來吧。」說完，接過我懷裡的永惠，道：「我替妳抱上一會兒，妳先在暖爐處緩緩身子。妳倒是給她裹得嚴，自己穿那麼少。」

他也是個聰明人，見到那兩個人，就能猜到七、八分，也沒再繼續追問。

此時，李成器走進亭子，淡淡地掃了我一眼，見我裙鞋盡溼，微蹙了眉。

我心中微酸，含笑行禮，道：「王爺。」

他頷首，淡淡地道：「起來吧。」

我站起身，走到暖爐旁，剛才所有的平靜都已不復，才發覺這是我自嫁入東宮後初見他，此時彼時，竟已過了十數日。

李成器看了一眼熟睡的永惠，才轉而去看崔氏姊妹，沉聲道：「跪下！」

崔氏姊妹微愣怔下，立即跪倒在地上，眼帶畏懼。

亭中頓時靜下來，沒人再敢出聲。

他走到兩人面前，道：「永惠郡主尚還年幼，若是淋雨受寒，本王如何與恆安王交代？武家的郡主，臨淄王的側妃，豈能如市井小兒任妳們擺布，此事若是傳入皇祖母耳中，連本王也保不住妳們，何談清河崔氏！」

崔氏姊妹臉色慘白，不敢有分毫辯駁。

他又低斥了數句，才看了一眼李隆基道：「將永惠抱回去吧。」

李隆基頷首，將永惠遞給夏至，示意內侍將傘給他，喚了我一聲。

我走到他身側，向著李成器行禮道：「王爺，妾身告退了。」

他點頭，道：「抱歉。」我心中一窒，抬頭看他時，兩個人的目光已交錯而過。

他斂眸盯著崔氏姊妹，我也不敢再久留，忙走出亭子，一腳踏入了雨中。

此時，李隆基已在我頭頂撐起一柄青傘，與我走在前邊，幾個內侍都守著夏至隨行，不遠不近的，落了五、六步的距離。

雨紛亂地砸著傘面，又急又猛，我和他卻極安靜。

待走出很遠，李隆基才低聲道：「抱歉。」我微微笑著，沒看他。他過了會兒，又澀聲道：「我才說要護著妳，就害妳如此，難道連句抱歉也不願聽嗎？」

我停下腳步，瞅了他會兒，才笑問：「皇祖母賞賜王氏的洱海木雕，你為何要送到我宮裡？」

身後隨著的內侍也都停下來，靜候著我們。

李隆基沉默了片刻，道：「此事是我考慮不周。」

我搖頭，道：「偏寵我不只是讓王寰忌憚，讓日後入門的姬妾謙讓，最要緊的，是讓皇祖母歡心，對嗎？」

皇祖母最喜賜婚李姓與武姓，就是為了日後能血脈相連，不至一門滅盡，而我雖被削了封號，卻仍是武家的人，李隆基如此偏寵我，自然應了皇祖母的心思。

更何況，在皇位傳承的最關鍵時候，每一步微妙的勝算，都可能決定最後的大局。

他凝視著我，沒答話，我接著道：「你的偏寵，皇祖母已看在眼裡了，這幾日多往王氏宮中走走，睡床總比睡塌好。」

他忽然拉住我的衣袖，低聲道：「永安，妳說得都對，可我絕沒想到會發生今日的事，若是王氏，或是我宮中任何一個女眷，絕不敢如此欺妳。」

我撥開他的手，道：「我沒有氣你。」

他靜了下，眸中暖意漸散了去，片刻後才鬆開手，道：「我知道。」說完再沒出聲。

聽聞來俊臣於鬧市斬首時，場面極血腥，圍觀百姓撕扯屍身，挖眼剝皮，生啖其肉。

冬陽邊伺候我坐下，邊繪聲繪色地說著，我正聽得心驚肉跳，卻見夏至眼浮了層水光，心中一動，給冬陽使了個眼色，道：「去換壺丁香花茶來。」冬陽應了聲，端茶出了房。

我雖不知夏至入宮前的身世，但見她如此，便也猜到十中有九是和來俊臣有關，不禁暗生感嘆，對夏至輕聲道：「宮中朝中，被來俊臣禍害的人不知有多少，今日既然他遭了報應，妳若想哭就痛快地哭吧。」

果真不出所料，話音還未落下，她就已僵了身子，立刻淚如泉湧般，軟得坐在了地上。我看她如此哭著，也想起多年前那天牢一行，正出神時，就見冬陽匆匆走進來，見到夏至如此，嚇了一跳，緩了下才對我道：「王爺來了。」她說完，趕忙上前扶起夏至，替她擦著臉。

我站起身，一邊尋思李隆基是為了何事而來，一邊迎到了屏風處。忽然，一股酒氣撲鼻，一個人影搖晃了兩步，砰地撞在了屏風上，我忙伸手去拉，他身後兩個內侍已經穩穩扶住屏風，驚得對視了一眼。

「永安。」李隆基瞇起眼，定定看著我，道：「我很開心。」

我知道他指的是來俊臣的死，遂邊掩住鼻子，邊點頭笑道：「我知道，快先進去吧。」他緊扣著我的腕子，靠在我身上，任由我扶著進了房，我直接將他帶到床上，替他脫靴蓋被，忙完後才吩咐夏至去備熱湯，冬陽則早已端來了熱水。

我接過溫熱的溼巾，為他擦了臉和手，他始終靠在床邊，似笑非笑地看著我，也不說話，也不閉眼，看得我有些莫名。

我將溼巾遞給冬陽，接過夏至手中熱湯，舀了一匙，湊到他嘴邊道：「快喝，喝完趕緊睡一覺。」

他喝了小半口，重嘆口氣，打趣道：「娶進門大半年，竟到今日才喝了妳一口湯。」

我又舀了一匙，斜睨他，道：「你若再口沒遮攔，我就把你送到王妃宮裡了。」

他搖頭一笑，沒敢再說什麼，繼續喝了幾口湯，便迷迷糊糊地睡了下去。

我替他放了床帳，坐在了帷帳外，估計他這一睡怕要到明日了，便吩咐內侍去準備他明日的衣裳，正拿起書準備靜心看時，夏至已疾步走了進來，臉色青白地盯著我。

我心頭一跳，放了書，示意她近前，低聲道：「又是什麼事？」

她掃了眼床帳處，低聲回道：「王妃那處出了事。」

王寰那處若有差錯，十有八九是腹中孩子的事。我忙道：「快說下去。」

她緊著聲音，道：「白日王妃和王爺大吵了一架，王爺甩袖而去，王妃一時心火上來，摔了東西，也動了胎氣，此時沈太醫已來了，說胎兒定是保不住了，讓王爺趕緊過去看看。」

我蹙眉看了眼床，暗罵他沉不住氣，走過去叫了他數聲，他卻已醉得人事不省，若要他去，怕是不可能了。

可若是不露面，王寰必會記恨在心，太原王氏也絕不會甘休，必會將此帳盡數算在李隆基頭上……我正想著對策時，外頭已傳來隱隱吵鬧的聲音，竟是冬陽和人爭了起來。

我心知不能再耽擱，忙對夏至道：「去將冬陽喚進來，緊閉宮門，就說王爺睡下了。」我又尋思了一下，索性放了書卷，起身道：「隨我出去看看。」

我站起身，理了理衣衫，帶著夏至走出宮，站在石階上，看著王妃宮中的幾個宮婢。因李隆基有意回護，我始終避著王寰宮內的人，此時掃過她們的眼和臉，都帶有明顯的畏懼和隱隱的恨意，再難迴避。

我暗嘆口氣，冷聲道：「王爺已經睡下了，若有事明日再說吧。」

西鳳恭敬地行了禮，沉聲道：「王妃那處已有小產跡象，若是王爺再不去，怕來不及了。」

我靜看著她，不發一言，直到將她看得垂了頭，才沉默著轉身而回，令人緊閉了宮門。

待回了殿，我坐到臥榻上，拿起方才讀了一半的書，繼續看起來，可滿心紛亂著，過了好一會兒，也沒讀下十個字。

夏至滿面疑惑地盯著我，冬陽則已沉不住氣，低聲道：「此事和夫人本無關，可這一露面，再緊閉了宮門，傳出去就真成了夫人的錯處了。」

我依舊盯著書卷，隨口道：「妳們可以私下遞出話，說我善妒成性，是王爺一時情迷，才誤了今夜事。」

她兩個驚得對視一眼，不解地看我。我輕聲道：「妳們兩個都是自幼跟著王爺的，我也不妨明說，若是因我善妒而致此事，最多是被責罰嫉恨，若是王爺因此得罪了太原王氏，絕不是一、兩句就能善了的。」

冬陽欲要再說，已被夏至拉住了袖子。夏至深看著我，行禮道：「奴婢退下了，夫人早些休息。」

我點點頭，看著她二人退出去，才緊捏著書卷，頭一陣陣刺痛著。

女人的嫉恨，本是因著男人的三心二意而起，可最終嫉恨的卻是害自己失寵的女人。我又何嘗不想避開這禍端？可即便是避了，也有牽連，倒不如將錯都引到自己身上，若他醒來能好言好語地哄了，終歸是夫妻名分，天長日久的，總有化解時。

房內外都靜悄悄的，我幾次起身想喚醒李隆基，都是徒勞，直到天矇矇亮了，他才呻吟了一聲，低聲叫著水。

我倒了杯涼茶，扶著他坐起來，餵著他喝下，又在床邊靜坐了半個時辰，他才勉強睜了眼，盯著我看了半晌，撐起身靠在床邊，啞聲道：「占了妳一夜的床，妳就如此瞪了我一夜？」

我咬脣看他，過了會兒才道：「王氏的孩子沒了。」

他驚看我，道：「什麼時候？」

我低聲道：「昨夜。」

他悶了片刻，眼中閃過一絲痛意，道：「怎麼不叫醒我？」

我道：「我叫了數次，你根本都聽不到——」頓了頓，又補充道：「你來我這處時，已經小產了。」

他靜坐了片刻，起身就走，腳步尚有些虛，卻越走越急，片刻已出了宮門。

我暗嘆口氣，心中也隱痛著，手腳早已痠麻，緩了片刻才起身，走到宮門口，看著他離去的背影，腦中一片空白，直到有人輕咳了聲，才側過頭。

沈秋背著藥箱，衣衫被晨風輕掀起，瑟瑟而動，他立在幾步外深看著我，細長的眼眸深晦難測。

我無力地掃了他一眼，沒有說話，轉身回了宮，他慢步跟在我身後，進了房才輕嘆口氣，道：「王氏怕是再不能生育了。」

我倒茶的手一頓，沒有答話，想到那眼眸靈動的女子，亦是心痛。

他斜靠在案几側，接過我的茶，輕聲道：「妳可知，昨夜趕走王寰的侍女，意味著什麼？」

我吩咐夏至備下早膳，笑道：「一夜未眠，一起用膳吧。」

他笑著點了頭，靠在案几側，趁著等候的空閒，閉目休息。本就是舊識，我也沒太過客氣，隨手收整著昨夜的書卷，一冊冊放好後，夏至已備好一切。

待用完膳，他才放了筷，出聲道：「此事雖不至死罪，活罪總是難免的。」

我看他清淡神色，不禁暗嘆他早已算清了這一切。如今天下仍武家為尊，皇祖母可以為了皇威殺我，但絕不會為了外姓人來殺武家人，況且她多年來有意打壓李家血脈，曾數次賜藥給諸位郡王的姬妾落胎，此中微妙，正是我的生機。

我放了筷，道：「所以才要先吃飽肚子，再去親自請罪。」

他搖頭一笑，輕彈了下茶杯，道：「既如此，我也就不多勸了，伸頭縮頭總要有一刀。小人會在尚醫局會備下療傷藥，隨時恭候夫人。」

我聽他語氣輕鬆，不禁又笑又氣：「好，若是醫不好，唯你是問。」

他點點頭，起身背上藥箱，沉默了片刻，道：「我若醫不好妳，自有人拿我問罪。」

我明白他話中所指，頓時沉默下來。

待沈秋離開後，我吩咐夏至與冬陽禁足宮中眾人，著了身素色衣衫，未有任何首飾妝容，獨自到王氏宮前，素身直跪，自請罪責。

李隆基不過是個未有權勢的郡王，我若不加爭辯跪地請罪，便是臨淄郡王的宮內事，旁人絕難插手，傳入長生殿中，也算是給了皇祖母一個交代。

想到此處，卻愧疚難安，這一跪是權宜之策，又何嘗不是一場算計。望門之女，嫁入皇室，卻要飽受冷落之苦；本是天大的喜事，如今卻變成了終身的憾事。

自完婚後，除了崔氏姊妹的有意刁難，她從未真正對我如何，不管是礙於李隆基的偏寵，還是別的什麼，說到底，錯不在我，終是因我而起。

日頭漸升起，王氏宮中因我這一跪，宮門緊閉，未有一人露面。

我垂頭盯著地面，什麼也懶得想，看著影子自身前慢慢消失，才發覺已是晌午。

因是寒冬，膝蓋早就在半個多時辰後沒了知覺，只是身上越發冰冷，不禁想起了多年前李成器在雪夜所跪的那一夜，那時有冰雪在膝下，必是比此時更難捱吧？

宮前沒有人敢經過，只有我獨自在，倒也落了清淨。

「誰讓妳跪了！」忽然一個大力拉我，險些將我帶摔在地上。李隆基見我僵著不動，眼中盡是怒意，緊抿著脣，一時竟沒有說出話。

我挪了下膝蓋，又跪回原處，抬頭看他，道：「王爺請回吧。」他伸手再想拉我，卻被我的目光駭住。

他默了片刻，才緩緩蹲下，直視我道：「我已去皇祖母處請了罪，妳無需再為我擔這罪名。」

我搖頭，道：「皇祖母責罰你，是為了皇室血脈，而我跪的是太原王氏。若非我姓武，在尋常王府害正室落胎，必會杖斃，此時不過是跪罰，王爺若為我著想，就別再說了。」

他緩緩伸出手，卻猛地收住，握緊拳，道：「是我的錯。」

我苦笑著看他，道：「自然是你的錯，她懷著你的骨肉，你卻一再讓她失望，不只落了胎，此生也不再會有孩子。」我說完，不再看他，直到那雙黑靴漸漸走遠，才覺膝蓋處傳來陣陣刺痛，猜想是剛才拖扯所致，不禁暗自苦笑，沈秋那藥，還真是有用武之地了。

直到夜幕降臨，宮內上了燈火，我周身已沒了任何感覺。聽著呼喇喇的風聲，緊閉著眼，身上滾燙著，卻仍冷得不住發抖，膝蓋處痛越發厲害，我忍不住挪了下，想要再跪好，卻眼前一黑，沒了知覺。

像是被火灼著身子，想要掙扎卻動不上半分，想叫人卻發不出聲音，正焦躁難安時，忽覺得臉上冰涼，似是被人極溫柔地輕撫著。一瞬間，所有不安都散了去，只剩了渾身的刺痛，我忍不住呻吟了兩聲。

「永安。」耳邊有人輕喚我，我聽到這熟悉的聲音，猛地掙扎了一下，終於看見了些光線，還有一雙清潤的眼，夾帶著刻骨的痛意。

我靜靜看著他，直到清醒過來，才發現是被他半抱在懷裡，心猛地一跳，下意識掙扎了一下，又覺得他的手臂緊了下。「這裡沒有外人。」

我聽到這話，才算是安下心，安靜地靠在他懷裡，沒再動。

李成器自手邊拿過一碗湯藥，用玉匙舀了，一口口餵我，我喝了兩口便搖了搖頭，不想再喝下去，他又舀了一匙，溫聲道：「再喝兩口。」我見他堅持，只能又喝了兩、三匙，他才放下碗，將我身上的錦被理好，讓我靠得舒服了些。

這是我宮裡，內室只有我和他兩個人。

過了會兒，我才出聲：「今日一跪，我才算知道你當日的苦。」話出口，又覺得喉嚨生痛，聲音啞得嚇人。他沒有接話，將我抱緊了些，我見他如此，心裡更不好受，又啞聲道：「你來我宮裡，可會被人看見？」

他靜了一會兒，道：「不會，我將一切安排妥當了。」

我嗯了一聲，沒再問什麼，他若如此說就是有十成把握，我也無需再憂心。

兩個人靜坐了會兒，屏風外才傳來聲輕咳，沈秋笑吟吟地走進來，道：「該換藥了。」

我臉上一熱，正要坐起來，李成器已將我抱正，將我錦被掀開。沈秋含笑瞅了我一眼，極俐落地換了藥，又匆匆退了下去。

待他走了，李成器才讓我靠在床邊，自己則面對我坐下，道：「我讓人備了清粥，多少吃一些。」我點點頭，他又道：「吃了東西再睡會兒，才退了熱，要多休息。」

我又點點頭，想了想，道：「你什麼時候走？」話問出口，才有些後悔，我只是怕他留得久了被人察覺，卻說得像是在趕他一樣。

他微微笑著，道：「妳睡了我就走。」

我心中一酸，沒有說話。他看我不說話，嘆了口氣，柔聲道：「怨我嗎？」

我搖了搖頭，道：「皇權咫尺，身不由己，心總要由著自己。」

他默看著我，過了好一會兒，才道：「此生有妳，足矣。」

我怔了下，自嫁給李隆基之後，本以為早就在這半年磨平的心，竟一陣陣地抽痛著，所有的不甘不願，一湧而上，再難抑制。我低了頭，想要克制眼中的痠痛，卻模糊地看不清任何東西，只能任由眼淚不停流下來，他沉默著抹去我臉上的淚，每一下都極溫柔。

這半年裡，我曾告訴自己放棄，但都徒勞無功，每次見他，都是匆匆行禮而過，而他也疏離淡漠。

我以為他已經放下了，畢竟他如今有美眷嬌妻在懷，我與他之間隔了太多的東西……

他起身坐在床邊，將我又抱在了懷裡，不停撫著我的背，待我哭得累了，才低聲道：「妳再哭下去，外邊的人都要以為我在欺負妳了。」

我緩了片刻，才趴在他懷裡悶聲，道：「你這哪是勸人，一點都不好笑。」

他笑了聲，道：「那妳教我，要怎麼勸人？」

我想了想，低聲道：「記得當年狄公宴上，你曾問我的一句話嗎？」

他輕聲道：「關於本王，郡主還曾聽聞什麼？」

我心中一動，直起身看他，原來每句話不只我記得清楚，他也都記在了心裡。

他回看著我，眼中滿滿都是笑意，我被他看得有些不好意思，低頭道：「其實自幼就曾聽過，永平郡王一支玉笛，風流無盡，卻始終無緣聽到。」

他聽後，沒有立刻說話，過了會兒才道：「平日走動，不便隨身帶著玉笛。」

我嗯了一聲，沒有再說什麼。

他來此本就是極隱祕的，即便帶了玉笛，也絕不能在我宮內傳出聲響，徒落把柄。

我又和他說了幾句話，待吃了些溫熱的清粥，才躺在床上，閉了眼，聽著他離開的聲響，卻不敢去看他離開的背影。

轉眼又是元月，皇上忽然下了旨意，准太子的幾個郡王出閣，賜住洛陽城隆慶坊。這旨意也算解了多年禁足，狄仁傑功不可沒，只是這一出閣，究竟是全了何人的心思？

還未待頭一道旨意被人論完，過了幾日，廬陵王上了奏章，說是多年頑疾在身，請入京醫治，皇祖母親下恩旨，准廬陵王入京。這一道旨意，頓時讓武家諸王膽顫心驚，眼見著李家人先被解了禁足，多年來被流放在外的人也召回了京，皇祖母的心思越發明顯，武家天下，怕是要結束了。

廬陵王入京時，剛好是正月初八，我的生辰。

此番是藉著醫治頑疾的因由，宴席上僅有他一人現了身。我見皇祖母眼中隱隱的水光，待廬陵王噓寒問暖時更是盡顯關切，不禁有些心酸，終是自己親生的兒子，身為皇子卻在外受盡磨難，只因她先是一個皇帝，才是一個母親。

宴席過半，李成器忽然站起身，道：「孫兒有一事奏請。」

眾人皆看他，不知這溫和淺笑的郡王是想做什麼，我亦是捏了把汗。

皇祖母也頗意外地看向他，點頭笑道：「今日是家宴，無需如此多禮，但奏無妨。」

李成器微微笑著，道：「當年皇祖母登基大典時，孫兒曾獻上一曲，恭賀皇祖母君臨天下，今日三伯父歸返，孫兒也想獻上一曲，以示敬意。」

皇祖母連連點頭，笑道：「說起來，朕也多年未聽成器吹笛了。」

李成器含笑執笛，橫在嘴邊，一雙眼掃過眾人，與我視線交錯而過。

我頓時恍然，這是他應了我的那首曲子，沒想到竟然在今日眾人前，圓了我的願。

笛音婉轉而出時，殿中也靜了下來，眸中有驚詫，亦有欽佩，嵇康的〈廣陵散〉，本是琴曲，竟被他譜成了笛曲。

我早已眼中發熱，定定地看著眼前長身而立的他。多年前那一冊嵇康書卷贈我，如今此曲亦是出自嵇康，其中深意，唯有我懂。

## 第十六章 讓位

拜李隆基所賜，膝蓋處的傷到月末才好盡，卻平添了傷疤。

婉兒細看了我的膝蓋，放下裙襬，道：「臨淄郡王還真忍心下重手。」

我無奈地一笑，道：「他從沒和女人動過手，不知道輕重。」

婉兒搖頭一笑，忽而低聲道：「那日一曲〈廣陵散〉，驚豔四座，可是託了妳的福氣？」

我心頭一跳，隨口道：「都是經年往事了，姊姊竟還記得。」

她深看我一眼，沒再問什麼，又說了會兒話，便起身走了。

我看著她的背影，一時有些恍惚。初入宮時，皇上拉著我的手說，這就是上官婉兒，當時我極驚詫，沒想到幼時在先生口中聽聞的妖女、父王口中所說的才女，竟是如此模樣。如今已近十年，當年是她與我評書品茶，細數這宮中的機關算計，誰能想到，如今我卻也要避諱著她，暗防著她話中的試探。

正是出神時，李隆基已走進來，揮去一干宮婢、內侍，拖了椅子，在我身側坐下。他側頭端詳我片刻，才道：「剛才看見婉兒出去了。」

我點頭，道：「半個時辰前來的。」

他半笑不笑道：「沒想到，這等日子她還有閒心來看妳。」

我不解地看他，他也笑看我，明知道我等著他說，偏就不再開口。我搖頭一笑，端起喝剩的半碗藥，慢慢喝完，放下碗時他終於長嘆口氣，出了聲：「永安，和妳說話實在沒意思。」

我唔了聲，道：「你既然提起這話，就是想說，我何必多費口舌問你？」

他接過我的藥碗，自懷中摸出個玉瓶，倒了粒杏乾，將手心伸到我面前，道：「今日有兩位貴人入宮，廬陵王妃和安樂公主。」

我拿過杏乾，放在嘴裡，果真酸甜可口，一時去了腥苦味，邊吃邊含糊道：「看來皇上已定了傳位人，恭喜王爺全了心願，日後可閒散度日，再無朝堂瑣事擾心了。」

對尋常百姓而言，這只是皇家迎了兩位貴人入宮，而對於宮內人，這兩位悄然而至的貴人，卻必會帶來一場軒然大波。在廬陵王之後，其妻女被接入洛陽，如此陣勢，不只是李隆基等人，怕是連那妄圖權傾天下的太平公主，也都在暗中部署了。

「妳錯了，不管是伯父還是姑姑，一旦登上皇位，眼中最大的阻礙就是我父兄，有我們在一日，必會一日寢食難安。」

我微微怔了下，靜想了會兒，才慎重道：「廬陵王雖秉性儒弱，卻有個極有野心的王妃，況且韋氏與我叔父武三思、婉兒皆是舊識，若是三人結成一勢，怕只有姑姑才有力量相較高低。可惜姑姑畢竟是女子，有盧陵王和父王在，李家舊臣又怎會再扶持一個女子稱帝？」

話到此處，我才發現，對盧陵王與韋氏的瞭解，還是出自婉兒之口。她若曉得當年所教的諸多事卻被我拿來防她、算計她，不知會作何感想……

李隆基聽後，靜了會兒，才舉起玉瓶晃了晃，道：「還要嗎？」

我點頭，將手伸到他面前，他笑著倒了兩粒，自己拿了一個，默默吃著，略有些出神。

我看他神情謹慎，那漂亮的眉目中，平添了幾分暗沉，再不似當年初見時的少年意氣。那曾在鳳陽門外怒斥武將，說著「我李家朝堂」的小皇孫，如今心中已不只要李家天下，而是想他父兄握住這天下了。

只是，相較於盧陵王與太平公主，他們幾兄弟勢力尚弱，又如何爭得起？

我和他相對靜了會兒，他才收了神，伸手掀我裙襬，道：「讓我看看傷。」

我下意識打開他的手，「啪」的一聲輕響後，兩個人都愣了下，我忙道：「好得差不多了，沈秋的醫術你還不信嗎？」

他悶悶地「嗯」了一聲，起身道：「我走了。」

半月後，所有郡王都出了宮，入住隆慶坊。

我下了馬車，看分立兩側的含珠石獅和那朱漆府門，正想著日後要在此的日子，王寰已下了馬車，與李隆基一起先行走入府門。我隨在其後，入了廳堂，才見到個婦人低頭品茶，正驚詫是何人時，她已抬了頭，靜看了眾人一眼，才將目光放在了李隆基身上。

那微挑的美目，和那笑意，竟與當年的德妃一般無二，唯一不同的，這年輕婦人身上多添了些疲態，少了德妃當年的貴氣。

李隆基大步上前，恭敬地行了個禮，道：「姨母。」

那婦人緩緩起身，細看了他會兒，才伸手扶起他，溫和一笑，道：「隆基長大了。」

李隆基起身後，王寰和我忙上前行禮，他既已開口喚姨母，此人的身分顯而易見，必是當年扶風竇氏留下的血脈、德妃的親妹。

先是出閣立府，後是姨母相見，臨淄王府算是喜上添了喜。

酒宴上，李隆基多喝了數杯，被王氏命人先扶了下去，我獨自回了房，看著屋內簇新的擺設，並無睏意，便坐在書桌旁，研墨臨帖，打發時間。

才寫了兩張紙，夏至就匆匆入內，行禮道：「竇夫人來了。」

我忙放了筆，迎出了房，只見她正入門，含著笑看我。我行禮道：「姨母。」

她伸手拉起我，笑道：「隆基今夜在王氏房中，正給了我機會來看妳。」

我見她熟悉的眉眼，心中一窒，強笑道：「姨母若是想來，隨時都方便的，不必特意避開王爺。」

她搖頭一笑，隨我入了房，接過夏至遞上的茶，道：「坐吧。」

我坐在她身側，猜不透她來此的目的，只靜陪著，一口口喝著茶。

過了很久，她才和氣地道：「上次見隆基，還是他八、九歲的時候，今日一見才發覺竟這麼大了，也有了妻妾，姊姊也該瞑目了。」

我沉默著，沒接話。

當年那場變故，至今在太初宮中都是禁忌，無人敢提起，哪怕是李隆基也從未問過我半句，她此時提出，我除了愧疚於心，亦不能說上半句。

好在她並未再繼續，只說了些虛話，大意不過是我在宮中多年，看得多聽得也多，又入門得早，日後要多擔待些。我自然曉得她是聽說了王氏的事，才有這種明著寒暄，暗中提點的話，只心中苦笑連連，面上卻要笑著應對。

她說了會兒，隨便起身，自書桌上拿起字帖，似是愣了下，嘴角含著笑看我，道：「這字跡筆法倒是極好。」

我聽出她話中深意，忙陪笑道：「當年蒙皇祖母的恩旨，妾曾師從壽春郡王習字。」

她點了點頭，道：「難怪如此熟悉。」

她放了紙，默了片刻，才道：「見妳前，我早有話想說，如今看來，卻也不知該說不該說了。」

我笑道：「姨母但說無妨。」

她幽幽道：「我聽說王氏已不能再有孩子，又是因妳所致，便有心勸妳待隆基多娶些姬妾，再要自己的骨肉。」我心中一跳，沒接話，她深看我一眼，接著道：「永安，妳可還是處子身？」

我啞然看她，腦中瞬間空白，不知該如何回答。

她看著我，平聲道：「我見妳眉根柔順，頸項纖細，說話尾音又尖細，絕非婦人之態。」

我聽這一字一句，背脊漸發涼，可怕的不是她看出來，她畢竟是李隆基的姨母，絕不會輕易揭露此事，可連她初見我都能有此疑惑，又何談宮中的女官。

她極平靜，也似乎並不需要我回答，又接著道：「世家望族，宮中女官，大多知曉鑑別之術，或許是女帝在位，已少有人留意此事，但既然我能看出來，那就一定會有旁人看出。」

我腦中紛亂，想不出好的說辭，只能笑了笑，敷衍道：「姨母說得沒錯，妾自幼有些寒症，這些年都在服藥，太醫也囑咐過要在斷藥後才能……」

她笑了下，眼波平淡，沒再說什麼。

待她走後，我卻是周身發冷，不知過去那麼久無人道破，究竟是心存疑慮，還是未曾留意……夏至和冬陽見我呆坐著，也不敢出聲打擾。我想了很久，卻不知該如何是好，只能慶幸如今出了宮，除了王府中的女眷，也見不到閒雜人。

但我畢竟是武家人，雖被削了郡主封號，卻不比尋常姬妾，仍會赴宮宴……此事雖說不要緊，方才那藉口就可推脫，但若落入皇上耳中，必會想起舊事，不可不防。更何況，我嫁入臨淄王府已有一年，卻仍無子嗣，待日子長了，也必會有人起疑。

我只覺得頭一陣陣疼著，竟不知找誰商量，只能暗自嘲笑自己，步步謹防，步步是險，不知到何時，會是人頭落地時。如此坐到了天亮，我忙命夏至去請李隆基，雖是男女之事不便開口，但昨夜說了那些話，總要和他商量，否則一旦姨母和他提起此事，他說得稍有出入就麻煩了。

李隆基宿醉後，神色略有疲倦，入了門就靠在臥榻上，笑看我，道：「好在我昨夜在書房睡，否則夏至就要去王寰房中尋我了。」他撐著下巴，懶懶道：「妳平日不是常說，要我不要專寵偏寵，怎麼這次卻做出格了？」

我臉上一陣陣發熱，屢屢想開口卻都停住，這種事，讓我怎麼和他說？

他好笑地看著我，道：「永安，妳啞巴了？」

我鼓足勇氣，直視他，道：「姨母昨夜來尋我，問你我是不是……是不是，沒有圓房。」

他笑容僵在臉上，張了張口，沒說出半個字。

過了好一會兒，他才面頰泛紅地咳了聲。

他坐正了身子，道：「妳怎麼說的？」

我低聲道：「我只說自幼有些寒症，這些年都在服藥，太醫也囑咐過要在斷藥後才能……」

他默想了會兒，道：「姨母不是外人，即便點破此事也無大礙，只是她若能看出，旁人也能看出來。」

他的話正是我心中所想，我苦笑著看他，道：「好在我自幼多病，在宮中又是沈秋主診，這藉口還能用些時候。」

他應了一聲，蹙眉想著什麼，遲遲不說話。

此時他能想到的，我早在昨夜反覆想過，這種事以我和他如今的身分談，只會徒增尷尬，何為良策？無人能解。

過了片刻，我喚夏至備了早膳，他草草吃完便離開了。

此後接連數日，他都是早出晚歸，偶來我房中說幾句閒話便走，從不過夜。姨母也沒再提過此事，偶爾關照府中人為我添些補品，像是信了我的說辭，卻在偶有目光交匯時，神色總帶著些探究，我只能佯裝未見，說笑依舊。

因廬陵王返京，叔父武承嗣困獸一搏，著人再次奏請立武周太子，皇上斷然回絕。他眼見多年夙願已無希望，在府中一病不起，同為武家人的武三思反而附和連連，只說應還天下於李家。

朝中李家舊臣眼見全了多年夙願，卻都犯了難，不知該擁立何人。太子李旦雖在位多年，卻是最當不上這個位置的人。

以長幼來論，盧陵王李顯應取而代之，況且如今又有婉兒與武三思暗中扶持，更是順理成章的太子人選，而太平公主多年來在朝中積蓄的力量，也不容小覷，她早有心與其母一般君臨天下，又怎會輕易放過這個機會？

若算起來，太子在位近十年，還是頭次被人如此看重，卻是為了取而代之。

這一日，諸位郡王都聚在府上，李隆基忽然遣人來喚我，我帶著夏至走到書房外，隱有爭執聲傳出，似有關太子位之類的話，便下意識停了步，示意夏至離開。夏至草草行禮退下後，我又在門外靜立了會兒，直到沒了聲響才伸手掀簾，剛邁出一步，就被迎面扔出的茶杯砸中，瞬間淋了一身熱茶。

「永安！」同時兩個聲音響起，還未待我反應過來，李隆基已上前握住我的腕子，道：「燙傷沒有？」

我本不覺得痛，被他一握，才覺手臂火辣辣地痛，蹙眉搖了搖頭，他忙對外頭叫：「李清，快請醫師來！就說二夫人被燙傷了！」

他邊說，邊拉我在一邊坐下，拉起我衣袖，手臂已燙紅了一片。我掃了眼座上人，李成義眼帶愧疚看我，李成器正緩緩坐下來，緊盯著我的手臂，抿唇不語。

「永安，本王——」李成義頓了頓，正要說什麼，我忙打斷：「沒大礙，是我的錯，我該先讓人通稟的。」想來是他正在氣頭上，以為是哪個下人擅闖進來，便遷怒扔了茶杯，只可惜我做了替罪羊，硬生生地接了這杯燙茶。

他抱歉一笑，面色又沉了下來。

李隆基細看著我的手，我不動聲色地撥開他，放下衣袖，笑道：「王爺喚我來，是為何事？」

他臉色微變，看了眼李成義，李成義眼中隱有悲憤，下意識想拿茶杯，才發現已碎在了地上，終是捶桌長嘆一聲，起身道：「事已至此，我先走了。」他說完，抬步就走，出門時和府內趙醫師撞個滿懷，醫師忙躬身行禮，他卻連頭都沒抬，快步離開了屋子。

趙醫師膽顫心驚地直起身，也不曉得自己是哪處得罪了他，草草替我處理完傷口，又細囑咐了兩句不能沾水之類的話，不敢再多說，匆匆退了下去。

我待沒了外人，才笑道：「茶也摔了，人也燙了，二王爺說走就走了，你兩個還不給句話嗎？」

話音未落，李隆基猛地起了身，道：「大哥，你說吧，我先走了。」說完，也同李成義一般，逃也似的走了。

我微愕地看他離去的背影，究竟什麼事，能讓他們一個、兩個的都不肯開口？

正琢磨時，李成器已走到身邊，拉起我的衣袖，蹙眉道：「稍後讓人再細看看。」

我嗯了一聲，抬眼看他，道：「他們兩個都逃了，只剩你能說了。究竟是什麼事？」

他視線投向窗外，靜立了會兒，才道：「李重俊和成義討要宜平，欲養在府中做妾。」

我驚看他，道：「二王爺答應了？」宜平自入了東宮便是李成義的人，雖礙於當時的局勢不能納為妾室，卻連孩子都有過，怎能說要就要了去？」

他沉吟片刻，道：「若為府中姬妾與同姓兄弟起了紛爭，絕非皇上所願，成義別無他法，只能從命。」

我背心發涼，定定地看著他，道：「王爺的意思是，姬妾不過是能隨便贈人的玩物？誰若喜歡就儘管討了去，若是傳出去，也不過是一場手足情義的佳話？」

他面色微僵，上前一步，想要握我的手，我已猛地收手，起身道：「所以，你們怕宜平性子太烈，唯恐她以死酬情，要讓我去勸她委身李重俊？」

他眼中暮色沉沉，欲言又止，我見他如此，明白自己說中了他們的打算，心下一下下刺痛著，難以自抑。

當年想要全了宜平的心思，將她送入東宮，本以為是做了件成全姻緣的善事，可先是賜藥落胎，此時又是轉贈兄弟——

我成全的，究竟是她的痴心一片，還是皇位斡旋的籌碼？一面想著，心中酸脹著，眼中已是模糊一片，不知何時，已被他緊摟在了懷裡。

我雙手抵在身前，苦笑道：「此事我絕不會去做，宜平待二王爺痴心一片，多年侍奉左右，如今要被送給旁人，讓我如何開口？如何勸？」

他沉默著，似乎無意勉強我，可也就是他這樣的沉默，讓我更加想要抗拒，像是為了自己多年壓抑在心底的不甘。

我掙了兩下，始終掙不開他的手臂，帶了哭腔，道：「李成器，你究竟要我怎麼樣？宜平不過是個姬妾，就是皇上見了她也記不起那張臉，你們總有辦法去解決的。為什麼要犧牲一個女人去成全大局？」

她不像我，頂著武家姓氏，不得不接受一切安排，只為能讓所有人活命。

李重俊雖也是郡王，卻因是盧陵王之子，常年在宮中被壓制，連太子的幾個子嗣都不如。若非此次盧陵王回京，誰還記得宮中有這麼個性情魯莽的郡王？即便是盧陵王一脈已恢復地位，同為皇孫，李成義若是有心回護，我就不信他護不住一個女人。

「永安……」李成器話音帶苦，重嘆口氣，道：「妳若不願，沒人會勉強妳。」

我腦中空白一片，不願再想這其中的利害關係，將頭靠在他肩上，看著自窗口而入的陽光，落在臥榻，案几，木椅上，斑駁錯落。

「為什麼一定要讓，不能去爭？」過了很久，我才稍平復了心情。「李重俊雖魯莽傲慢，但也絕不會為了一個姬妾，公然和你們為敵。」

他鬆開手，靜看了我會兒，才輕聲道：「父王昨日上了奏章，讓太子位於盧陵王，皇祖母已准奏，復立盧陵王為皇太子，赦天下。」

我愕然看他，他嘴邊仍帶著一絲笑，眼中毫無暖意。

縱是千思萬慮，我卻從未想到父王會輕易讓出太子位。在李家極盡凋零時在位的太子，妻妾被殺，屢次以謀反之名定罪，近十年的隱忍後，換來的不過是讓位於兄。

這許多年，雖因太子位而屢遭橫禍，卻也因太子位換來了李家舊臣的扶持，這一讓位，等於將多年籌謀讓給了野心勃勃的韋氏，讓給了扶持韋氏的叔父武三思。

他草草一句話，算是斷了宜平所有後路。連太子位都已讓出，面對如今太子的三子李重俊，區區一個姬妾，李成義又怎能、怎敢說什麼？

想到這處，我忽覺疲累。「若是認真說起來，我也不過一個姬妾，若是日後有人討要，也不知是如何下場。」

他愣了下，緊握住我的手，道：「妳這話是在氣我，還是在怨我？」

我緩緩閉上眼，靠在他身上，道：「放心吧，若真有這一日，我絕不會以死酬情，讓你們難做的。」

他的手猛地收緊，我吃痛地哼了一聲，沒有睜眼。

過了許久，我聽他始終沒有聲音，才悄然睜了眼，正對上他幽幽的目光，忙側頭避開，道：「怎麼？聽我這話可是鬆口氣了？」

他依舊靜看著我，直到將我看得無措，才苦笑道：「妳此時正在氣頭上，每句話都是剜心刺骨，讓我如何作答？」

我低頭不說話，心中一時是宜平的事，一時又是如今的莫測局面，猶豫道：「倘若不退讓，你有幾成把握守住這個位子？」

「若是宮變，有五成機會。」他溫聲，道：「但我不願你們任何一人有事，所以，只剩了三成。」

我抬頭看他，他亦是淺笑回視。

「至親性命，天下不換。」

# 永安調 上卷

作　　者／墨寶非寶
榮譽發行人／黃鎮隆
總 經 理／陳君平
協　　理／洪琇菁
總 編 輯／呂尚燁
執行編輯／陳昭燕
美術監製／沙雲佩
美術編輯／李政儀
國際版權／黃令歡、梁名儀
企劃宣傳／楊玉如、洪國瑋
內文排版／謝青秀

國家圖書館出版品預行編目資料

永安調（上）/ 墨寶非寶作 . -- 初版 . -
臺北市 尖端 , 2019.9
面； 公分
ISBN 978-957-10-8675-0（上冊：平裝）

857.7　　108009818

出版／城邦文化事業股份有限公司　尖端出版
台北市 104 中山區民生東路二段 141 號 10 樓
電話：（02）2500-7600　傳真：（02）2500-2683
讀者服務信箱：7novels@mail2.spp.com.tw
發行／英屬蓋曼群島商家庭傳媒股份有限公司城邦分公司　尖端出版
台北市 104 中山區民生東路二段 141 號 10 樓
電話：（02）2500-7600　傳真：（02）2500-1979
劃撥專線：（03）312-4212
戶名：英屬蓋曼群島商家庭傳媒（股）公司城邦分公司
劃撥帳號：50003021
※ 劃撥金額未滿 500 元，請加付掛號郵資 50 元
法律顧問／王子文律師　元禾法律事務所　台北市羅斯福路三段三十七號十五樓

台灣地區總經銷／中彰投以北（含宜花東）　楨彥有限公司
電話：（02）8919-3369　傳真：（02）8914-5524
雲嘉以南　威信圖書有限公司
（嘉義公司）電話：0800-028-028　傳真：（05）233-3863
（高雄公司）電話：0800-028-028　傳真：（07）373-0087
馬新地區總經銷／城邦（馬新）出版集團 Cite（M）Sdn Bhd
電話：603-9057-8822　傳真：603-9057-6622
E-mail：cite@cite.com.my
香港地區總經銷／城邦（香港）出版集團 Cite（H.K.）Publishing Group Limited
電話：852-2508-6231　傳真：852-2578-9337
E-mail：hkcite@biznetvigator.com

版　次／2019 年 9 月 1 版 1 刷　Printed in Taiwan
2021 年 11 月 1 版 2 刷